U0814755

陈嵩生／著
STEPHEN S CHEN

大输赢

美国篇

BIG LOSE & WIN

大红儒商

美飘三十六年

Roving in the USA for 36 Years

作家出版社

▲ 河南济源下雁门陈家老窑院，陈聘之教授就出生在这里

▲ 北大红楼旁嵩祝寺夹道，1939 年陈嵩生在这里出生

▲ 慈母、陈家三姐妹与嵩生（1956 年）

▲ 慈父和陈家三兄弟（1962 年）

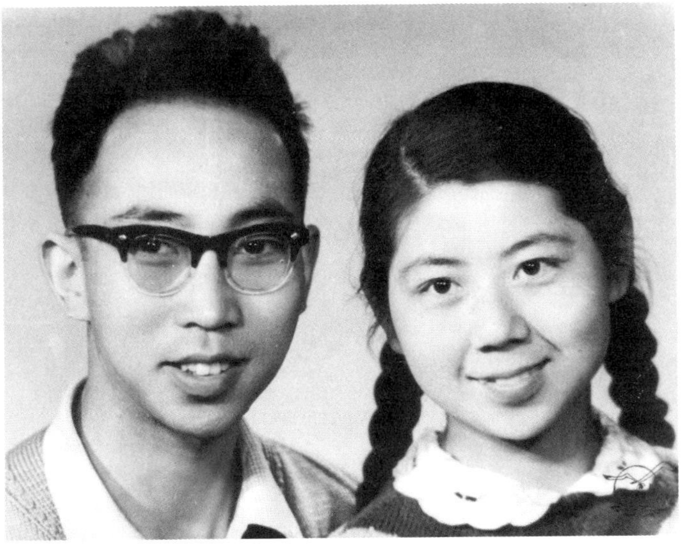

▲ 陈嵩生和孟毓英订婚照（1962年）

▲ 宁夏黄河发水，嵩生抢险跌入水坑，这张照片救了他。
左起：陈卫 、陈雷、 毓英（1972 年）

▲ 爷爷奶奶和陈卫、陈雷（1973 年）

▲ 慈父慈母在颐和园（1979 年）

▲ 嵩生美国独居四年，终于住进“苦乐斋”（1984 年）

GM in China: ancient culture, new promise

Chinese leaders often use quaint sayings to convey complex thoughts.

Chinese leader Deng Xiaoping has a quaint saying about China's new economic policies:

"The cat's color doesn't matter, so long as it catches the mouse."

Roughly translated, that means China will do what's necessary to join the world's industrial powers and improve Chinese living standards.

GM's China strategy is to assure that it has a part in that process.

"China is difficult to ignore," says Stephen S. Chen, GM's director of Program Planning China. Chen, a member of the Marketing and Product Planning Staff since January of this year, is uniquely qualified to discuss China's industrial potential.

Chen is a native of China with training in engineering and languages. He worked in Chinese industry in the years prior to the start of the Cultural Revolution in 1966. He was imprisoned by the Red Guards from 1969 to 1971 because of his intellectual background.

Chen's fortunes improved with the liberalization of China following the end of the Cultural Revolution in 1976. For one thing, he became involved in a number of negotiations between the Chinese government and western companies wanting to do business in China. His earliest encounter with GM at this time was through contacts with Terex, a former GM operation that builds earth-moving equipment. Chen represented the Chinese in talks with the firm.

He came to the United States in 1981 to study, and shortly afterward was granted immigrant status. Among his subsequent

nomic importance.

His message is a simple one: American companies risk missing many opportunities if they don't have a China policy.

He cites three assumptions to support this belief:

- China is the last frontier of marketing for motor vehicles and related products.
- The giant of the Far East, with its ancient culture and its one billion inhabitants, has been asleep for the past 30 years.
- The years of slumber are over, and the giant is awake.

These realities aren't necessarily bad for GM, and, in fact, may represent significant business opportunities. With this in mind, Chen said, GM is working to make the corporation a participant in the inevitable emergence of China on the world economic scene. A step in this process was taken earlier this year with negotiation of a joint venture between Detroit Diesel Allison Division (DDA) and an agency of the Chinese government. China will build transmissions for heavy duty, off-highway equipment under a licensing agreement with DDA.

Throughout these and other activities, Chen said, there will be a continuing need for mutual understanding between GM and the Chinese. Much effort has already been devoted to this goal. As a further step in this direction, 24 Chinese industrial officials will be touring several GM plants this month.

"China's new leaders are just now learning how far their industries have lagged behind other countries," Chen said. "This includes developing nations such as Korea, Brazil, and Venezuela that were even with China 30 years ago and have now pulled

CHEN: "China is difficult to ignore."

1949 until the start of the Cultural Revolution in 1966, China traded only with Russia and its Eastern-bloc allies," Chen noted. During the tumultuous years of the Cultural Revolution, from 1966 until 1976, China severed even its links with the Soviets, sinking into almost total economic isolation.

In the years after Mao's death in 1976 his successors struggled to consolidate power. The country's current economic policies didn't begin to emerge until after 1979. "You have to remember," Chen said, "that although China may be an ancient civilization, its current economic system is only five years old."

Even so, it has made impressive advances in that short time. China's gross national product, for example, has grown at a rate of 8 to 9 percent a year since 1981, and

especially those with interests in transportation, such as GM.

Current Chinese statistics, and the industrial plans of the country's leaders, give a hint of some of this potential for GM.

China's one billion inhabitants are served by only 2.8 million motor vehicles, one for every 500 persons.

Thirty percent of the motor vehicles in China are more than 25 years old.

Economic development priorities and growing demands of the market have made expansion of China's auto industry a number one goal in China, Chen said. The country's plans are ambitious. Its leaders hope to increase the annual output of motor vehicles from the 320,000 units produced in 1984 to 460,000 units in 1985 and to an eventual one million units in 1990.

▲《古老中国，新的承诺》陈嵩生接受采访（1986 年）

▲ 陈嵩生和美国 500 强公司对华投资负责人合影（1996 年）

▲ 江苏扬州宝应小官庄镇（1995 年）嵩生投资兴建的扬州美瑞华礼品公司至今已有 22 年

▲ 陈家老窑院的甜水井

▲ 回归河南济源下雁门祭奠陈氏祖先（2009 年）

▲ 嵩生 70 岁，《红圈》英文书获奖（2009 年）

▲ 没有1978年嵩生的试译，就没有2009年出版的《红圈》

▲ 美国京剧联谊会陈嵩生会长录制的裘派艺术名剧演唱集
陈嵩生教授特请谭元寿先生联合录制《将相和》

▲ 嵩生毓英在兰州电影节《黄克功案件》首映式（2014年）

送书、讲书，陈嵩生教授回忆父亲对自己的教诲和“乘源30年”的经历，为读者讲述自己的“心梦路”

《大红儒商》千人送书会昨日举办
陈嵩生教授现场讲“济源故事”

□济源晨报记者 高也晨 文 芦晋宇 图

昨天下午，“书香济源《大红儒商》赠书会”活动如期举行，来自社会各界的1000余位读书爱好者聚集在一起，共享读书盛宴。

在签名赠书时，陈嵩生还不忘语重心长地嘱咐，“读完之后，可以借阅给他人。”同时，陈嵩生的好友，中国戏剧家协会副主席孟冰还和大家分享了《大红儒商》的阅读感受，“这是一个很好的济源故事、河南故事、中国故事。”

现场 陈嵩生时时嘱咐：读完之后，可以借阅给他人

讲述 《大红儒商》——父与子两代人的“心梦路”

推荐 孟冰：从这本书中感受陈教授和他的父亲对济源这片土地的情怀

▲《大红儒商》千人送书会

▲ 在慈父陈聘之教授、慈母傅君英太夫人福荫下的陈嵩生和孟毓英

▲ 嵩生毓英全家再访美国亚利桑那大学（1981年—2017年）

目录

开篇

乱世得宝

•

1948 年年底　北平

冷飕飕寒风，昏暗暗路灯，空荡荡大街。

灯市口东厂胡同。明朝威震京都的特务机构“东厂”所在地，清朝咸丰年间刑部侍郎瑞麟宅邸所在地，民国初黎元洪就任大总统举行仪式所在地，都成了鲜为人知的往事。曾几何时，一处外不张扬，内有亭台楼阁的去处竟成了大恶霸、汉奸、人称京城董爷的私人宅邸。

走进大门，迎面山水园林。奇形怪状山石上，摆满各色各样盆景。竹林环绕，一条小溪沿瀑布喷泉顺流而下。进垂花门，大客厅里只点着一盏油灯，花砖地上摆满大小行李。貌不出众的中年男子，身着厚风衣的中年妇女，十来岁男孩，正在悄悄私语。

“你还是和我们一起走吧。”妇女一副苦脸。

“你带儿子先走，我办完件大事就去找你们。”

“世道太乱，我不放心。”

“没事，我自有安排。”

“爸，我不走，留下来陪您。”

“不行。就是为你，你妈才带你先走。嘱咐你的，都记住了？”

“记住了。”男孩一脸不高兴，“干吗我非得改名换姓？”

“不都说好了吗？别再烦你爸了。”

几个随从走进客厅，领头的低声说：“董爷，该装车了。”

“好。一路小心。”

一辆轿车，一辆卡车，黑着灯驶出东厂胡同。几个戴黑棉帽穿黑棉衣的人从车边匆匆走过。

黑魆魆鼓楼，空荡荡地安门大街。快到新年了，可没有一点过年气氛。天刚擦黑，许多店铺上了板，黑了灯。年关贱价亏本大甩卖招牌，孤单单摆在几家盼着最后几个顾客光临的商店门口。快散了架的有轨电车响着有气没力铛铛声驶过，车上连个人影都没有。寒冬腊月，昏天黑地，一片凄凉。

大街路西一家古玩店还亮着灯。门脸不大，黑底金字的牌匾十分考究，上有陈怀臻教授署名题写的三个大字："品古斋"。自从陈怀臻买下"品古斋"，为继承原来的古风古韵，店里装潢陈设都没动，只是换了门前这块新牌匾。屋里昏暗灯光下，围着硬木圆桌坐着几位学者风度的客人。

"陈教授，宝贝是件真宝贝。冤家路窄，那个姓董的又要插手。"头发花白的齐先生紧皱眉头。

"又是他？"

"来者不善，善者不来。京城姓董的咽不下栽在你手里那口气。"怀臻在北京大学同窗好友常三爷说。

"要抢在他前头！"怀臻毫不含糊，"要不，这件国宝就保不住了。"

怀臻至交刘五爷点头，"没错儿，姓董的已经和日本人打招呼了。"

"啊？"怀臻大吃一惊，"这件宝贝，连故宫博物院都没有，决不能流失国外。"

微弱灯光下，一片寂静。

刘五爷一个劲儿嘬牙花子，"平时置产，乱世藏金。就算是件无价之宝，三十条金子，不少钱哪。"

常三爷点头，"谁说不是。三百两金子，少说能买一千万斤大米！"

怀臻摆摆手，"我这俩糟钱儿能留住国宝，也算对得起祖宗。"

忽然，有人敲门。齐先生紧忙去开门。

"童掌柜？"

戴黑棉帽着黑棉衣的童掌柜进屋和众位老朋友打过招呼，拉着怀臻走进里屋。

"出事了。那个姓董的带宪兵队砸了地下党办事处。"

“啊？”

“放心，汉臣和素云只受了轻伤，都安全转移了。”

“他们在哪儿？”

“汉臣撤出城外，素云在家里养伤。”

怀臻眉头紧皱，欲言又止。

“听弟妹说，继救国宝‘三希堂’后，你又要有番作为。”

“谈不上作为，就是想留住祖先遗物。”

“还听说，那个姓董的又要插手？”

“是。”

“邪不压正，该出手时就出手。我来是向你道别的。”

“要走？”

“走！”

“去哪儿？”

“听闺女素云的。多半要漂洋过海，奔异国他乡了。”

怀臻大吃一惊，哑口无言。

“你我结交一场，各自保重吧。素云会有信给你。”

此时无声胜有声，二人紧紧握手道别。

送别童掌柜，怀臻急着说：“齐先生，辛苦你再跑一趟，今天晚上咱们就去见金先生。我们先回家，等你电话。”

小吴一直警惕地坐在道奇轿车里。他不仅是司机，还是陈怀臻和家人的贴身护卫。见陈怀臻等人走出品古斋，他拉开车门，请各位上车。穿过地安门门洞，来到慈慧殿三号大门前。走进大门，顺着青砖甬道，绕过影壁，穿过垂花门，走过两边是海棠树的过厅，再进一道门，绕过雕梁画栋回廊，来到陈家豪宅正院北屋大客厅。

“欢迎，欢迎！二位可是稀客！”佑君早已等候在客厅门前，“请进，快请进。”

“陈太太，不瞒您说来您府上忒费劲。”刘五爷拄着手杖走在最后。

“怎么？”

“从大门口到大客厅，少说得一里多地。”

“看您说的。我来搀您。”佑君赶忙迎上前去。

宾主落座。陈家小儿子崧茎给各位敬茶。常三爷疼爱地摸着小崧茎的头，“个把月没见，又蹿了一头。”

说着话，佑君站起身来，“各位都饿了吧？咱们到餐厅吃点便饭。”

大家走进东餐厅，围坐在圆桌周围，品尝热气腾腾的炉肉火锅，喝着花雕黄酒，聊着各家近况。炉肉火锅是北平地道特产。新鲜五花肉加上特制调料，用松木加火熏到八成熟，再稍经烹炸，“炉”好了待用。用炭火烧开铜火锅，把事先准备好的炉肉丸子、虾米、豆腐、白菜、粉丝一层层地垫在锅底，上面铺上炉肉，盖上火锅盖。待开了锅，满屋喷香的炉肉火锅就可食用了。只可惜，现如今炉肉火锅已经失传了。

“我敬常伯父、刘伯父一杯。”小崧茎虽不满十岁，又高又壮，像个小大人。

“小孩子家不许喝酒。”佑君拿过酒杯。

“妈，不是黄酒，是茶。”小崧茎又把酒杯夺了过去。

“这孩子，什么都少不了你。”佑君笑道。

“躲在家里，和老朋友和孩子们一起吃顿饭，喝上几杯，咱们也就剩下这个乐儿了。”常三爷无限感慨。

“今朝有酒今朝醉吧。”刘五爷又干了一杯。

“这就算是万幸，知足吧。”佑君说。

“盼着吧，世道要变了。”怀臻说。

“有什么新闻?”常三爷问。

“天津、塘沽海上通道被切断，北平已成孤城一座。起义和谈是唯一出路。”

正说着，电话铃声响起。

“齐先生电话，”佑君放下话筒，“请各位马上就去见金先生。”

“我也去。”小崧茎嚷嚷着。

“小孩子家凑什么热闹。”佑君对小崧荃板起脸。

“让他去见识见识也好。”怀臻管教子女虽很严，可总愿意他们能多见见世面。去品古斋、会老朋友，怀臻经常带着小崧荃。不坐汽车，爷俩骑自行车。怀臻在前面骑他那辆德国蓝牌，小崧荃在后面骑他的小自行车。崧荃特别爱听大人们说古论今，尤其爱听老北平的人情世故。听到父亲要带他去，小崧荃高兴得一溜烟跑了出去。道奇轿车出慈慧殿，过景山东街，一辆车也没有，一个行人也看不到。灯火管制，路灯全灭了。小吴连大灯也不敢开，很快到了北池子大街。只见齐先生站在北池子三条胡同口翘首以待。路北大红门前，已有人等候在那里。

一位年过花甲，瘦小身材，戴着皮帽，身穿皮袍的老者，把一行人迎进正房客厅。古色古香的客厅里只剩下些简单桌椅，空空荡荡。那位老者招呼大家就座。下人给客人敬茶。

“这位就是陈先生吧?”老者朝着富态的刘五爷致意。

“不敢。鄙人姓刘。真正的财主是这位，陈怀臻教授。”

“恕我眼拙。”老者向貌不惊人，身着布棉袍的陈怀臻表示歉意。

齐先生忙介绍，“真人不露相。金先生，这就是我多次跟您提起过的陈怀臻教授。陈先生用了两年时间把您叔爷的贝勒府翻盖一新。美国人想以美元现金高价买这座豪宅，陈先生不卖。多少人开出天价，陈先生还是不卖。这不，听说您和贝勒府的王爷是亲戚，特地登门拜访。”

金先生深怀敬意向怀臻鞠了一躬，“陈先生，真得谢谢您。八旗子弟不争气。要不是您，我叔爷的这座贝勒府可就糟蹋了。”

“金先生太客气了。”怀臻抱拳回谢，“这也就是前几年。要是现在，我还真没这个胆量了。”

金先生打量着小崧荃，“这位小少爷是?”

齐先生忙介绍，“这是陈教授的小公子，崧荃。”

“金爷爷好。”小崧荃一点不怯场。

“好，好。将门虎子，一表人才。”

常三爷插话，“金先生，把那件宝贝请出来，让大家一饱眼福吧。”

“是，是。已然准备好了。”

身穿长袍马褂的下人们给每位客人送上一副白手套，点起檀香，在客厅中间铺着黄缎子桌布的红木圆桌上，又垫上个绣花圆垫。一位管事模样的人捧着个镶着祖母绿的紫檀盒，缓步走到桌前。把紫檀盒子轻轻地放在圆桌的绣花垫上，退到一旁。

金先生双手抱拳，“这件宝贝有祖先乾隆爷的御印。按家规，我得先施大礼。”

金先生走到桌前深深一揖，抱拳举至额头，三叩首后站起身来，戴上白手套，小心翼翼拿起紫檀盒顶盖，抽出木销，放倒四面护板，露出里面一方砚台盒。长方形的砚台盒不大，木质呈深黄色。金先生轻轻拿起砚台盒盖，这才露出一块砚台。看得出来，砚台饱经沧桑，年代很久了。

“各位，这就是唐代褚遂良的砚台，距今已有一千三百多年。”金先生指着四块护板，“这件宝贝之所以称得上是顶级国宝，不只在于这块砚台，更在于紫檀盒的四方护板上有唐、宋、明、清四位帝王的御印和御题。四代王朝、四位帝王的御印和御笔齐聚在一件古物上，世上绝无仅有。”

大家戴白手套，拿放大镜，仔细瞻仰。

金先生走近小崧茬，“来人，给小少爷搬个脚凳，好看得更清楚。”

小崧茬鞠躬致谢，站在脚凳上，也像回事儿似的认真细看多时。

金先生接着解释，“紫檀外盒四周还镶有四块珍贵翡翠。打开销子，外盒四壁平铺开来，在内衬四块黄罗丝缎上是唐宪宗御印，宋神宗赵顼御印，永乐明成祖朱棣御印，祖上乾隆皇帝爷御印。金碧生辉，价值连城。”

屋里肃静得连喘气声音都听得一清二楚。大家又仔细端详这四方御印和御题，瞻仰那方宝砚，惊叹之情溢于言表。

陈怀臻抬起头，不无惋惜地对金先生说："冒昧问您，您真舍得割爱？"

"实不相瞒，这比剜我的心还疼。可是，逃难路不好走啊。这件宝贝要是有闪失，我怎么对得起祖上？怎么对得起先人？"

"恕我多言，"刘五爷问道，"这件宝物一直都在您身边？没有经过外人手？"

"没有。"金先生语气肯定，"自从我祖上得到这件宝物，就成了我们家世代相传镇宅之宝。别说没经过外人之手，就连我们爱新觉罗门里知道的也不多。"

"金先生，眼下战乱时局，您看这价钱是不是还有商量？"齐先生想再还还价。

陈怀臻客气地摆摆手，"齐先生，就依金先生的价。金先生能把这件宝物托付给我，已经感激不尽了。"

金先生一下动了容，"您别说了，陈教授。遇见您这样仗义之人，是我的福分。照管事给齐先生开的价，我只要八成。"

"那可不成，绝对不成。"陈怀臻紧忙拦住。

"这件宝贝进了您的贝勒府，依旧沾着我们爱新觉罗家族灵气。我放心了，知足了。陈教授，您就别客气了。"金先生坚持。

怀臻又摆了摆手，"不成。还是依您的原价。三十条金子，一两也不能少。不然，我于心不安。"

所有人为之一震。

金先生抬起泪眼，吩咐管事，"把那件象牙白菜翡翠蝈蝈拿来。"

管事从后厅取来个花梨木盒，交给金先生。

金先生走到陈怀臻面前，"今天和您结识，实乃三生有幸。我从没见过您这样的买家。我依了您，就按原价。可您也得依我一件事。"

"您说，无不从命。"怀臻赶忙站起来。

"您必须收下我这件赠品。"

说着，金先生打开黄花梨木盒，里面是用整根象牙精雕细刻的一棵白菜，白菜帮子上还趴着个用祖母绿精雕细刻的绿蝈蝈。活灵活现的翡翠蝈蝈头上，伸着两根同样用翡翠玉石磨成的长长、细细的须子。大家又看呆了，又是一件宝贝啊！

怀臻大吃一惊，“这怎么行！早就听说有件翡翠蝈蝈象牙白菜。那是多少人可望不可即的宝贝。我怎敢收您如此贵重厚礼。”

“宝物有价心无价。您的好心比宝物贵重多了。”金先生动情地说，“您要是不接受我这番情谊，就是看不起我。”

齐先生赶紧打圆场，“陈先生，您就收下吧。这可是金先生的一片心意啊。”

怀臻真的很为难，“金先生，那我就恭敬不如从命。您这番情谊，我永生难忘。”

“就这么办，”金先生知会下人，“你们把这两件宝物仔细包装好。”

“金先生，还有一事相求，”齐先生说道，“这件事，还望您保密，别和任何人说。”

“明白，明白。”金先生一口承诺，“一定做到。请陈先生放心。”

陈怀臻等人起身告辞，“金先生，三十条金子明天送到。您放心，我一定把这两件宝物收藏好。改日请移驾寒舍，给您饯行。”

“一定登门拜望，我还真想再去看看翻新的贝勒府。幸会，幸会。走好，走好。”金先生把客人们一直送到门外。

道奇轿车静悄悄向北开去，车上的人都默默回味着刚刚发生的一幕。

“小吴，先送刘五爷和常三爷。”

“是。”

道奇轿车出了北池子北口，路过故宫东北角楼。曾几何时，红墙后面就是金先生先辈养尊处优、耀武扬威的地方。如今，竟连祖上传下来的镇宅之宝也保不住了。汽车静悄悄把故宫角楼和筒子河抛在后面。小崧茬默默无语，眼前老是金先生影子。似乎看见金先生老泪一滴一滴掉在翡翠蝈蝈长须子上。得了两件无价之宝，本应是高兴的事，可是车上的人都沉着脸，乐不起来。陈怀臻心里既有安慰，更有压力。得了国宝也就意味着全家要和国宝一起留在北平。不言自明，陈家出走的路断了，彻底断了。

转天一早，小吴匆匆跑进客厅，递给怀臻一沓报纸和传单。

“大汉奸京城董爷的下场！”

“东厂胡同董府冲天大火，死伤无数！”

“大汉奸、大恶霸京城董爷尖刀刺喉！”

大字标题下还有许多照片。处处余火中，一具死尸被绑在客厅前廊柱子上，一把刺喉尖刀下，一张字条，字迹非常熟悉。

“国恨家仇，一刀报销！”

过些天，“品古斋”伙计给陈怀臻送来封信，告知送信人放下信什么也没说就走了。揭开信封，信纸上四行熟悉字体让怀臻心怦怦急跳不停。正是童掌柜为他保定住宅书房亲笔写的条幅。

千里黄云白日曛，北风吹雁雪纷纷。
莫愁前路无知己，天下谁人不识君。

……

1949年元宵节，陈家豪宅花园。

解放军战士们和陈家人一起给近百人包饺子，煮元宵。临时搭起三个柴灶，饺子和元宵下锅，用铁锨搅和。大红花灯高挂，主桌前好多张床板架起来成了战士们的饭桌。陈怀臻首先祝酒。尊敬的徐冰副市长，刘师长，师部官兵战士们：告别晚会非比寻常。送别刘师长和官兵朋友们，真是舍不得。告别过去，迎接未来。让我们共同纪念这一美好历史时刻。欢迎徐副市长讲话。

尊敬的陈教授、陈夫人、陈家朋友们、同志们：我还是第一次参加这样的告别晚会，很受感动。过去艰苦奋战，现在百废待兴。陈教授一家都做出了重要贡献。在新中国开国大典前夕，我谨代表北京市人民政府，任命陈怀臻教授为北京市优抚工作委员会副主任委员。期待陈教授继续为国为民做出新的贡献！

热烈掌声中，陈怀臻从徐副市长手里接过了任命书。“诚惶诚恐，万分感谢对我的信任。我们陈家将捐出‘陈家房产’全部资金，为北京市修建贫民住房。”

又是一阵暴风雨般的掌声。魁梧英俊的刘师长站起身来，“我是个军人，不善辞令，只想说说心里话。征战这么多年，我们还是第一次和这么实在、热情、有学识的主人一起度过八个月温暖时光。我和陈教授是河南同乡。老乡见老乡，两眼泪汪汪。我们不仅欠着八个月房租，更欠着陈家的深情。官兵全体起立，向陈教授、陈夫人、陈家老少和所有朋友们敬酒！”

官兵举杯高喊：“向陈教授、陈夫人、陈家老少、首长和朋友们敬酒！”

霎时鞭炮齐鸣。大家的手紧握在一起。官兵和陈家全家老少的手紧握在一起。心是那么真，情是那么深。欢乐笑声，激情泪水，融在欢声笑语之中。

随后，《霸王别姬》演出开始了。从五岁就学戏的小崧茬扮演霸王，身穿战袍，足蹬高靴，挥动着马鞭上场。几句高昂凄凉西皮散板，赢得满堂喝彩。崧茬的发小小丽芬扮演的虞姬迎上前来，帐中备酒，为霸王分忧解愁。在《夜深沉》曲调中，京剧世家熏陶的小丽芬载歌载舞，令人叫绝。最后，虞姬决然自刎。看着小丽芬满脸泪水，担心她会摔倒在台上，小崧茬一下把小丽芬紧抱在怀里。

小丽芬低声说：“别抱我，没事儿。”

小崧茬没松手，低声说：“松手你就躺下了。就这么着吧。”

台下响起雷鸣般掌声，还以为这是新加的动作。在小崧茬托扶下，小丽芬缓缓直起身来，只觉得身子软软的。多次谢幕中，她一直紧靠在小崧茬身上。

陈怀臻和刘师长送徐冰副市长到大门口。回转身，边走边聊。

“陈教授，想问您件事。”

“请讲。”

“听说前些年一个姓董的老找您麻烦？”

“东厂胡同那个姓董的？”

“就是他，号称京城董爷。”

“冤家对头，大汉奸、流氓。”

“他的宅子毁于一场大火，他也死于非命。你可知此事？”

“听说了，就在解放军进城前不久。”

“不知是何人所为？”

陈怀臻稍有犹豫，“不知道，一定是遭他迫害的冤家对头。”

刘师长语重心长，“防人之心不可无。还要多加小心。”

第一章

放弃演员梦　英语奔前程

•

1957—1958　北京

父亲陈怀臻1918年从河南济源下雁门窑洞徒步三千里走到北京，不知吃了多少苦，受了多少罪。1924年从北京大学法文系毕业的陈怀臻好容易在三所大学谋得了教职，后又赶上日寇侵华，占了北京城。不愿在挂着日本膏药旗的大学任教，陈怀臻教授在中法大学给学生们上了他的最后一课。慷慨演讲后，他带领学生一起朗诵了法国著名作家都德的短篇小说《最后一课》后愤然而去。他辞去了所有教职，全家陷入断粮困境。凭着陈怀臻的聪明才智，在贤内助傅佑君协助下，他弃文从商，凑钱卖旧房，翻盖新房，廉价出售给涌入北平的难民。就在起死回生的1939年，小崧莛在嵩祝寺胡同出生了。从此，"陈家房产"一发不可收拾，成了北平房地产界佼佼者。为了给"陈家房产"树立响当当招牌，陈怀臻买下了地安门慈慧殿破烂不堪的贝勒府。小崧莛就是在翻修贝勒府的工程中长大的。两年多施工，他亲眼得见百多间高大新房、六亩多的花园和戏楼乐台，在父亲总体规划下，在百十位工人师傅手里平地而起。老家来的法元爷爷整天带着他捡废钉子，拾刨花。废钉子砸直了再用，刨花送伙房做饭。小孩儿砸钉子，免不了砸到手指头。小崧莛疼得哇哇大哭。爷爷只是给他揉揉手，用干净刨花擦擦血，歇会儿再砸。伙房开饭了，一伙一伙地坐在一起，工人师傅们吃啥，爷爷和他就吃啥。边吃边听爷爷和工人们聊大天，讲他们的亲身经历和见闻，小崧莛听得入了神。工人们哪里知道这位慈善的老爷子就是大宅门房主的父亲，小崧莛就是房主的小少爷。这些难得的经历，成了崧莛一辈子受用不尽的宝贵财富。到如今，不管在国内，还是在美国，每每见到工人师傅们，崧莛总是面带微笑，亲切地和他们打招呼。

崧荃幸福的小学时代是在灯市口育英小学度过的。班里全是男生，除了一般小学课程，还有门英文课。来自英国的洋老师从《圣经》里给每个学生起了个英文名字。崧荃叫STEPHEN，就这么一直用了下来。从六岁打英文启蒙基础，积累好多英语词汇不说，还说得一口标准地道伦敦音。哪里知道，这些对他以后的发展起了重要作用。

1951年，崧荃从育英小学保送到育英中学（后改为北京二十五中，又改为北京六十五中）。从初一到高三，小崧荃长成了一米八的壮小伙儿。无忧无虑的中学时代是他一生难忘的美好上进时光。爱国红色资本家的儿子入了团，戴上了"优秀生"奖章，还成了学校话剧团台柱子。十门功课不少，可是作业不多。唯一变化是外语课不再学英文，改学俄文。俄文也挺好，滴里嘟噜的"欧琴哈拉说（很好）"，挺有意思。

对从小念《百家姓》《三字经》《唐诗三百首》长大的崧荃，家教说严又不严。严，绝不许有任何错误行为。一旦发现功课不及格，说瞎话，乱花钱，就得挨父亲一顿好揍。后来母亲不让父亲再打孩子，就改成周六周日关小屋反省。不严，父亲只问他期末考试名次。只要是前十名，啥话也不说。母亲还会给崧荃买些学习用品和体育用品，以作奖励。可是，绝不过分。崧荃直到考上大学才戴上手表，还是便宜的苏联表。他的一条绒裤，硬是补了十多块补丁，穿了五年。

男孩子，没有不淘气的。自从爸妈带着孩子们逛过几次天桥市场，崧荃可就迷上了这处无奇不有的平民爱好所在。宝善林（俗名宝三儿）摔跤场，王杰魁老先生慢条斯理的评书，还有豆汁儿、炸灌肠各色各样小吃。特别是父亲当年进京吃的卤煮火烧，可把他馋坏了，做梦都想天桥儿。周末去不了，他开始逃学了。揣着攒的零花钱，舍不得坐电车，一路走到天桥儿。先吃碗卤煮火烧，再站在人群里看宝三儿和几位老手摔跤，接着赶去王杰魁老先生棚里听书。一拍惊堂木，开说；再拍惊堂木，"要知后事如何，且听下回分解"。伙计们捧着竹笸箩挨个打钱。给不给由您，给多给少也由您。多则三五分，少则一分钱，全都客客气气。崧茬兜儿里那点钱都花在这儿了。号称“静街王”的王老先生也在广播电台说书。每到他的钟点儿，大街上愣是没人，全都挤在有话匣子的店铺里外听他的《小五义》。没过多久，崧茬也开始给同学们说书了，而且是地道的“王派”!

没有不漏风的墙。一天逃学去天桥儿回家晚了。悄悄走进大门，推开自己小屋门，猛地看见母亲坐在小书桌台灯下，默默地给他修铅笔。崧茬不敢出声儿，低着头，红着脸，冒着汗，站在母亲身旁。母亲没抬头，没说话，还是修铅笔，再把铅笔放进铅笔盒，装进他的书包，默默站起身。

“洗洗，快睡吧。”声音低低的，一眼也没看他，“明早还得上学呢。”

母亲默默走了。崧茬发现书包旁放有一盘点心，顿然热泪盈眶。不敢哭出声，憋着气抽噎着。点心一动没动，躺在床上，他第一次失眠了。脑子里总是母亲灯下给他修铅笔的影子。母亲的影子一直伴随他到现在……从此，崧茬再也没逃过学。

崧茬的文艺爱好和艺术天才，父亲母亲都看在眼里，挂在心上。学习好，业余爱好也要鼓励，可不能成个书呆子。想起1949年慰问入城解放军，在陈家花园戏台，小崧茬和小丽芬合演《霸王别姬》精彩场面，母亲找到了丽芬父母，京剧名家袁叔和梅姨。就这么，崧茬开始正经学戏了。没承想，崧茬还真迷上了。纯粹铜锤花脸好嗓子，穿戴上头盔靴子，身量得过两米。再加上袁叔悉心调教，崧茬渐渐赢得京剧界内外行的关注。洋洋得意的他梦想未来的辉煌，有些忘乎所以了。

“袁叔，我想下海唱戏。”

“下海？不行！那不是你干的。”

“那您干吗让丽芬唱戏？”

“继承她妈衣钵，她就该干这行。你爸可是名教授。”

“教授儿子就不能唱戏？”崧茬小声儿嘟囔。

“我说了不算，你得问你父母。他们知道你这想法吗？”

“不知道。”

“一生大事，可不能瞒着他们。”

“我想，想请您和我父母说说。”崧荎低声说。

“什么？没门儿！”

其实不用崧荎说，父母早就看出来了。没有责备，没有强求，只是现身说法，教化崧荎。母亲和他多次长谈。父亲把他的一些著作和译作，法文教科书、《白石上》《金钱问题》放在崧荎书桌上，还用毛笔写了两行大字：“书到用时方恨少，事非经过不知难。”

没出息的孩子连骂带揍，有出息的孩子一点就透。父母只对崧荎说了一句话：“先考上大学再说。”崧荎也实实在在听了这句话。

崧荎主演的话剧《新局长到来之前》荣获了北京市中学话剧汇演一等奖。借在圆恩寺影剧院公开上演机会，他买了票（前排座两毛，后排座一毛），请父母和陈家亲朋好友观看演出。整个剧院都炸窝了。谁也没想到，一群中学生能把戏演得这么好，这么火。散了戏，父母请大家吃便饭。席间，崧荎站起身向大家致谢，还特意向袁叔梅姨敬茶。

“谢谢袁叔和梅姨多年苦心栽培，这也许是我最后一次登台演出了。”

“别这么说，”袁叔连连摇手，“不下海，还可以票戏。算是你业余爱好吧！”

梅姨红着眼圈对怀臻和佑君说：“我有场义务戏，想请崧荎陪我演出《霸王别姬》，行吗？”

父亲说：“太行了。”

母亲说：“就怕他演不好。”

袁叔乐着说：“你们就睛好吧！”

吃罢饭，崧荎送丽芬回中国戏剧学校。

“你可够美的，我都没和我爸妈唱过戏。”

“嚯，这还不是安慰我。”

“有什么可安慰的？上大学不是更好吗？有什么打算？”

“还没想好。统考，打算报考北京大学新闻系。”

“当记者？”

“北京外国语学院提前单独招生，也想试试。”

“对！听说今年高考特难。先试试，多次机会。”

“你呢？”

“戏校毕业，我打算加入新疆京剧团。”

“新疆？那么老远？”

“工资待遇高，我得养家。”丽芬低下头，“那，那女孩儿是谁？”

“谁？”

“长辫子，跟着你出来谢幕的女孩。”

“哦，给我化装的同学。”

“真甜，”丽芬边说边上了公共汽车，转身朝崧荃笑了笑，“真美”。

崧荃闹了个大红脸。这丫头眼睛真尖，那女孩儿就是孟玉英，崧荃暗恋的女朋友。

大义务戏大轴戏是《霸王别姬》。霸王一登场就是可堂的碰头好，吓了崧荃一大跳。再一起唱，“枪挑了汉营中数员上将”，又是满堂彩，崧荃直犯晕。多亏梅姨扮演的虞姬迎上前来，陪同霸王走进帐中，崧荃才算平静下来。整场演出，崧荃满头大汗，把勾画的大花脸都冲湿了。演出圆满收场，多次谢幕回到后台，崧荃快累瘫了。心里暗想，一辈子要真干这行，可真够受的。

1957年，崧荃高三毕业那年，高考特难（后听说全国25万高中毕业生报考，只录取了10万）。事到临头，崧荃真慌了神儿。一向不多和他聊天的父亲看在眼里，经常和他谈起报考大学话题。有时会聊上几个小时。出乎崧荃意料，交谈重点不是选择哪个大学，而是选择什么专业。尽管崧荃数理化成绩不错，但理科却不是他兴趣所在。文科肯定是他的归宿。锣鼓听声儿，说话听音儿。多次谈话中，崧荃渐渐明白，父亲希望他能追随他没走完的路程，主修外语和外国文学。父亲给了崧荃两本书：《马丁·伊登》，《哈克贝利·芬历险记》，都是美国文学名著。崧荃幼小启蒙家教张二姨的长子张万里教授历时多年把后一部书译成中文，极获好评。

父亲钟情地说：“如果能读英文原著，就更精彩了。”

“您是想让我报考外语专业吗？”

“不是我想不想，是你想不想。郭迪成教授，我的学生，特意告知，他所在的北京外国语学院要提前单独招生。”

“听说了。国家统一考试两个月前，单独招生。”

“你不想先走一步，去试试？”

“正想和您和妈商量。”

“我和你妈早就商量过了。报考什么专业？”

“法文，接您的班。”

父亲紧忙摇手：“不，不。要学英文，前途更宽阔。”

崧茔瞪大眼睛，“英文？”

“对，英文。想学法文，我辅导你不就行了。”

“那可就不能接您的班了。”

“我的班，不接也罢。走你自己的路，创你自己的前程！”

一语定乾坤。慈父一言决定了崧茔一生受益的命运和前程。

有志者事竟成。就在全国统考前两个星期，大喜临门，陈崧茔接到了北京外国语学院的录取通知书！

同学们特羡慕崧茔。就在他们铆足劲过统考关，心里七上八下等录取通知书的时候，崧茔却拿着袁叔梅姨给的票，去看裘盛戎和高盛麟两位先生难得的联合演出去了。《盗御马》《连环套》《盗双钩》，俗称“盗连盗”。珠联璧合，这叫过瘾。散了戏，袁叔梅姨带着崧茔吃夜宵。梅姨一再祝贺崧茔金榜得中。可袁叔却不无遗憾地说：“外语学院得了个好学生，梨园行可少了个好铜锤花脸！”

很长一段时间家里没有这么高兴过了。母亲做主就在家里，大家好好高兴高兴。家里人都聚齐了，舅姥姥和母亲炒的家常菜，母亲特意拿出瓶味美思红酒。可是，父亲只吃了半碗饭，滴酒未沾，托辞有些累，默默走进里屋。

九月初开学。崧茳带着铺盖来到外语学院，一进门就惊呆了。铺天盖地的大字报，崧茳完全呆了，傻了。

一个多月过去了，学校里的气氛让人喘不过气来。到了周末，崧茳紧忙骑车赶回家。可是到了家，气氛同样紧张，喘不过气来。夜深人静，父亲走进崧茳的小屋。

“孩子，今年你多大了？”

“十八了。”

“我呢？”

“爸，我们不是刚给您过了六十大寿吗？”

“你妈呢？”

“五十了。”

“你长大了，要照顾好你妈。”

“我知道。”

“你还不知道。来，跟我来。”

来到父亲书房。父亲从抽屉里拿出块砚台，走到放古董的储藏室。从高木柜的抽屉里取出砚台盒，把砚台放进去，然后又把盒子放回抽屉，上了锁。

“记住我把砚台锁在这儿。从今往后，我用不着了。”

崧茳回屋躺在床上，彻夜未眠。

1957年10月，就在陈崧茳被北京外国语学院录取后两个多月，陈怀臻被打成“右派”，据说陈怀臻所在的地区还缺少个有名望的“右派”。如果早两个月发生此事，陈崧茳就休想上大学了。

在外院，陈崧茳一个人躲在图书馆和宿舍勤奋攻读。随着高等教育改革，所有大学生每年都要去农村干至少两个月的体力劳动。崧茳所在年级的劳动基地是京西百多里的安家庄。主要农活儿是上荒山挖鱼鳞坑，种植板栗。和不喜欢、不习惯体力劳动的同学比，幼时在陈家大院后菜园常干农活儿的崧茳却如鱼得水。抡起镐头，他一天挖的鱼鳞坑是一般同学的两三倍。一个人上山单干，崧茳可逮着了他的一片天地，美得不得了。

清晨，把玉米饼、咸菜、一大壶水装进背包，背着镐头，迎着初升太阳爬上山。爬得越高，人越少。蓝天，白云，野花，再加上清凉山风，挖起坑来，那叫爽。玉米饼就咸菜，那叫香。边吃，边背几段英文，哼两口京戏，那叫美。望着招来的许多喜鹊和小鸟儿，这简直就是他的天堂。

背包里，崧茬总是带上铅笔和笔记本。干累了歇息，他总是用英文写信，给父母，给玉英，都是没有发出去的信。再有就是低声背诵莎士比亚十四行诗，《奥赛罗》和《马丁·伊登》的片段。

1958年的国庆节和中秋节几乎同时到来。安家庄队部通知要举办庆祝联欢晚会。村支书特意找到了陈崧茬。

“小陈，听说你大戏唱得不错，联欢会上给大家唱一段。”

崧茬吃了一惊，“我们英语系书记同意吗？”

“我是安家庄书记，在这儿我说了算。”

“有谁会拉胡琴吗？”

“没有，清唱。唱啥，你定。”

那天晚上，崧茬惶惶不安。饱吹饿唱，过节聚餐会上，他瞪着香喷喷的炖肉，愣是不敢下筷子。打麦场上临时搭起了戏台，全庄二百多人加上一百多同学坐得满满的。戏台上方挂了好多盏煤气灯，闪亮闪亮。大家先唱国歌，接着是合唱、舞蹈、相声、民歌。接下来，是陈崧茬的京剧清唱《铡美案》。一句高亢有力的导板“包龙图打坐在开封府”，迎来了震耳欲聋的喝彩。后面是一句一个好。热烈掌声中，崧茬硬是下不了台，又加唱了一段。掌声和叫好声回荡在崇山峻岭中，震撼着崧茬的心弦，久久不能平息。

演出结束后，村支书招呼崧茬去他的住处。围坐在院里石桌周围的十来个老乡招呼崧茬坐在村支书旁边。石桌上摆满当地土特产和白酒。

“孩子，知道你在聚餐会上吃得不多。来，再找补找补。”村支书给崧茬倒满了一大茶杯白酒。

“我可喝不了这么多。”

“凭你的个头儿，凭你的嗓子，你一准能喝。来，来一大口！”

崧荎眼泪都快下来了。这么多年，有谁给他鼓过掌？除了父亲，有谁给他倒过酒？他紧忙站起身，端着酒杯向村支书和大家回敬，一口干！

村支书感慨地说：“多少年了，我们没有听过这么好的清唱。小陈，真有你的！”

“您太过奖了。是安家庄，是您给了我这机会。”

村支书摇了摇头说：“我没醉，清醒着呢！孩子，你知道全庄人为什么都给为你鼓掌？”

“为什么？”

“你在山上挖鱼鳞坑，着实用气力。啃窝头时还背书写功课。”

崧荎暗暗一惊。咋？都看见了？

“还有哩，你嗓门儿好，唱得好。可还有个缘由。”

全都静了下来。

“因为你唱的是老包，敢铡皇上女婿的包拯！”

大家连连点头。

村支书举起大酒杯，一干而净。大家和崧荎也都举起酒杯一干而净。

山野菜吃得香，家酿的白酒喝得爽。更让崧荎无限感动的是他还有知音人，还有说大实话的知心人。回到家里，崧荎向父母详详细细地述说了这段经历。感动得年迈体弱的父亲不知说什么好。晚饭时，母亲特意打开那瓶父亲六十大寿时没喝的味美思红酒。父子二人连连举杯，不沾酒的母亲也喝了一杯。崧荎心里隐隐约约感到，父亲从绝望中又觉出了一线生机。其实，他何尝不是呢！

每年都去安家庄，每年崧荎的学业都有长进，每年都有新感受，每年都有新收获。崧荎学习更努力，更发奋，也更有收获。

日复一日，月复一月，年复一年。知道只有好好学英文才有出路的陈崧荎炼就了准确的发音，过硬的语法，广泛的词汇，突出的听力。

崧荃一再说，不是“练成的”，是“炼成的”。用他的话说就是：“没有炼的练，只是普通一般的练。有了炼的练，才是刻骨铭心的练！”

陈崧荃对他“炼就”的学习英文四大要素做了归纳：

学英文必须：
发音又准又美，语法又实又清，词汇又泛又专
发音准不准，就是脸美不美——先入为主
语法实不实，就是人诚不诚——文品高低
词汇专不专，就是心实不实——受用长远

对于英文的听，说，写，读，陈崧荃的归纳是：

听“首要”
说“服人”
写“见功”
读“上进”

以上要点，陈崧荃不敢说都做到了。但是，就凭“炼”出来的这些本领，他想都想不到日后在国内他能：在西安韩森寨，受命办速成英文班，编写教材，讲课改作业，课外辅导，全是他一个人，六个月后，五十多位学员竟都通过了毕业考试；在机械工业部，他服从分配，钻研铸造专业，凭借他的英文和钻研，他翻译了美国铸造协会出版的《铸件缺陷分析》等著作，在全国铸造学会论坛上，他发表了《试论我国铸造业发展的重点和方向》长篇论文，还当选为北京铸造学会理事；业余时间，他翻译出版了著名科幻作家威尔士的《摩若博士岛》和其他国外名家作品，还合作出版了国内第一部“外国文学译丛”。

更出乎他意料的是，在国内没有学位制度情况下，他就凭着北京外国语学院毕业证书和五年学习的分数单，被美国斯坦福大学和亚利

桑那大学录取为研究生。

陈崧茎更是想不到，1981年他带着200美元一个人去了美国，靠着他的英文和本事，竟能拼搏出他都想象不到的成果。

放弃演员梦，英语奔前程。没有当年对演员梦的放弃，也就没有如今收获的前程。如今，陈崧茎已经77岁，自觉还是个壮年。他还要沿着这条路继续走下去。

第二章

大难不死，必有后福

•

1970—1971　北京　宁夏银川　贺兰山

站台上挤满了人，一色灰或绿。大多是知识分子模样，还有不少穿军装却不戴帽徽领章的军人。男男女女，老老少少，要走的，送别的，表情凝重，默默无言。崧茬紧紧拉着玉英的手，挤过人群，走到拥挤不动的硬座车厢。玉英强忍住眼泪，把绣着两朵红玫瑰的手帕递给崧茬。

“还是那块手绢儿，我绣了两朵花。看到它，就想到我，就想到大卫和晓雷。不管多远，我们都在一起。”

崧茬用手绢儿拭去玉英的眼泪，不知说什么好。万语千言还是重复了多少遍的那几句，“当心你自己。当心老人。当心孩子们。”

轰隆声中，不堪重负，老掉了牙的火车慢慢驶出车站。崧茬趴在窗口，望着玉英渐渐远去的身影，心绞着疼。还不到五岁的大卫，刚出生的晓雷，什么时候再能见到他们？到底发配去哪儿？要劳改多少年？还会再蒙受“牛棚”里的羞辱和虐待吗？不知道，全都不知道。紧握着那张单程火车票，他踏上了没有回头路的远途。

火车奔北，过了八达岭，过了长城，接下来是他从没看到过的草原和沙漠，没完没了，旷无人烟，连头牛和羊也看不到。天，越来越高，地，越来越荒，风，越来越大，心，越来越凉。车厢里死一样寂静。同病相怜，一肚子委屈，有什么好说的？崧茬歪在硬邦邦的座椅上，脑子里全是家人的影子。年已古稀的父亲和体弱多病的母亲凌晨在扫街，身为工程师的玉英在工厂露天捡劈柴……

虽然才工作四年，一向研究论文最多，办英文班教授学生成绩最好的陈崧茬还是没躲过那一劫。因为又高又魁梧，还老是一股子不服气的劲儿，他受的罪更大。他瘦了，可更壮实了，而且还学会了针线活儿。昏暗的灯光下，他把那身棉袄棉裤拆洗缝补得干干净净。不为别的，春节期间允许家人来探监了。

人来得不少，都在门外等着。只听门卫一声呼叫，“陈崧茎，有人看你。”

等候多时的崧茎一步蹿出牢房，只见个小男孩儿蹒跚地向他跑来。穿着小棉大衣，捯着小步，举着什么东西边跑边喊：“爸爸，爸爸，给你糖，给你糖！”

崧茎一把抱起大卫，热泪盈眶，什么也看不清，什么话也说不出，只闻到一股户外冬天清新气息。

紧跟在后的玉英搂住崧茎，三人紧抱在一起。两人的热泪润湿了大卫的小脸。

“大卫，叫爸爸，这是你爸爸。”

大卫亲昵地叫：“爸爸，爸爸别哭！”

玉英摘下崧茎的眼镜，掏出手帕擦掉崧茎满脸泪水，“爸爸没哭，是高兴，高兴！”说着，自己已经泣不成声。

孩子不知所措，低声说：“爸爸，给你糖。”

崧茎握住儿子的小手，“爸不要，糖是给大卫的。”

“不，是给爸爸的。”说着，剥开糖纸，把糖塞进崧茎嘴里。

崧茎：“别哭，都别哭。我不是好好的吗？”

玉英低声说：“我只在你面前哭。别人甭想看到我的眼泪。”

在崧茎牢房里，玉英简直不敢相信自己的眼睛。关着十多个人的废弃厂房打扫得清清爽爽。崧茎小床上下干干净净，被褥也是刚拆洗的。再看崧茎，瘦了，黑了，可更壮实了。

崧茎柔情地看着玉英，“爸、妈、舅姥姥，晓雷都好吗？”

玉英：“都好。都问你好。晓雷又乖又胖，从不哭，特招人爱。”

一位狱友走过来，递给崧茎饭盒。

“你的午饭。这漂亮的男孩是你儿子？”

“是。这是我爱人。”

老狱友羡慕地看了看，默默走开了。

菘茬小声说：“老工程师，老伴自杀了。孩子们都在美国。”

玉英打开饭盒，有意岔开话题，“还有肉？”

“有。一定告诉爸妈我在这挺好。来，大卫，尝尝爸爸的饭，可香了。”

玉英拿出个玻璃罐儿，“你让我带辣椒酱，干吗？”

“在这儿学会了吃辣椒。”菘茬不敢告诉玉英，肉菜一个月只吃一次。平时就吃玉米面饼子就咸菜。有咸辣椒更能下饭，连咸菜也省了。

玉英悄悄地往枕头下塞了个信封。

菘茬：“什么？”

“给你留点钱。”玉英悄声说。

“靠你那点工资养一家子，够难为你了，干吗还给我钱？”

“一个月12块钱怎么够？”

“够，还有富余。”

“拿着吧，我心里踏实些。”

菘茬柔情地说：“过年了，你就拿这钱给孩子们买件新衣服吧。”

“大卫不是穿着呢吗？没看出来吧？是我用你的旧外套改的。”

大卫大口吃着肉，仰起小脸直乐。

菘茬小声说：“对，咱们都要干干净净的。”

正说着，门卫大声招呼，“时候到了，该走了。”

菘茬送玉英和大卫到前门。大卫哭着不走。

“我不走，我要爸爸。我要爸爸！”

玉英抱着大卫，迎着寒风，迎着雪花，一步三回头，渐渐远去。

关了一年多，陈崧茬被“解放”了。牛棚的人被放出来，不叫释放，叫“解放”，以示和判刑犯人区别对待。崧茬用被单包好行李，乘公共汽车回到家，街坊们都瞪大眼睛，跟看见外星人似的。菘茬悄悄走到五楼家门口，轻轻敲门。

“啊?！你怎么回来了?”

“舅姥姥，别担心，我解放，不，我放出来了。”

进了屋，惊喜地看到父母都在。父亲在教大卫写大字，母亲哄着晓雷睡午觉。

“你，你怎么回来了?”还是那句话。

“解放了。”

“解放了！又解放了?”老父亲不解，和1949年解放搅和一起了。

“这是新名词，就是让我回家了。”

大卫高兴地跑过来，扑在崧荎怀里，“噢！爸爸回来喽！”

母亲招手，“快看看你的晓雷吧。”已入梦乡的大胖小子脸上挂着笑容，似乎也知道他出世以来就没见过的爸爸回来了。

说不完的话，叙不完的情。听到外面楼道有响动，崧荎开门一看，玉英正呼哧呼哧地扛着自行车上五楼。猛看见崧荎，玉英腿一软，扑通一声瘫坐在楼梯台阶上。

“你怎么回来了?”又是那句话，已经是第三次了。好像崧荎本不应回来似的。

崧荎紧忙跑下楼，挪开自行车，坐在玉英身旁。

“回来了，回来了。”

“真的?”

“真的。不走了。”

一家人吃了顿团圆饭，还喝了点酒。看着崧荎狼吞虎咽的样子，都悄悄乐。那时候连乐都不敢出声。

晚上，崧荎搂着玉英躺在床上说悄悄话。玉英这才说了实情。受崧荎牵连，她从家具设计室调走干体力活儿。为了省钱，她每天来回骑两个多小时车到废木材仓库干苦力。寒冬酷暑，天没亮就出门，天摸黑才到家。晚上，楼里黑乎乎的，家里也黑洞洞的，电箱全被砸坏了。

“晚上回来，一片漆黑，费半天劲才能摸到家门钥匙孔。最难受的是……”玉英突然掏出手帕，捂住嘴抽泣。

“最难受的是推开家门，黑暗中，只听见大卫怯怯地低声叫着，妈妈，妈妈！”

崧茬猛地抱住玉英，二人哭成一团。

“划火柴点上蜡烛，看见大卫小脸上挂着泪珠，躲在舅姥姥怀里，在等我，等他的妈妈……”二人已是泣不成声。

那时候，他们只能躲在家里默默流泪。不能抗争，只能逆来顺受。不管怎么说，崧茬和全家活过来了。1949年北平解放，十岁的陈崧茬根本不明白解放的意思。今天，他终于亲身体验了“解放”的含义和可贵。

……

熬过不眠之夜，火车停在又小又破的银川车站。“一条大街一座楼，两个警察把两头”，宁夏省会就像个大村。等候在站外的大卡车，带着拖斗的拖拉机和手扶拖拉机，分批把火车上的人和行李拉走了。沿着狭窄土路，很快离开市区。透过拖拉机喷出的黑烟，远远望去，前面就是岳飞当年都没有到过的贺兰山。黄昏时候来到搭着几十个帐棚的荒地。苍凉的号声响起，几百号人拖着沉重的步伐收工了。

在帐篷里，崧茬和难友们默默地吃了他在劳改农场的第一顿晚餐，玉米面饼子榨菜汤。在铺着稻草的土坯炕上，他度过了第一个不眠之夜。

晨雾中，号声响起，吃早饭，出工，在一眼望不到边的盐碱地上挥镐刨荒。秋天的风有些凉意，耀眼的阳光却暖融融的。一镐下去一道白印，不到中午崧茬的虎口就震裂了。把渗着鲜血的双手在凉水里泡泡，撕破内衣，裹上条破布，又干了起来。每月八元钱伙食费，棒子面饼子咸菜汤管饱。每天十六小时农活儿没把他累垮，就多亏了他一顿吃下的十多个玉米饼子。从此，他更和玉米面结下不解之缘。直到如今，没有棒子面饼子和棒子面粥，他就觉得没吃饱，至少是没吃好。

好样儿的到哪儿都不灰。出工出力表现好，又属于“可以教育好的子女”，农场领导开始给陈崧茔放单飞了。跟着卡车司机师傅学了两个月，他开始独自开车上路，拉粮食拉煤。虽说技术不怎么样，荒郊遍野敞开跑吧，出不了事。装车，180斤的大口袋粮食他一抡就抡上车。卸车，抡着大铁锹，不用半个小时就把一车煤卸到了煤场。一连两个月顺顺当当，就闯了一次祸。一次拉煤，大卡车后照例挂了个大拖斗。煤装得满满的，他哼着“包龙图打坐在开封府”，把煤拉到煤场。下车一看，吓了一大跳，拖车没了！煤场领导急了，他也蒙了。带上人，掉头开车往回找。半路上看到那辆拖车翻在路边的土沟里，煤块撒了一地。把那么重的拖斗甩没了，他愣是不知道。煤场领导不停地数落他，“多悬乎！要是拉着一拖车的人，可怎么得了？”

卡车是不让开了。不久，他又接受了新任务，放羊。贺兰山麓，绿色草原一望无际，蓝天白云一望无边。就是太孤单了。好在有通人性的羊群做伴，碰巧还能遇见出入深山老林的猎户。点起篝火围坐一起，大口吃肉，大碗喝酒，那个亲热，那个痛快。听猎户们讲老年间传说，贺兰山岩画，成吉思汗往事，西夏王陵神秘，真把崧茔听傻了，惊呆了。依依惜别再上路，他的心开阔多了。除了身背的毡毯、干粮、水壶、雨伞、旧草帽和牧羊鞭，腰里又多了个水壶。装的不是水，是牧民兄弟给的自酿白酒。按着牧民老汉指引，崧茔赶着羊群朝着贺兰山西麓寻去。如今被誉为“东方金字塔”的西夏王陵，当年西夏王朝的皇家陵寝，那时在神秘面纱后只是一处荒凉所在。从11世纪初至13世纪初建成的这座我国规模最大的帝王陵园，历经毁灭性破坏，一片废墟，一片凄凉。他哪里知道眼前不少大大小小土山包竟是帝王陵墓和陪葬墓。西夏从1038年李元昊在兴庆府（现银川市）称帝建国，到1227年被灭，曾被誉为“三分天下居其一，雄踞西北两百年”。在这里静卧了千年之久的西夏王陵，让此时此刻的陈崧茔感慨万千。赶着百十头羊群，就在西夏王陵附近山野间找水，找草，找避风地方落脚。羊群吃草，他嚼着鹿肉干，喝着酒，唱起了《野猪林》林冲那段“大雪飘”。

大雪飘，扑人面，朔风阵阵透骨寒。
彤云低锁山河暗，疏林冷落尽凋残。
往事萦怀难排遣，荒村沽酒慰愁烦。
别妻千里音书断，关山阻隔两心悬。
满怀激愤问苍天，天哪天！
莫非你也惧怕权奸，有口难言？

高昂凄凉的唱腔，把羊群惊散了。没一会儿又聚了回来，似乎很欣赏主人的独唱音乐会，很理解主人的心情。

天下黄河富宁夏。宁夏境内的黄河灌溉了这一方的土，养育了这一方的人，也救了劳改农场的人。不承想，1971年初秋，多年不遇的暴雨，使黄河水位不断上涨。劳改农场全体出动，日夜巡逻，守护河堤。一夜，崧茬沿堤巡逻。狂风吹得他摇摇晃晃，寸步难行。大雨打得他满脸生疼，看不清脚下的路。电闪雷鸣，狂风暴雨中，他猛地一下子摔进坍塌堤坝的泥坑里。手电筒、报警锣和眼镜都摔飞了。过腰深的泥水杂草裹住他的身，缠住他的脚，他怎么使劲也爬不上去。深呼一口气，用足了气力拼命再向上爬，只听嘎巴一声，一阵扎心剧痛，左脚踝骨头断了。大雨中，他疼昏了过去。泥坑浑水泛出片片血红色，漫到他脖颈。平生第一次，他昏昏然觉着死到临头了。

没想到，拂晓前雨停了。初升太阳霞光下，浸在血泥水里的他竟苏醒过来。顺着反射亮光，一眼看到了远处的眼镜，还有那张照片，从上衣兜里摔出去的那张宝贵照片：玉英搂着大卫和晓雷微笑望着他。不知哪儿来的气力，他猛地翻过身，用那条好腿向上爬，爬，爬，终于够到那张照片，擦去泥水，紧紧贴在胸前。他又昏了过去，滑进泥水里。一只手，紧紧握着照片，伸在泥塘外边。

难友们找到了他，把他送到医务室。好心的马医生控干他满肚子泥水，立即给他做了手术。第三天，崧茬脚和腿上打着石膏，拄着拐，准备归队。马医生来看他。

“病人多，床位少，难为你了。”

“没问题。不知怎么感谢您。”

“应该的。来，带你去见个人。”

“谁？”

“到那儿就知道。”

二人来到旁边一座二层小楼，一楼走廊尽头的病房门前一位军官翘首以待。

“你是小崧茬，陈崧茬？”

“是我。”崧茬大吃一惊。

“还认识我吗？”

崧茬仔细辨认，“董，董排长？”再也忘不了。二十二年前在陈家花园，就是董排长教他练武打枪。真枪实弹打草人。

“如今是董师长啦。”马医生说。

“还是叫我董排长亲切。再看看这位是谁？”

推开病房门，一位胡须花白，眼神深邃的壮汉从病床上站起来。

“小崧茬？成了彪形大汉了！”

“您是刘师长？刘师长！”

“现在是刘司令了。”马医生又做纠正。

“快说说陈教授如何？陈夫人如何？”

崧茬吃了一惊，几十年没人这么称呼父母了。

“还行。”

“什么叫还行？”

“都健在，都健在。”

“能活过来就好。你怎么也发配到这里？”刘师长扶着崧茬坐到病床旁木椅上。

崧茬简要地说了实情。刘师长一言不发，低着头，喘粗气。

“陈教授已是古稀之年了。”

“精神很好，每天都打太极拳。”

刘师长眼睛一亮，“好！你呢？成家了吧？”

“是。”

“小霸王真娶了小虞姬？”

“没有，丽芬跟别人结婚了。我爱人叫孟玉英，中学同学。”

“有孩子了吧？”

“两个儿子。大卫，五岁。晓雷，一岁。这是他们的照片。”

“好漂亮，好名字！陈家后继有人了。”

刘师长从床头柜里拿出个雕刻精美的盒子，里面是方砚台。

“我一直在西南带兵，后来也挨整了。陈家无辜遭难，我知道。”

董师长插话，“用了两年时光，刘司令才得到这方有年头的贺兰砚。”

刘师长心有所思，“这是由西夏王陵悬崖峭壁贺兰石精制而成。送给陈教授，也算是个安慰。”

崧茎心头一热，“这，这太贵重了。”

“怎能比得上你父母的心珍贵。我的师部当年在陈家花园一住就是八个月，至今我还欠着陈家租金呢。”

刘师长把封信放进砚台盒子里，“一同转交给你父母。传说贺兰石会带来好运。”

“好运？”

“对！等着吧，快了。”

“刘叔叔，您也要多保重。”

“置之死地而后生。笑到最后才笑得最好。”刘师长紧紧握住崧茎双手，“我们还会见面的。”

崧茎回到农场第三天，被叫到场长办公室。

“怎么不早说你认识刘司令？”

“我也是前些天才偶然见到他。”

“坐吧，”场长头一次给陈崧茎让座，“正式通知，你立即回北京。”

“啊？家里出事了？”

“不是，”场长手指上方，“上级命令，严格保密。”

“什么时候走？”

“明天。这是你的火车票，还有场部介绍信。北京会有人接你。”

林彪一伙倒台了，劳改农场难友们，特别是那些老将军们，连日不断秘密欢庆聚餐，成了给他的送行会。自己打的粮，自己种的菜，自己养的羊，自己酿的酒，吃啊，喝啊，聊啊，笑啊。这辈子没这么乐过，没喝过这么多枸杞酒，没吃过这么香的炖羊肉。后半夜出去上厕所，嘴里的羊肉汤硬是冻成了羊油片，把嗓子都糊住了，张着嘴硬是说不出话来。

在农场劳改424天，崧茎重返北京竟睡上了卧铺。自从被“专政”以来，从未受过如此待遇。越琢磨，越纳闷。越纳闷，越睡不着。来也担心，犯嘀咕；回也担心，还是犯嘀咕。怎么着都不踏实。过的这叫什么日子！

第三章

劫失国宝露端倪

•

1971—1973　北京

一年多前离开北京去劳改，坐的是硬座，一宿没睡。一年多后回北京，睡的是卧铺，还是一宿没睡。等陈崧荃到了美国才算明白过来，这次从劳改场回北京对他的重大意义。命运虽然不掌握在自己手里，但机遇一旦从天而降，就不能让它溜掉。

到了北京火车站，一辆绿色软篷吉普停在站台上。司机是个瘦高中年男子，把他径直送到北京西郊一座三层小楼。要不是远处望见玉泉山独特的八角七层玉峰塔，陈崧荃还真摸不清东南西北。

老董，一位负责人模样的老者，在满是书籍、地图、杂志的办公室接待他。看过农场介绍信后，告诉崧荃，他将在这里做一些重要，十分重要的文字翻译工作，已经和他单位打好招呼。必须严格保密。绝不允许和任何人说及此事，绝不允许把任何材料带出办公楼。先去工作单位报到，三天后来这里上班。

崧荃问："我能回家吗？"

"当然可以，你现在是自由的。"

自由?！他不敢信。先是"解放"，现在是"自由"，到底怎么个"自由"？心里还是十五个吊桶打水，七上八下。没想到，接他来的吉普又把他送回了家。头一回专车送他，派头真不小。邻居们吃了一惊，家里人吓了一跳。

玉英冲下楼梯，"崧荃，是你吗？"

崧荃扛着箱子，气喘呼呼的，"是我，是我，回家了！"

玉英瞪大眼睛，一句话也说不出来。进了家门，父亲、母亲、舅姥姥、大卫、晓雷也都瞪大眼睛，不知说什么好。

“爸、妈、舅姥姥，我回来了。”

“真回来了？不再走了？”爸、妈还是不敢信。

“不走了，真的不走了。”

“大卫、晓雷，快叫爸爸，爸爸回来了！”

一岁多的晓雷张开小嘴乐。已经五岁的大卫从糖罐里拿出块糖，扑到崧茬怀里，“爸，给你糖！”

老母亲颤抖着双手把胖乎乎的晓雷抱给崧茬，“快抱抱孩子吧！”

晓雷和崧茬小时候一模一样。胖乎乎的，不认生，见人就乐。搂着两个儿子，崧茬和家人说了半晌。玉英炸了带鱼和花生米，先让老父亲和崧茬喝两盅。舅姥姥又做了西红柿鸡蛋面。父子俩喝了多半瓶二锅头，崧茬吃了两大碗面。打开行李，如数家珍似的拿出带来的宁夏特产：给老父亲的枸杞，给母亲、舅姥姥和玉英做坎肩的滩羊羔皮，给孩子们的大枣和玩具。随后，小心翼翼地取出刘师长送给父亲的贺兰砚，还有那封信。父亲低声逐字逐句读着那封信，泪水洒在信纸上，许久说不出话来。

尊敬的陈教授、陈夫人：

再也想不到在贺兰山阙流放之地见到了当年的小崧茬，如今的大壮汉。他告诉我你们蒙受了不白之冤，遭受了残酷迫害。但是，在我心里，你们永远是我的老师，是当之无愧的爱国志士。只言片语无法表达我对你们当年慷慨帮助的感激之情。我也未能幸免，但最终我们活下来了。“投之亡地然后存，陷之死地然后生。”否极泰来，未来更美好。后会有期，多多保重。

致以崇高敬意！

当年借住陈家豪宅大花园的刘师长　敬上

“刘师长知道咱们被抄家，您的宝物唐褚遂良砚台被抄走了，特意送给您这方贺兰砚。”

怀臻老人解开黑布包袱，小心翼翼打开砚台盖。“色如端石微深紫，纹似金星细入肌”（董必武副主席1963年诗赞贺兰石）的宝砚让老人赞叹不已。

转天，陈崧茎去单位报到，领到了一份盖着红印的平反文件，正式恢复他的名誉，同时补发他被扣的工资。陈崧茎失去自由1699天，得到补发被扣工资1650元，大约折合每天一元钱。他每月55元工资也照发了。崧茎把钱全都交给玉英，嘱咐她该添的添，该买的买，别再省了。玉英哪里舍得。过惯了苦日子，牙膏皮都得省下卖废品，孩子们偶尔吃的橘子剥下的皮也都攒起来卖给药铺。再说，那可都是血汗钱哪！玉英只给三位老人添了几件衣服，请陈家全家吃了顿饭，自己一分钱没舍得花，全存起来了。没想到这笔钱以后派上了大用场。

在那栋秘密小楼里，陈崧茎先是做翻译校对。过了几天，他被叫到老董的办公室。

“请坐，”老董很是客气，“校对得不错，文字功夫也很好。”

陈崧茎不知说什么好。

老董递给他一本英文书，《Six Crises》，Richard Nixon，尼克松写的《六次危机》，1962年出版。嘱咐他加班细读这本书，三天后来见他。崧茎整个儿蒙了。

三天后，老董把他带到一间小办公室：一把椅子，一个书桌，一台打字机，一个书架，上面摆满了字典和英文参考材料。

“必须尽快把这本书译成中文，要确保译文质量。”

“尽快是多快？”

“尽快吧。我会尽力协助。”

《六次危机》成了陈崧茎的最大危机。尽管他英文功底不错，可是根本不了解这本书复杂的背景情况。只能加班加点，没日没夜地拼。老董抽查了他翻译的第五章“赫鲁晓夫的翻译”，对他笑了笑，没说什么。他笑了，崧茎可累垮了。加班加点不说，最后干脆通宵达旦干。

老掉牙的打字机，他又只会一个手指按键盘，把全书译稿一页一页打完，交给老董，他大病一场，不吃不喝，昏睡了两天。

一天晚上，老董提了兜香蕉和两瓶水果罐头亲自登门造访。全家受宠若惊。老董和崧荃谈了很久。

“你的译稿基本通过了。很好，译得很好。”

“我还需要做什么?”

“你还需要复校几遍。要得很急，只能辛苦你了。”屋里就他们俩，老董还是压低声音，“绝对机密，这是为尼克松来华访问做准备。”

菘荃倒吸了口凉气，大吃一惊，“什么?”

老董笑了笑，“就是他。”

秘密任务完成后，陈菘荃回单位上班。一天，突然接到老董电话，让他速来。老董神采飞扬地给了他两张北京体育馆球票。那可是非同小可的球票：中国乒乓球队对美国乒乓球队。活这么大，这是陈崧荃得到的最高奖励。1972年2月11日，尼克松总统访华，中美关系走向正常化。

接着，一件想都不敢想，盼都不敢盼的事发生了。

先是“文革”初期陈家被冻结的银行存款和公债退还了。特别是1950年认购的胜利折实公债连本带息，不折不扣全都退还了。

……

这事儿还得从头说起。1950年初发行的人民胜利折实公债计划共计2亿份，折合人民币旧币2400亿元，约合1亿2000万银元。年息5厘，分5年偿还。那时身为北京市抗美援朝捐献委员会副主任的陈怀臻已经捐献了一架飞机。夫人傅佑君凭着对新政府的信任，也为了给陈家留点过日子钱，自作主张，以北京市胜利折实公债推销认购委员会副主任陈怀臻名义，认购了大额公债，创下北京市一次认购最高纪录。怀臻知道后大为称赞。没想到，公债认购部门却找上门来，声称认购款项出了大错。

这下可把经手此事的账房余先生急坏了。陈家豪宅会客室挤满了人。冒出一身冷汗的余先生反反复复地核对一张张的账单和收据。佑君插不上手，怀臻也是干着急。突然，门房跑进来通报公债认购部门两个干部来访。

“您是傅佑君女士？”一位胖乎乎的中年妇女小跑着进了会客室。

“是。”佑君迎了上去。“您是？”

“我们来是给您道歉的。办事员没有说清楚。款项是错了……”

“错了？”余先生又冒出一身冷汗。

“是错了。可不是少了，是多了！”

多了？大家更糊涂了。

“是这么回事。您交来的公债认购款有几张定期存款。我们只算了本金，忘了计算应得的利息。”

“哎哟！我怎么把这茬儿给忘了！”余先生气得直捶脑袋。

“我们把多余的款都给您带来了。”女干部拎起个大口袋，放到桌上。

“没少就好，真是谢谢您。”佑君又把钱袋交还给胖乎乎的女干部。“您看这么办好不好？您把这袋子钱带回去，我们再多认购些公债，不就两清了吗？”

乐得所有在场的人都拍着巴掌笑起来。这段佳话顿时传遍北京城。

……

不久，陈怀臻老人意外接到通知去领回“文革”时被抄家的文物，地点在国子监孔庙。崧荃和玉英借了辆平板三轮车，铺上毯子，崧荃蹬车，玉英照顾老人坐在后面，准时到了紧关大门的孔庙。

崧荃拍了拍侧门门环，“请问，有人吗？”

“来了，来了。”戴着眼镜的一位中年人开了门。

崧荃递过那封通知书，“不知是不是这个地方？”

“是，是。陈教授来了吗？”

崧荃暗吃一惊，“来了，这位就是。”

“请进，请进。失迎，失迎。”

走进侧门，让进南屋办公室，茉莉花茶香味扑鼻。

“各位请坐用茶。老吴裕泰的茶叶末。”

如此礼遇，怀臻老人诚惶诚恐，“不敢当，不敢当。给您添麻烦了。”

眼镜先生深深鞠了一躬，“陈教授，多年未见，您不认识我了吧？”

“恕我眼拙，不敢认了。”

“我是小韩，如今的老韩。”

“韩先生？”

“再提个人，您一准记得。马衡，故宫博物院马院长。”

老人站起身，“啊？您是马衡院长秘书，韩先生？”

韩先生扶老人坐下，“正是在下。陈教授，您，您可受委屈了。”

“别那么说，都不容易。怎么会是您呢？”

“新中国成立后，我分配在北京文物局工作。眼前局里开始退赔工作，我是小组成员。在花名册里见到您的大名，我立即请求负责对您的退赔。”

“真是无巧不成书。”

“说的就是。1948年，您和家里人把满满一车宝贵文物捐给故宫博物院。如今，我又把红卫兵抄您家没收的部分文物还给您。这可太难得了。”

“还给我？”

“还给您，是国家退还给您。请随我来。”

走进青砖铺地，古树成荫，空无一人的旁院，恍惚到了另外一个世界。从办公室前到院子尽头，件件文物整齐有序排列成行，足有一里多地。每件文物下面都有卡片，注明文物名称，送到文物局时间，有无损坏，本主取回文物时间。没走几步，怀臻老人已是热泪盈眶。

“陈教授，知道是您的珍藏文物，不敢怠慢。请您过目。”

“韩先生，您太费心了。不看了，不必看了。”

“还是看看吧。”

“我心领了，心领了。”

“要不，请贵公子看看吧。领回文物，还需要签字。”

“也好。崧茬你去看看吧。”

大到秦砖汉瓦青铜器，小到字画文房四宝鼻烟壶，崧茬算是开了眼。多一半文物他也是第一次见识到其名称来历。这么些物品，那辆平板三轮怎么拉得了啊？

老韩拿着一摞卡片和崧茬走进办公室，“陈教授，有几件事和您商量。”

“您说。”

“您的有些文物属于四旧，按照规定，不能退还。这份清单，您过目。”

“不用看了，同意。”

“还有一份清单是国家想从您手里买下的文物，您过目。”

“不用看了，同意。”

“不同文物，不同收购价。您还是看看吧。”

“没戴老花镜，崧茬你看看吧。”

崧茬看了看清单。一共二十多件，购买价格几元到十几元不等。正要向父亲说明，只见老人摆了摆手。

“不必细说了，我都同意。”

“领导特别嘱咐，文物字画，凡题有您的名款，一律退还。其中有齐白石、李苦禅、徐悲鸿、秦仲文、王雪涛等名家为您作的书画。请您过目。”

怀臻老人不停用手帕拭泪，“感谢政府，感谢领导，也感谢您。”老人在两张清单上签了字。

老韩交给老人一沓钱，“收购款，八十九元。您收好。”

老人随手交给崧茬，“还有件事麻烦您。”

“您说。”

“秦砖汉瓦青铜器等文物，我想还是捐献给故宫博物院。如今我住的那间小南屋也实在摆不下。”

“想效仿当年您捐献那幅巨幅古画《鲤鱼跳龙门》?”

“您还记得此事?”

“历历在目啊。是马衡院长派车去您慈慧殿王府办妥的。”

“太感谢各位了。”

“说感谢，得感谢您。还记得我们的车是从您府上大花园开进去的。贵重文物装了一满车。尤其是您大客厅西墙挂的《鲤鱼跳龙门》，足有两人多高。”

“那时要都捐了多好。”

“现在也不迟。不过，我还得请示领导。”

“那些物品就放在您这儿，其他物品我们拉走。”

“爸，东西太多，我和玉英还得再找辆车去。”

“去吧，我和韩先生还有话说。”

怀臻老人欲说又止。

“您有什么话，尽管说，没有外人。”

“在抄家文物上交清单里，您可见到一方宝砚?”

“宝砚?”

“一方唐代褚遂良的砚台，距今已有一千三百多年。”

韩先生立时站起身来，“没有，没见到。”

“那就算了吧。恕我多言。”

“要是信得过我，您就跟我说，我一定向上级汇报。”

“1966年8月底，红卫兵抄了我们家。能烧的都烧了，能砸的都砸了。我和夫人被打得遍体鳞伤。我哀求红卫兵队长，那些古物万万不要毁掉，都应该上交国家。尤其是那方宝砚。”

老韩一边听，一边记，“您慢慢说。”

“说来话长。那还是1948年年底……”

怀臻老人把当年从金三爷手里买下国宝褚遂良砚台之事新说了一遍。

“大概情况就是这些。我没还价，以三十条金子买下了这件国宝。”

“您容我再看看文档记录。”老韩翻开厚厚的文档，越看越着急，头上冒出冷汗。“怪了，根本没有这方宝砚的记录。”

“怪我多口，给您添麻烦了。”

“您可别这么说。这可是国宝。我一定向上级报告。”

“都怪我。因为太喜爱这方砚台，想在身边多留几年再捐给国家。”

“怎么能怪您呢？这件国宝太珍贵，一定要查个水落石出。”

正说着，崧茥和玉英又找来一辆平板三轮车。装好物品，谢别老韩，崧茥蹬着车和父亲一辆，车夫和玉英在后面一辆。

“崧茥，去三里河你们家。”

“妈还在家等着哪。”

“那间小南屋太小，再说也太扎眼。饿了，先找地儿垫补垫补。”

两辆车停在北新桥一家卤煮火烧小店前。

“你怎么知道我想吃卤煮火烧?”

“您不是说了吗，跟朋友吃饭由朋友挑饭馆，跟您吃饭就是卤煮。”

老人饭量不如以前了，一大碗卤煮只吃了一半。

“怎么？不合您口味?”

“还行。可比起当年我从老家走三千多里进北平吃的卤煮，差远了。剩下半碗，你吃吧。”

“正好，我还真饿了。”

“玉英，你先回家给你妈捎个话儿。今晚，我就住你们那儿了。”

“哎。今晚我陪妈。我先走了。”

“崧茥，咱们不着急。晚点往楼上搬东西方便。”

“哎，知道。”

“还有，那八十多块钱的事，别跟你妈说，省得她难受。给两个孙子买几件衣服和文具。”

其实，不只是怕老伴难受，老人心里更难受。那方宝砚失踪的事，他瞒着崧茥，瞒着所有人。孰知就是这方宝砚引发了后来错综迷离、动人心弦、真实感人国宝救赎的真人真事。

第四章

国家得救，百姓新生

•

1976　北京　河南济源

天崩地陷的一年，改变中国命运的一年，永载史册的一年。

这一切都起因于1976年1月8日，周恩来总理逝世那些天。噩耗传出，东单北京医院、王府井、天安门、十里长街两旁聚满人群。都在等候周总理的灵车，都想送总理最后一程。崧荃和玉英领着大卫和晓雷，穿着棉猴，戴着棉帽，从复兴门外三里河家一直走到西长安街。等啊等，等到天黑也不见灵车踪影。

接着，出现了有史以来最大的“天崩”。1976年3月8日下午，在中国大地发生了世界最大的陨石雨。一块巨大陨石在空中爆炸成3000多块碎石，散落在吉林永吉县。其中一块47亿年前形成的陨石重1770公斤，堪称世界陨石之最。“天崩陨石雨”发生在白天，降落在有上万户人家的桦皮厂镇，竟无一人一畜伤亡，竟无一间农舍倒塌。神了！

接着，清明节前，天安门广场纪念碑前聚集越来越多人群。一天晚上，玉英和崧荃骑着车去看个究竟。人潮涌动，在纪念碑南侧浮雕下看到一篇悼词：《悼念敬爱的周总理》。旁边放着花圈，上有28人签名。

从4月4日丙辰龙年清明节开始到4月5日，自愿自发涌入天安门广场的群众多达200万！有老人，有孩子，有北京人，有外地人，有工人，有农民，有现役军人，有老红军战士，有惨遭迫害的干部和群众。崧荃和玉英每天都去。在浩瀚似海的花圈、挽联、诗词中，在空前悲壮气氛中，献上自己亲手做的白花。不少人高站在纪念碑前朗读诗句，更多的人在抄录张贴的警言。身边没有纸，崧荃在他的棉衣内襟抄下了至今难忘的诗句：

欲悲闻鬼叫，我哭豺狼笑。

洒泪祭雄杰，扬眉剑出鞘。

接着，1976年7月28日凌晨，有史以来最大地震发生在河北唐山。死24.2万人，重伤16.4万人，轻伤不计其数。

崧茎平反后，三里河住房被查封的那间算是还给了他们。为了除除晦气，趁着周末，崧茎和玉英把所有墙面都粉刷一遍。大卫、晓雷也齐上阵，大家忙得不亦乐乎。晚上凑凑合合吃了饭，舅姥姥带着两个孩子挤在小屋，崧茎和玉英睡在大屋光板床上。不到四时，睡得正香，只觉得天摇地动，玻璃都震碎了。崧茎猛地蹿下床，摇摇晃晃地扯着嗓子大喊："地震、地震、地震！"

全屋一片黑，断电了。玉英光着脚磕磕绊绊扑到小屋，只见崧茎双肩扛住要倒下来的衣柜。玉英从上下铺双人床上抱下晓雷。舅姥姥搂住大卫，躲在下铺。

崧茎顶住衣柜，"都别动，都别动。"

"往楼下跑吧？"玉英急着喊。

"晃得太厉害，再等等。"

接下来震得更剧烈。衣柜把崧茎压弯了腰，挡住孩子和老人的玉英几次被甩了出去，又爬了回来。

"玉英，帮我拉出床头，顶住衣柜。"

大卫猛地从床上跳下来，"妈，你别动。我来。"

崧茎简直不敢信，刚十岁的大卫竟有这么大力气。才六岁的晓雷也特沉得住气，瞪着大眼，一声不吭。

"你们都别动，我出去看看。"

"爸，手电。"

晃晃悠悠走到外门，门拧不开。跑到厨房想接点水，水也放不出来。打着手电，找到几根蜡烛。

“玉英，把蜡点上，咱们在一起，不怕。”

“爸、妈，我们家那边不知怎么样了？”

“都是平房，应该没事。”

这时才发现，所有人都只穿着内衣裤，都光着脚，连袜子和鞋都没穿。

余震小了些，外面哭叫声却越来越大，越来越响。

天蒙蒙亮，外面还是乱糟糟哭喊声。崧荎撬开外门，楼道上全是玻璃碴子，空无一人。走出楼门，一片狼藉。楼没塌，可是飞下来的砖瓦碎玻璃旁片片血迹。居民楼里出不来的大多没事，跑出来的倒被砸伤不少，有的还送了命。在持续余震中，下起了瓢泼大雨，越来越大，越来越急。崧荎穿上雨衣，赶去看老人，大雨打得脸生疼，喘不过气来。两家老人都住平房，都没事。只是街道要求所有人不能住在屋里。大家赶紧凑些竹竿和塑料布，一起在门口搭起塑料棚。外面下大雨，棚里下小雨，老人们都遭了罪。崧荎和玉英决定把孩子送到老人那里，轮流照看两家老人。棚里住不下他俩，崧荎骑车带上玉英奔天安门，睡在观礼台上。没过一会儿，天安门前竟睡满了人。上面是天，下面是地，余震砸不着，睡觉没人吵，算是睡了个安稳觉。

陈家老小出于无奈，决定都回老家济源避难。坐了一夜火车来到愚公移山的老家济源，雁门陈家几十位亲属早在车站等候多时。三十多年没回过老家的陈怀臻老人把老伴扶上平板车，一个人领头走上1918年他离家出走的那条土路。第一次回老家的崧荎，如同走进在书上读过的世外桃源，感慨万千。山野景色太美了，可是乡亲父老们太穷了。翻沟爬坡，八十高龄老父亲稳稳走在前面，他气喘吁吁跟在后面。

“这沟咋这难爬？”

“翻沟爬坡，步要稳，气要匀，心要沉。不能急。”

“噢。”

“人生的路，沟沟坎坎，不会一帆风顺。也要这样走。”

“噢。”

边走边看，边走边聊，只歇了几歇，走到下雁门陈家老窑院。年久失修，又没人住，窑洞都坍塌了。唯独陈怀臻老人当年出生的那孔窑洞完好无损。怀臻老人执拗地非要睡在那里。其他人都分散住到各个亲戚家。傍晚，在陈家老窑院聚会。各家拼拼凑凑，五口大柴锅煮了上百碗当地特产浆面条。就是用做豆腐剩下的绿豆汤，煮手擀面，再加上芹菜叶、腌黄豆、花椒油、辣椒油，吃起来那叫香。百多口人聚在一起，蹲着的坐着的，喝得那叫可口，聊得那叫痛快。大瓷碗跟小脸盆似的，崧茔仰头喝到最后一口，大碗把脸都罩住了。陈家老小在雁门住了一个来月。万没想到，当地大队干部一再邀请陈教授去大队部坐坐。还捎过话来，他们只认大名鼎鼎的老家陈教授。

已经十岁的大卫和六岁的晓雷到了老家如鱼得水。跟着表哥们爬王屋山，游大水库，抓大鲤鱼，摘灯笼柿子。雁门的山水锻炼得他们又黑又壮。一天清早，陈怀臻老人叫上崧茔、大卫和晓雷，来到老窑院前的甜水井。

“爸，您上次回老家是1946年吧?”

“是，日本鬼子投降后。这么多年，没给家乡干什么实事儿。”

“您捐钱修路，建小学，那还不是实事儿?”

怀臻老人摇了摇头，“窑洞小学算什么？我是想在老家建个大学堂，我告老还乡当乡村老师。”

崧茔无言以对。

大卫和晓雷趴在井口，“爷爷，井里还有水呢！”

“有，从没干枯过。你老爷爷当年打的这口甜水井，不知救了多少人。”

“孩子们，爷爷教你们写字。”

老人找根树枝，在泥土地上写了这八个大字，“滴水之恩，涌泉相报。”

“知道什么意思吗？”

大卫抢答，“就是喝水不忘挖井人。”

“对！不能忘恩，还要回报。”

“来，你们学着写。”

大卫照猫画虎，写得真不错。爷爷把着晓雷手，一笔一笔写的字更大。看着孙子们认真的样子，老人露出欣慰笑容。

不能在老家久停，全家又回到北京。接下来那些天发生的大变化，件件让他们始料不及。9月9日凌晨，毛主席去世。不久，小道消息不胫而走。最让他们兴奋的是“左娘娘（江青）病危了”！

一天，崧荎气喘吁吁冲进家门，玉英正在厨房煮饺子。崧荎跑到玉英跟前，伸出四个手指，“他们完蛋啦！”

“瞎说什么哪？”

崧荎指着上面，晃着四个手指，“抓起来啦！”

“啊！真的？”声音直发抖。

崧荎低声对着玉英耳朵嘀咕半天。

“哟，饺子！”

玉英冲进厨房，都成了片汤氽丸子。两人那个乐，这顿烂饺子吃得甭提多香了！

“美酒飘香歌声飞，朋友啊请你干一杯。胜利的十月永难忘，杯中洒满幸福泪。”

大欢乐，大庆祝，大游行！恨死了王洪文、张春桥、江青、姚文元“四人帮”，家家都喝酒吃螃蟹，一只母螃蟹，三只公螃蟹。可惜母螃蟹都被抢光了。崧荎骑车绕遍半个北京城，只买回四只公螃蟹。

真正大变化是邓小平在1977年第三次出山之后。世道开始变了，变得陈家想都不敢想，信都不敢信。广播里传出了和过去完全不同的声音，报纸上出现了字典都查不到的新短语：包产到户，改革开放。大学毕业十多年，每月工资一直是55元的陈崧荎和孟玉英，都调升到

62元（约合42美元）。特别是中美建交后，邓小平于1979年年初对美国那九天具有划时代意义的访问，不仅结束了中美几十年敌对状态，还大大推动中国对外开放新局面。清政府1870年向美国选派了第一批留学美国幼童百年之后，又开始有中国留学生去美国了。

陈崧茎五岁上孔德小学、育英小学，十一岁上育英中学（后二十五中），十七岁北京六十五中高中毕业，二十二岁北京外国语学院毕业。工作至今十八年，其中五年时间在牛棚和劳改场度过。如今已到不惑之年，他真的开始疑惑了。大着胆儿，他借题发挥给《光明日报》投了篇稿。万没想到，他的《追认与追悔》杂文竟然登上了1979年4月27日《光明日报》头版。

追认与追悔

2月20日《光明日报》报道的无畏战士陶忠琦在科研攻关战斗中英勇献身的英雄业绩，确是可歌可泣，激奋人心。陶忠琦同志可算是党一手培养起来的中年知识分子的典型。他艰苦奋斗，勤奋钻研，勇攀高峰，献身四化，不愧是我们学习的榜样。但是就是这么一个赤胆忠心，鞠躬尽瘁，多次完成重大科研项目，被誉为鞍钢“四朵大红花”之一的英雄人物，却是在他成为烈士之后才被追认为工程师，并根据他生前要求追认为中国共产党党员的。

3月30日《光明日报》刊登的一篇文章中，又叙述了我国著名的古文字学家唐兰同志，以年逾古稀之高龄，撑多病衰弱之身躯，勇担重任，勤奋工作的感人事迹。唐兰同志可算是我国老年知识分子的典型，也是我们应该学习的一位良好的榜样。但无独有偶的是，唐兰同志生前虽然多次要求入党，直到逝世前不久还再一次提出申请，却始终未能如愿。也是在唐兰同志逝世之后，故宫博物院党委才决定追认他为中国共产党党员。

这两件事，当然绝不止于这两件事，给人以很深的联想。入党或当工程师虽然可以追认，但人是再也追不回来的。我们毕竟是马克思主义的无神论者。这种追认，与其说是告慰死者，还不如说是在安慰生者，因为在天之灵，九泉有知，终究是不存在的。对死者来说，无论怎样追认，这恐怕仍是他们抱憾终生的事。就是对于生者，这种安慰，同时也包含着极大的遗憾，极大的不足之感。我们不禁要问：难道陶忠琦同志和唐兰同志是在死后方始具备了工程师和共产党员的条件吗？为什么非要在死后追认，而不承认于生前呢？金无足赤，人无完人。知识分子当然也是如此。如果说连陶忠琦同志和唐兰同志这样的知识分子，尚不足以打动有关单位的领导之心，尚不能解决上述问题，其他自愧不如的广大知识分子，当然更不敢存此高望了。如果说像鞍钢这样的先进单位都出现如此问题，其他单位的情况更可想而知了。这里虽然说的是知识分子的入党、提职问题，其实也还是个落实知识分子政策，充分调动和发挥广大知识分子积极性的问题。我想这两个单位的领导，对此事定有追悔之感。早知有今日，何必不当初。但事已至此，后悔也没用了。我们希望的倒是从追悔中悟出一些道理来，以防今后。我想古有刘备请诸葛，萧何追韩信的逸事，他们对人才是何等的爱惜。他们是不遗余力地追人，追求人才，而不只是搞追认，这样也就避免了追悔。

人的生命只有一次，人的青年、壮年和老年也只有一度，还是在有生之年多发挥他们的作用吧！以免来日他们自己抱憾终生，别人也追悔莫及。

这篇短文，其实就是写给他自己的。现在读起来还是那么感人，那么发人深省。

《光明日报》还给他寄来了30元稿费，比他半个月工资还多。还约他继续给《光明日报》写稿。随之而来的是更多报纸杂志约稿。他积极参与全国第一部“外国现代文学译丛”的工作，发表了他翻译“黑色幽默”作家艾伦·西里托的《长跑手的孤独》。他还特意选题，精心翻译了《摩若博士之岛》，被收藏到英国著名科幻小说家赫伯特·威尔斯选集。他的“如何更好更快学英文”系列讲座在北京广播电台播放后，受到热烈欢迎。随后又在北京工人体育馆做专题演讲，能容几千人的体育馆座无虚席。

那几年，内部电影非常时髦。特别是美英电影更是一票难求。陈崧茔被特约给《乱世佳人》电影做同声传译，他兴奋得夜不能寐。他早就读过原著和中文译著《飘》。一个“飘”字概括了四个英文字深刻含义，让他拍案叫绝。他再也想不到，念念不忘的这个“飘”字，竟成了他写这本书的书名。他在美国的“飘”，何尝不是“Gone with the Wind——随风而去”！

《乱世佳人》电影是在他1939年出生那年摄制的。1940年赢得了奥斯卡十项大奖。出演影片女主角的费雯丽更是他最崇拜的明星。他觉着能同声传译这部影片是他的荣幸。没料到他竟出了大洋相。在放映室里，坐在特为他准备的话筒前，戴着耳机，一边听影片的对话，一边即时把全部角色的对话和独白，通过话筒翻译给坐满了内部影院的观众。从一开始，他就知道要坏事。根本跟不上那些精彩而又各有自己特色的对话，更甭说还是各个年龄段的男女角色。等到饰演黑人胖妈咪（Mammy）的海蒂·麦克丹尼尔（Hattie McDaniel，荣获奥斯卡1940度最佳女配角奖）出场后，他更蒙了，完全听不懂她带着浓厚佐治亚州乡音的方言英文。陈崧茔平生第一次彻底背叛了翻译必须做到信、达、雅准则，凭着他留有的记忆，按照故事情节开始“神编”

了。知错犯错，他无法原谅自己。满头大汗，心身疲惫，他没有别的选择，只有硬着头皮翻下去。听到观众时时的笑声，影片结束后的热烈掌声，更让他无地自容。

就在这当口，晴天霹雳，祸从天降，崧茔母亲突发心脏病去世了。

第五章

单身闯美搏乾坤

•

1981　北京　美国亚利桑那州　图桑市

享年七十三岁的母亲突然撒手人寰，全家坠入无比哀痛深渊。失去了操心全家大小事的母亲，家不成家。父亲呆坐那里，拿着泛黄白毛巾擦泪眼。哥哥和姐妹们悲痛欲绝，崧荃更是痛不欲生。他在八宝山骨灰堂母亲骨灰盒前，不停地写。用笔蘸着内心深处的泪，写下父亲和母亲的往事，作为永久的怀念。

自从父亲陈怀臻1918年离开河南济源下雁门老家，揣着老父亲给的十块大洋，步行三千多里，一个人闯到北平，至今已过去六十三个年头。自从民国十二年农历三月二十，1923年5月5日，父亲和母亲在北平宽街亮果厂饭庄举办婚礼，至今已有五十八年。

母亲年方十六就已长成个水灵灵的大姑娘。高个头儿，高鼻梁，尖下巴，瓜子儿脸，宽脑门儿，眼睛不大，忽闪忽闪的特有神。细腰，长腿，解放脚，怎么捯饬都好看。家境贫寒，母亲被迫学戏。冬练三九，夏练三伏，出了师，搭了班。小班子换大班子，开场戏换压轴戏，越唱越红，越演越火。家里收入多了，可一直想求学的母亲笑容却少了。她不怕唱戏累，演戏苦，就是受不了阔少爷们纠缠，流氓无赖撒野，更受不了班主鬼眯眯的色眼。惹不起，躲得起。母亲做主全家迁居北平，在“京保大篷车”店订好了车。

“京保大篷车”是保定童掌柜在父亲协助下办起来的，在北平还开了分店。无巧不成书，就在这节骨眼儿，父亲来保定和童掌柜办完事正要返回北平。父亲得知此事，正好顺路，自告奋勇陪伴同行。母亲一家六口，连同行李铺盖杂物，把大篷车挤得满满的。正在为难，只听银铃似的声音在耳边响起。

“大哥，要是不介意，我在您后面挤挤就行。”

“中！”一着急，父亲冒出了河南老家话，“我是说，行。”

车把式坐大篷车左辕口，父亲坐右辕口，身后面就是那位姑娘。地方太窄，道路不平，骡车晃晃悠悠，姑娘柔软的身子直往父亲背上靠，喘气儿都能吹到父亲后脖颈子。父亲满头冒汗，还不敢擦，一个劲儿犯晕。

“您是大篷车店掌柜的吧？”姑娘问道。

“不是。我在北京大学上学，帮忙照看大篷车北平分店。”

“哎哟，北京大学？大学生啊？”姑娘抬起那双有神的眼，惊讶地说。

“刚二年级。”

“学什么？”

“法文和法国文学。”

“哎哟，”又是一个哎哟，那么甜，那么脆，“还学洋文哪？”

父亲只是笑，没出声。

到了后半夜，骡车一晃，姑娘惊醒了。发觉自己竟半依半偎地躺靠在父亲身上。

“哎哟，”还是那句哎哟，只是声音低下来，“看我把您挤的，一宿没睡吧？”

“不困，不困。”父亲巴不得姑娘依偎着他再多睡会儿。

深夜静悄悄，淑女传真情，书生魂魄销。这辈子没感受过这样的真情惬意，这么动心的夜晚。两人默默无语，只觉着身子靠得更近，更紧了。

更巧的是父亲住的北平大丰公寓正是母亲一家在公寓食堂打工所在。低头不见抬头见。每当父亲来食堂就餐，母亲一准儿等在那里，端菜端饭，悉心照料。作为回报，父亲开始给母亲补习功课，准备考学。俩人在昏暗电灯下攻读。一个是板儿寸平头，一个是秀发垂肩。一个低声讲，一个专心听。两人嘴里干干的，心里热热的。上考场那天，父亲把母亲送到北平女子师范学校，自己拿本书坐等在校门口。母亲的灵性太好了，不出所料，果然金榜得中。父亲拉着母亲直奔他舍不得常去的德胜斋，美美吃了顿炖牛肉夹烧饼。落落大方的漂亮姑娘顿时成了饭馆里中心人物。吃饭客人又羡慕，又嫉妒。这么个土老帽儿怎么就有如此艳福？

千里姻缘一线牵，棒打不散有情人。一天，父亲从图书馆回公寓，意外看见母亲和她爹在墙外角落里急赤白脸地嚷嚷。怀臻并不想听人家私房话。这回不想听也得听，嚷嚷调门儿太高了。

“不在家里说，您把我叫到这儿叨唠这件事，烦不烦？”

“我还不是为你好。你图他什么？不就是个穷学生吗？”

“穷学生怎么啦？人穷志不短，人家有志气。”

“有志气？我还真看不出来。再者说，他比你整整大十岁！”

“大十岁又怎么啦？更会心疼人。”

“黄花大闺女，你就不能找个更好的？”

“他就好，比谁都好。”

“你这个死丫头，他，他可是结过婚！”

“什么？”

“他结过婚。”

“什么？”

“他在河南老家结过婚。媳妇儿虽说死了，可还有个儿子！”

“什么，什么？您胡说。”

“这可是在这儿做饭的远房表叔亲口对我说的。不信，你问他去。”

晴天霹雳，这几句话把母亲震晕了。要不是扶住墙角，非得瘫在那儿。可是，母亲就是母亲。强挣着挺直身子，喘着粗气，心里拿定主意。

“跟您挑明了吧，只要他对我有意，我不在乎，我就是认准他了！”

父亲惊呆了。意外撞见这事儿，意外听到掷地有声的表白，感动得木呆呆站在那里。父亲没回公寓，转身又走到他心爱的筒子河畔。

对着故宫角楼，坐了大半夜，想了大半夜。

母亲像是一阵春风，一场及时雨，把父亲久久埋在心底的一番柔情激活了。可再没想到，竟是母亲先打破僵局。春风杨柳的傍晚，母亲大着胆儿请父亲带她出去走走。父亲还没想好去哪儿，母亲已把他带到了离沙滩不远的什刹海。

“你大学毕业后想干什么？”

“教书。你呢？上完初中还想上高中，上大学？”

“没想那么远。”

“那想什么？”

“想近点的事。”

“近点的，多近？”

“眼前的。你想不想？”

“想，可又不敢想。”

“我又没问你敢不敢，就问你想不想。”

“想。”

“真想？”

“真想。”

“直截了当。你，你想没想过成家的事？”

“还没有。”

“为什么？”

“大学还没毕业。”

“没毕业大学生结婚的多了。”

“积蓄太少。”

“什么话？穷人就不成家啦？”

“还有……”声音低得快听不见了。

“什么？”

“我，我成过家。媳妇儿去世了，可还有个儿子。”

“我知道。”姑娘的声音也低得快听不见了。

“你知道？”明知故问。

“知道。那又怎么了？”

“谁愿意嫁给我这个二婚的穷学生。”

“要是有人愿意呢？”

“那得看是谁。”

“远在天边，近在眼前。”

“谁？”

“还用问！”姑娘脸涨得通红，低着头，长长的睫毛忽闪忽闪的。

“你？”尽管听到过姑娘表白，但还是不敢相信自己的耳朵。

“就是我，怎么了？”

“可你年纪还小。”

“不小了。像我这么大，我们易县老家的小媳妇都有孩子了。”

“我可是个穷学生。”

“我们家也不富，正般配。”

“我还有个儿子。”

“没娘的孩子更得有人疼。”

“我可比你大十岁。”

“我妈说了，女婿大更疼媳妇。”

“你都跟你妈说了！那你爸呢？”

“我跟我爸说了。他要是不同意，我就离开这个家。”

姑娘低着头，又长又黑的眼睫毛忽闪抖动，晶莹泪珠唰地落下来。

就这么着，父亲和母亲成了亲。母亲只上到初二就怀了孩子。辍学后，不仅挑起照料父亲和全家重任，还以她绝顶的聪明智慧，帮协父亲走上弃文从商之路，让一贫如洗的陈家成为北平豪富。贝勒府翻新重建的陈家豪宅，五进院落，一百二十多间房，还有六亩大花园和菜园。虽然发迹了，一家还是遵循陈家传统，富日子当穷日子过。所有孩子内衣都是补丁摞补丁。崧茎一条内裤，硬是补了十七块。所有儿女都要等到上大学才戴上手表，还是最便宜的表。新中国成立前，陈家掩护北平地下党，送药太行游击队。新中国成立后，身为北京市优抚工作委员会副主任的父亲，在母亲支持下，把陈家豪宅捐给政府。投资工业，成为第一代“红色资本家”。万没想到，后来的世道变了。父亲被打成“候补右派”。陈家成了黑五类、臭老九，被打到社会最底层。本以为再无出头之日，再没想到还能绝路逢生，枯木逢春。这些连想都不敢想的事，都发生在邓小平1977年第三次出山之后。

先是1978年，在胡耀邦总书记主持下，被冤枉的一百多万“右派分子”全摘了帽子。他们的子女名义上不再是“黑五类”子女了。接着，中共中央统战部重申党和国家对待民族资产阶级的政策。数以百万计的民族资产阶级和他们的子女，终于恢复了名誉。接着，在中国和美国建交之后，1979年1月29日，中国农历大年初二，邓小平开始了对美国具有划时代意义的访问。在访问期间，中美双方签署了科技合作协定和文化协定以及在教育、商业、空间方面进行合作的协议。3月，美国驻华大使馆正式建成启用，伍德科克先生出任美国驻华第一任大使。作为中美在文化教育方面合作的具体体现，又开始有中国留学生去美国了。陈崧茥也开始心存“妄想”，“蠢蠢”欲动。

母亲和崧茥最亲。母亲在，崧茥绝不会离开母亲半步。母亲突然离去后，他变了个人。默默无语，深居简出。工作之余老是跑图书馆。和父亲几次长谈，又和玉英反复商量后，一直不敢有任何非分之想的陈崧茥，悄悄行动起来。就跟做梦似的，几个月后，陈崧茥拿到了美国亚利桑那大学录取通知书，拿到了私人出国护照，拿到了从北京经东京和旧金山，飞往美国亚利桑那州图桑市的机票。

在崧茥出发一周前，陈怀臻老人和儿女们都在崧茥复兴门外三里河家里团聚了一天。中午还在厚德福河南饭庄吃了顿全家团圆饭。

临走三天前，老人特意又把崧茥、玉英、大卫、晓雷叫到一起，在东四路西瑞珍厚饭庄吃了顿涮羊肉。这是老人和崧茥一家的团圆饭。

临走前一天晚上，按照陈怀臻老人安排，就在父亲母亲“文革”

抄家后被赶到的那间小南房，爷俩吃了顿告别饭。

崧荃知道老人安排这三顿饭的心意。特意从萃华楼饭庄给老人端了两盘他最爱吃的葱烧海参和糟熘三白，又买了两瓶茅台，急匆匆地走进了东四前炒面胡同14号，直奔小南屋。

这间不足12平米的小南屋，原是这家四合院三间南房的洗澡间。后来把澡盆、脸盆、坐便器拆掉，改造成一间卧室。虽说是卧室，周围墙上还依旧是洗澡间的白瓷砖，阴冷冷的。“文革”抄家后，老人和老伴被强令搬到这间小南屋，一住就是十五年。慈母就是在这间小南屋发病辞世的。不管崧荃兄妹怎么劝说，怀臻老人就是不肯离开这间小南屋。勉强在儿女家住上几天，老人总找个理由回到小南屋。儿女们还想劝阻，老人把话说明了：“你妈还在那儿等着我呢。”儿女们心里流泪，可再也不说什么了。

阿姨正在小南屋外自己搭的小厨台蒸窝头，熬玉米糁儿粥。

“忙着哪，阿姨！”崧荃把端来的菜递过去，“没敢多买，怕老爷子说浪费。待会儿您给热热。”

“交给我，快进去吧。老爷子盼了半天了。”阿姨忙着回答。

阿姨在陈家特受尊重。自打老伴辞世后，老人身体和精神大不如前，总是一个人暗暗落泪，视力也急剧下降。多亏阿姨精心照料，解除了儿女们后顾之忧，让他们松了口气。

“爸，”崧荃走进小南屋，只见老人正把小半导体收音机贴在耳边听《新闻联播》。

屋里，一边是张木板双人床，一边是张快散架的木板单人床。原来老伴睡双人床，老人睡单人床，两个孙子来了都跟奶奶睡。老伴辞世后，老人睡双人床。屋子太小，一张方桌和两把椅子只好靠边站了。儿孙们都来了，就把方桌移出来，大家团团而坐。平时，这张方桌又是老人的书桌，又是和阿姨用餐的饭桌。

“来啦。都准备齐了？”老人关掉小半导体，随手放到枕头旁。

“玉英还在忙着呢。两个大箱子，满满当当的。”

“饱带干粮热带衣。漂洋过海，人生地不熟，要想周到。”

方桌上摆着爷儿俩爱吃的下酒菜：煮花生、拍黄瓜、香椿拌豆腐、素什锦、猪头肉。受难期间想解馋只买得起猪头肉，特别是东四西大街路北普云楼的猪头肉，成了老人招待儿孙们的“保留节目”。

“爸，今儿喝茅台吧？”

“喝味美思吧。红红火火，图个吉利。”老人指着高台柜上那瓶红酒。

别小看那高台柜，这是“文革”抄家后唯一允许老人搬出来的一件“贵重”家具。两米高的台柜，真正进口木料，地道英式古典设计。柜顶，镂空雕花。柜头，镶着几十年不变样的玻璃镜子。宽宽台面，里头是多层酒台，外头陈列小摆件和文房四宝。高台柜下是双开门的多层柜。高台柜的“贵重”，全在这多层柜里，没多少人知道。

“爸，我先敬您一杯。祝愿您健康长寿。”崧荃深情望着父亲，举起酒杯一饮而尽。

“好，好！也算是你敬你妈的。”老人一反常规，也是一饮而尽。

“多亏有我妈保佑，自从批准我拿私人护照自费出国，不到十天，拿到护照和公证，赴美签证，还有飞往美国机票。神了！”

“机票得不少钱吧？”

“我在牛棚和劳改农场1600天。平反后，还了我被扣工资1600元。玉英一直攒着，正派上用场。”

“这都是天意！”老人给崧荃夹了一大块猪头肉。“想当年去法国勤工俭学，我没去成。抗日期间我狠心出走，都到香港了。你妈得重病，我急着又赶回北平。你算是给咱家开了先例。”老人又干一杯。

“也该咱陈家翻翻身，透透气了。我就是不放心。今年是您本命年，您都八十五了。”崧荃强忍泪，低下头。

“放心吧。多少年没这么高兴过了。去美国，靠你的本事，我看你能有一番作为。”

语重心长的话让崧荃激动不已，“爸，您前半生的奋斗和成就，就是我的楷模。有您这些话垫底，我心里踏实多了。”

“我心里有数。有你哥哥、姐姐和妹妹在，有玉英和两个孙子在，你就放心吧。”说着，又倒满一杯红酒。

“爸，您可超量了。”

“这杯酒，算是我和你妈对你的祝福。逢凶化吉，遇难成祥，事业有成，一飞冲天！”

“谢谢爸，谢谢妈。祝愿您精神好，身体好，硬硬朗朗地等着我回来看您。”

父子二人对视良久，举杯一饮而尽。

崧茬走出屋门，端来两盘香味扑鼻的佳肴，回过头来对阿姨说：“阿姨，一起吃吧。”

阿姨端着粥和窝头走进来，“我在小厨房吃过了。你们爷儿俩多吃，多说会子。”

“多吃点，”老人招呼崧茬，“到了美国，可就吃不上这口了。”

老人从床上枕头下拿出个小袋子，深沉地看着崧茬。

“这是当年你爷爷给我的黑皮烟荷包。里面的十块大洋，我虽然没动，可“文革”时都扔进了筒子河。袋子是空的，可比什么都重。带上吧。”

崧茬接过黑皮烟荷包，觉着重如千斤。年代久了，羊皮有些僵硬，可拴袋口的红丝绳，还是那么鲜艳。

“爸！”崧茬失声痛哭，泪如泉涌。

“记住，你绝不比洋人差，你绝不比洋人低。凭你本事实现你的抱负。就是别忘了家，别忘了生你养你的黄土地。”

“这儿永远是我的家。故土的恩德，我永远报答不尽。”

“好！好！该说的都说了。回去吧。”

“爸，我走了，玉英和两个孙子都盼您上我们家多住些日子。”

“我去，我去。玉英可是个好媳妇。我也想那两个孙子。”

“太好了。爸，我走了。”

"走吧，走吧。"

崧荎站起身走到门前，又回头看着父亲清瘦脸庞，强忍着泪水，"爸，您可要多保重。"

"放心，放心。"老人强忍泪水，一再挥手，"走吧，走吧！"

走出屋门，绕过北墙，崧荎踮起脚尖，从小南屋窗外看到老父亲把泛黄的白毛巾紧捂脸上，低声呜咽，嘴里还在说着什么。崧荎怕哭出声，捂住嘴，低下头，匆匆跑出大门。

一夜没睡的崧荎，眼前总闪现慈父的身影，强忍忧伤的深沉目光。第二天一大早，崧荎出去买回豆浆油条，和玉英把两个大箱子捆扎好，叫醒大卫和晓雷。好朋友安排好的汽车，已在楼下等候多时了。

到了北京机场，时间已经不早了。十五岁的大卫个头儿快赶上爸爸了，帮着搬运行李。十一岁的晓雷第一次来机场，看什么都新鲜。没容玉英再和崧荎说几句话，广播通知开始办理登机手续。玉英拉着大卫和晓雷，千言万语涌上心头，不知说什么好。崧荎谢过了送行亲友，看着依依不舍的大卫和晓雷，看着玉英有些浮肿的眼睛，也只说了一句话。

"你们多保重！全家多保重！"

"等等，"玉英拿起个提袋，"拿着，爸给你的窝头。"

崧荎接过那袋窝头，走进验票门，一步三回头地消失在登机大厅。

1981年9月5日，星期六，陈崧荎拿着单程机票离开北京，踏上一条无归路。只有去路，没有回程，一片茫然。

登上飞机，座位靠窗口。崧荎打开提袋，拿出窝头香甜地吃起来。玉米面窝头是陈家传统主食，什么时候都离不开。陈家逃难，离不开窝头。陈家发迹，离不开窝头。老人被打成右派，在他自己开的工厂烧锅炉，离不开窝头。陈崧荎被关进牛棚，只能吃窝头。在宁夏贺兰山劳改场，一年到头苦力活，更离不开窝头。崧荎明白老父亲让他带上一袋窝头的深沉含义。不能忘本哪！

霎时，飞机腾空而起。晨雾散去，红日驱散阴云，万道霞光。呆望着渐渐隐去的北京的山，北京的水，北京的大地，像是离群孤雁，像是断线风筝，心里空荡荡。前几天的兴奋，没有了。前几个月的期盼，消失了。眼前，只有大卫和晓雷的笑容，只有玉英显得憔悴的脸庞，只有母亲的骨灰盒，只有老父亲清瘦身影，沉重目光，还有父亲捂着泪眼的白毛巾，那条泛黄的白毛巾……

第六章

罪与罚

•

1981年　北京　美国　图桑

恍恍惚惚，浑浑噩噩，昏昏沉沉，陈崧荃在泛美航空（PAN AM）波音飞机上，似睡非睡，似醒非醒，怎么待着也不舒服。总算出国了，可没有丝毫兴奋，眼前总是晃动着老父亲用那条泛黄白毛巾捂住泪眼的画面。

多少天劳累，多少夜失眠，到底把他征服了。歪着头，蜷曲着身子，进入了心酸的梦乡。美国梦还遥远，能梦到的都是过去难忘的时刻……

1957年7月，陈崧荃从北京六十五中高中毕业。全国高等院校统一招考，他的第一志愿是北京大学新闻系。那年高考特难，近二十多万高中毕业生报考，只有一小半能录取。连年获得三好生奖章的他心里也特紧张。一天，父亲当年的学生们来看望老师。在北京外国语学院法文系任教的郭迪成教授带来个好消息，北外将在全国统考前单独招生。郭教授建议崧荃去试试。考上更好，考不上也算练了兵，不耽误全国统考。“更好”二字打动了父亲的心。已是花甲之年的陈怀臻早就盼着六个儿女里能有一个继承他的外语专业。崧荃哥哥姐姐学工，学农，学医，小女儿也立志要当大夫，没有一个学外语。崧荃是唯一的指望了。父子俩交谈多次，崧荃决定去试试。谁想这一试，竟试出了他由苦到甜的多彩人生，也试出了陈家由衰到兴的传奇经历。

盛夏酷暑，陈崧荃先去北外考场考笔试，接着又考口试。父亲急着问考得如何？崧荃回答还行。觉着作文写得不错，口试特好。一天傍晚，全力冲刺准备高考的他从北京图书馆回来，一进家门就看见母亲举着封信迎上前来。

“外语学院来信了！”

崧茳急忙接过信，颤抖的手怎么也撕不开信封。还是父亲拿来剪刀，打开信封，抽出来信，递给崧茳。

“怎么说?”老两口儿异口同声。

崧茳举着信，“爸，妈，我考上了！”

父亲猛地拍了下掌，“快念念。”

崧茳从头到尾念了北外英文系录取通知书，还有去学院报到细节。全家那个高兴。周末全家聚会，父亲脸上露出近来少有的笑容。母亲特意开了瓶味美思红酒。崧茳给大家都斟上了酒，就着热气腾腾的扁豆馅儿饺子，大伙那个乐。饺子就酒，越喝越有。全家好久没这么高兴过了。

“孩子，你多大了?”父亲问。

“十七，快十八了。”

“长大成人了。”父亲又干了一杯酒，独自走回书房。

天真的崧茳全然不知底细，也没太注意父亲的变化。只觉得父亲话少了，白头发多了，更消瘦了。常常一个人没精打采坐在那里，一言不发。

从统考到八月发榜，正是高中应届毕业生火急火燎的苦夏。崧茳却优哉游哉去承德、去白洋淀旅游，让同学们羡慕得眼里直冒火。八月下旬一天，母亲和佳慧小妹送崧茳到东华门。位于西郊魏公村的北京外国语学院开大汽车接新生入校。崧茳第一次离开家，心里还真不是滋味。刚进学院大门，他吃了一惊，满院都是点名点姓声讨右派分子反党反社会主义罪行的大字报。气氛非常紧张。北外名气大，规模小，只有不到一千名学生。英文系每班只有十多个人，都住在一座三层楼里。崧茳的宿舍在三楼，六个人一间，上下铺。院里大喇叭整天叫，都是对右派分子的声讨。全体新生上的第一堂课就是到大饭厅参加批判右派教授和右派学生大会。右派们低着头站在台上，接受气势汹汹的批判。崧茳听不太懂，傻乎乎地也跟着喊口号。

左盼右盼，周六晚上回了家。母亲和舅姥姥做了一桌好吃的。崧荃告诉她们，在大学一月只交九块五毛钱伙食费，三顿饭管饱，吃得甭提多好了。早上馒头大米粥、咸菜酱豆腐。中午和晚上不是炸酱面、打卤面、芝麻酱凉面，就是米饭炒菜。还经常吃炖肉、米粉肉。就是一样不习惯，不怎么念书，老开会。等父亲下班回来，崧荃又详细报告了他们开始学英语发音的课程。第一学期，除了学些单词和短语，主要就是练发音。每个人发个小镜子。不管发哪个音，一张嘴口型必须准确到位。从早到晚，课堂上，寝室里，一片练发音的声音。嗓子练哑了，脖子练僵了，可是发音练准了。从小就学英文的崧荃觉得挺容易。乡村来的同学可犯了难。一位河北来的同学，L音发不好。老师就让他练cold（冷）这个字。不管在宿舍，在走廊，在操场，"扣了德"，"扣了德"，他一喊起码得一个钟头。大夏天的把大伙喊得浑身凉飕飕的，直哆嗦。可就是这位同学最后以优异成绩毕业，分到外交部，后来还出任驻外国大使。学外语，首先要苦练发音，成了后来他英语讲座第一课。人，不论男女，都希望仪表堂堂。英语，不论老幼，必须要有标准发音。先入为主的第一印象就靠发音，就这么重要。

……

飞机一阵剧烈颠簸把他惊醒了。头昏昏的，嗓子干干的，眼角湿湿的。

"快到了吧?"他自言自语。

"快了。"旁边座位的一位女士低声回答，"您可是睡了不少时候。"

"太累了。"

"您去哪儿?"

"亚利桑那大学，图桑。"

"访问学者?"

"不是。进修学位。"

"您英文肯定好。"

"凑合吧。"

“那还得麻烦您。进关转机，您帮帮忙。”

“好说，只要我能办到的。”

靠走道座位的男士也开了腔，“您受累吧，我也得请您帮忙。土老帽儿，头一回出国。”

“您去哪儿？”

“洛杉矶，干大厨。”

一下炸了锅。前排后排的乘客都探着身子请求帮助。都是第一次出国，英文多是二把刀。

没多一会儿，通知到达的广播响了。先是英文，后是广东腔的中文。微笑的空姐送来美式早餐，咖啡、面包、黄油、果酱，还有一份夹着火腿起司的鸡蛋卷。照崧荃往常劲头，三下五除二就垫补了。可今天没一点胃口。鸡蛋卷纹丝没动，喝了口咖啡，望着窗外云空。一望无际，一片蔚蓝。穿过云层，一片绛红色海岸尽收眼底。旧金山到了。

1981年1月7日，中国民航首航美国获得成功。从北京飞上海，再飞旧金山，到达纽约，全程1.58万公里。随后泛美航空先后开通了飞纽约、旧金山和洛杉矶的航线。下了飞机，迎面竟有中文欢迎横幅。进关时不少人入境表没填，要不干脆不会填。崧荃一位一位帮忙填写，忙得满头大汗。轮到他过海关时，窗户后一位上了年纪的女士在他护照上盖了戳儿，微笑地说：“Welcome to the United States！”

旧金山和图桑相距1400公里。旧金山位于美丽富饶的加利福尼亚海边，图桑位于贫瘠荒凉的浩瀚沙漠。一个是众望所归的天堂，一个是鲜为人知的陌生地。其实，位于旧金山附近的著名斯坦福大学也给他发来了录取通知书，只是没确认有关奖学金安排，一切要等来学校报到后再说。东拼西凑加上银行允许兑换的40美元，身上只有200美元，他可不敢冒这个险。他还是选择了承诺给他进修学位奖学金的亚利桑那大学，更何况那里的“东方研究”系还有他最想深造的比较文学专业。对于这个决定，他不仅当时不后悔，现在也不后悔。异国他乡，一个人单打独斗，一定要有自知之明，一定要力求稳妥，一定要踏踏实实地迈出求生第一步。先得能活着，才能再说立足。这第一步，崧茎称之为立锥。

飞了三个多小时，从加利福尼亚州旧金山飞到亚利桑那州图桑市。放眼望去一片金黄色沙漠。唯一绿色点缀是特大仙人球、高高仙人掌。迎着炫目阳光走下飞机扶梯，接机人群已等候在下面。

"崧茎、崧茎。"一个胖乎乎的中年人举着手高声呼叫。

顺声音望去，人群里看到了小学同学张向龙。

"向龙！没想到在这儿又见面了。"两双手紧紧握在一起。

"来，介绍一下，这是梅乐笛小姐，大学学生会干事，也来迎接你。"

"麻烦你了。"图桑太阳太亮，崧茎眯缝着眼，只看清一位高身量女郎，其他都看不清。

女郎伸出手，"欢迎，欢迎。"

"多谢，多谢。"握着细嫩小手，还是没看清女孩模样。

"别说谢。在外靠朋友，应该的。"

取行李时，向龙悄悄说："借了辆车，都是梅乐笛张罗的，特能干！"

黑色道奇车停靠在候机楼前，旁边款款站着那位女郎。高胸细腰，身着淡蓝色连衣裙，模样还是没看清。

"车是向老师借的，也是华人。我开车，让张先生沿路给您介绍一下周围情况。"一口北京腔，声音特好听。

"您也是北京人？"

"别您、您的。我是晚辈。"

"你是北京人？"

"是，北京生，北京长大，后来去了香港。"

图桑，陈崧茎平生第一次见识的美国城市。按面积，亚利桑那是美国第六大州，图桑是全州第二大城市，可只有三十多万居民。原本译为土桑，其实也没错，这里确实土。1912年2月14日亚利桑那成为美国的一个州后，越来越多的移民才到了图桑。没比较就没有鉴别，崧茎也不知道这里有多土，别的美国城市有多洋。汽车比北京多多了，大楼比北京高多了，街上店铺和行人可比北京少多了。最让他奇怪的是晚上八九点，太阳还不落山。也难怪，周围也没山。说也奇怪，头一次看西洋景儿，他没顾得细看。向龙一路不停说这说那，他没顾得细听。前排驾驶座飘来的一阵阵清香，竟那么熟悉，让他直犯晕。

汽车在一栋三层小旧楼前停住。崧茎和向龙卸下行李，向梅乐笛道谢。女郎微微一笑，开车离去。进门上二楼走进两人合住的房间。间量不算小，还带个小厨房。衣帽橱门上挂着个床，晚上拉下来，崧茎睡。向龙睡窗边的小床。一个写字桌，两把椅子，两人共用。有个破空调，没有卫生间，得去走廊尽头的公用厕所和淋浴间。

“委屈你了。”

“说什么哪，比起牛棚和劳改农场，强多了。”

“好在离学校近，每月租金只有60美元。”

“才60美元？听说旧金山租房得好几百块哪。”

“这就是小地方的好处。咱俩一人一半，才三十。出国在外就得省着点。”

“没错儿。”崧茎紧忙打开箱子，把向龙媳妇给他捎来的物品照片交给他，还有他送的两盒茉莉花茶。

“我这儿有衣服，根本用不着。”

“人家不是心疼你嘛。”

“我这儿什么都不缺。有这些照片就够了。”

“家里老人和孩子都好，你那两个宝贝女儿越长越水灵。”

向龙紧盯着照片，抹了抹眼睛，“走，吃夜宵去。”

“在家熬点粥得了。”

“不行，得给你接风。”

出门不远一家肯塔基炸鸡店灯火通明。向龙要了一大桶炸鸡，还有小面包和土豆泥，外带管够的冷饮。说真的，这儿的炸鸡比北京香酥鸡毫不逊色。哥俩吃得那叫香，聊得那叫痛快。

第二天一早，向龙陪崧茳去亚利桑那大学报到。沙漠风情，独特设计，背衬蓝天白云，这所美国西南地区颇负盛名的大学创于1885年，被誉为“公立常青藤”大学之一。东亚研究是大学有名专业之一。接待人员看了崧茳材料，带他去二楼见威廉姆斯先生，就是在他录取通知书上签字的那位老教授。

“啊，陈先生！有朋自远方来，不亦乐乎。”老教授一口标准汉语。

“真是高兴见到您，教授！”崧茳顿生敬意。

鬓发花白的威廉姆斯教授开始用英语交谈，显然是考查崧茳的功力。含蓄一番后，话入正题。崧茳只有北京外国语学院毕业证书和分数单，没有正式学士学位证书。基于对中国现状了解，仔细看了北外王佐良教授亲笔推荐信，特别是崧茳写的有志于攻读比较文学的英文长信，教授告诉他系里愿意提供他博士学位深造机会。

“真的？”崧茳不敢相信自己的耳朵。

“但是需要你通过四门考试：英文笔试、英文口试、英美文学基础知识笔试、比较文学基础知识口试。”

“好。”

“如果通过这些考试，你会拿到全额奖学金。”

“何谓全额奖学金？”

“所有学杂费全免，在校医疗免费。”

“太好了！什么时候考试？”

“我会尽快安排。请告诉我你的电话号。”

“我没有电话，我会每天到系里询问。”

“好。顺便问问，你是否有英文名字？”

“有过。重要吗？”

“便于交流。外国朋友不大会念中国朋友名字。”

“我的英文名字是Stephen。”

“好！也是S打头的，很好。”

下午向龙约上梅乐笛开车带他办理到美国必办的几件大事。先是去社会保障局图桑办事处办理社保卡（SOCIAL SECURITY CARD），就是社会保险卡，也译成社会安全卡。崧茎没当回事，向龙也没细说，还是梅乐笛特别认真地细说了一番。

“可别小看这张社保卡。这就是您在美国的身份，全美通行，终生受用。上面那九个数字，只属于您，只有您能用，跟您一辈子。”

“一辈子？”

“对。没这张卡，寸步难行。”

“这么重要？”

“就这么重要。”

“需要什么材料？”

“护照、录取通知书。”

“就这些？”

“就这些。”

不过，那可是1981年。现如今办这张卡麻烦多得多了。

梅乐笛帮着崧茎填写申请表。两人挨得挺近，熟悉的香气又飘了过来。这次算是看清了女郎模样。柳叶眉，杏核眼，宽脑门儿，高鼻梁，嘴有点大，可配上微厚嘴唇，实在是美。不是俗美，是有内涵的真美。眉宇之间见飒爽，言谈之间见风雅。素不相识，似曾相识。崧茎低下头，又有点犯晕。

崧茎的英文名字立即派上用场。那张社保卡，九位数字，崧茎的英文名，加上中文名姓的英译，加上他的签字，连张照片都没有，竟成了他在美国三十多年一直使用的特殊重要文件。那张小纸头，至今没变过，没换过。纸变软了，旧了，可只要说出那九位数，就是他，就能查出他所有档案。上大学，找工作，入保险，办驾照，银行开户，缴税纳税，全靠它。后来还是凭它自动获得国家医保，领取社会保险退休金，直到现在。一张小纸头，神了！

接下来那四场考试，陈崧荃铆足了劲，拼了。与其说是为进修博士学位，还不如说是为每年一万多美元的全额奖学金。拿不下来，只能修硕士，还得交一千多美元费用。这么多钱，上哪儿挣去？

英文笔试、英文口试，对崧荃都不算难。英美文学基础知识笔试，除了回答问题，还需就自己读过的一部书写篇短文。他写的是“杰克·伦敦的美国梦”。他最喜爱的美国文学巨著《马丁·伊登》，其实就是作者杰克·伦敦的自传。来自社会底层的年轻水手马丁·伊登追随他的梦想，结识了美貌富有的罗斯小姐，想尽一切办法，用尽一切手段，挤进上层社会。功成名就，他却发觉理想的梦竟然如此令人失望。最后，他投海自尽，以他的死，宣告他“美国梦”的破灭。陈崧荃以“梦”为主题写这篇短文，源自于他自己的“美国梦”。行云流水，落笔生花，独辟蹊径，感人至深。最后的比较文学基础知识口试，陈崧荃不仅对始于19世纪比较文学跨国界、跨语言内涵加以分析，还就其跨民族性予以强调。他解释，中国早已有对《孔雀东南飞》和《罗密欧与朱丽叶》的比较研究。如果他能进修比较文学博士学位，他想对中国伟大作家老舍先生的作品从比较文学角度做深入探讨。

威廉姆斯教授和博士学位委员会另外四位教授一致通过陈崧荃正式进入博士生计划，给予全额奖学金。老教授告诉他，自1885年建校以来，他是第一位没有学士学位，没有硕士学位，直接考入攻读博士学位的学生。

陈崧荃开创了美国亚利桑那大学有史以来的新纪录！

第七章

枪顶头的醒悟

•

1981 年 12 月 31 日　农历辛酉鸡年，腊月初六

美国　亚利桑那州　图桑市

陈崧茔拿到进修博士学位全额奖学金，的确很兴奋，可还是高兴不起来。千里之行，始于足下。他足下这一步真的算是迈出去了吗?

这四个月，他只以面包抹花生酱就酱油汤填饱肚子，可是四个月房租就花掉120美元。带来的200美元所剩无几了。还是靠朋友推荐找了份工作，在图桑汽车旅馆上夜班。非法打工!

深夜，破公寓楼里走出个高壮中年男子，扶扶眼镜，拉紧背心，打开车锁，上车飞驰而去。靠近10号高速路的西德拉克曼大街行人稀少。昏暗街灯下，自行车在图桑汽车旅馆门前停下来。

“来啦，”谢顶的中年男子开锁，开门，打招呼。

“新年好！林老板。祝您阖家欢乐，财源滚滚!”

“多谢，老陈！也祝愿你全家早日团聚，学业有成。”

“借您的吉言。您歇着吧。”

“大过年的，受累了。”林老板递过钥匙串，从后门走出去。

陈崧茔其实不老，才四十出头。天庭饱满，大眼浓眉，膀阔腰圆，浑身带劲。可能是个子高，嗓门大，长得老相，自从1962年大学毕业分配工作，同事们都叫他老陈，似乎“小”字跟他不沾边。拿着钥匙串四处巡查一遍，回到里间办公室。桌上放着个食品盒，掀开盖一看，热气腾腾的饺子。不用说，一准是林太太准备的。林老板夫妇来自台湾，原籍福建厦门。一个男孩，一个女孩，都在读中学。夫妇二人在美国大学毕业后，四处奔波，入不敷出。还是台湾的父母把农田卖了，资助他们盘下了这家汽车旅馆，算是有了自己的营生。先生主外，夫人主内。说起来是老板，其实就是自己给自己打工，挣点辛苦钱。一年到头挣的钱，交了税，买了各种必须买的保险，剩下的其实就是夫妇二人自己的工资。所好的，一切自己说了算，只要旅馆能经营下去就不会失业。两人知书达理，待人和气，管理有方，在附近一带颇有点名气。旅馆原来值夜班的也是亚利桑那大学学生，而且和陈崧茬都是东方研究系的。毕业离开图桑前，特意向林老板推荐崧茬接替他的夜班工作：接待来客，外带操作一部老式的电话交换台。外来电话接插到客人房间，客人打电话，接插到外线。林老板和崧茬一见如故，原来两家祖先都是河南人。河南老乡祖上把饺子叫“扁食”，林老板福建老家祖上也把饺子叫“扁食”，而且逢年过节都吃“扁食”。今晚吃着扁豆馅儿“扁食”，崧茬心里热乎乎的，眼睛有些湿润。新年夜，媳妇和俩儿子一准也在陪老人家吃饺子。

办公室临街小窗外闪过两个人影。

“Stephen，Happy New Year！”一位浓妆艳抹的黑人女子低声招呼。

“开房间？”崧茬用英文问道。

“Yes.”女子声音很低。

“OK！”

崧茬打开大门，让进来一女一男。女子一双笑眼，高挑身材，丰胸肥臀，黑紫色长裙，围着粉色丝巾。上了年纪的白人男子西服革履，比那女子矮半头，大晚上还戴着墨镜。崧茬从后门把他们引到靠边的客房。一手交钥匙，一手交钱。黑人女子向崧茬投来感激目光。

大过年的，客人不多。崧茬坐在写字桌前，从书包里拿出厚厚一沓纸，封面中英文标题是：《微神，VISION》。这是他博士生计划的第一篇论文。以比较文学为主线，他选择了老舍先生这篇小说阐述他的心得。1933年10月1日《文学》第一卷第四期刊载了老舍先生唯一的爱情小说《微神》，标题旁特意用括号写出英文（VISION）。在这篇爱情悲剧中，两个十七岁的主角都没有名字。老舍先生曾想过以《幻影》《幻灭》作为这篇小说题目。最后还是用了《VISION》的中文音译《微神》。老舍先生钻研过西方文学，自称“使我受益最大的是但丁的《神曲》”。崧茬是想以《微神》为例证，探讨老舍先生运用意识流手法，在东西方文化交流方面的重大贡献。

窗外又闪出个人影，一个妖里妖气的白人女子在敲窗户。毛皮大衣扯开怀，故意半露出诱人的双乳。崧茬瞄了一眼，没有理睬。敲击窗户声音更响了。崧茬站起身，拉过“FULL，SORRY！（客满，抱歉！）”纸板，把小窗挡得严严的。这个女人可没少来找麻烦。起初崧茬不知情。按照林老板关照，只要付钱开房间，一律欢迎。就算是拉客妓女开房，也不深究。警察都不管，开店的何必白操心。其实，美国只有内华达州，特别是拉斯维加斯，卖淫算是合法。亚利桑那州和其他各州卖淫都是非法。非法归非法，还是四处泛滥。西德拉克曼大街夜间就是妓女的天下，从街头拉客，发展到开房待客。警察得好处，睁只眼闭只眼。旅馆也乐得多了生意。

妓女也不都是烂货。就像先来的那位黑人妇女，丈夫离家出走，撇下一男一女两个孩子。早先她就在这里当清洁工。入不敷出，不得已“兼职”做起了招客生意。林老板夫妇对她网开一面，而且特别照顾。客人开房13.5元，对她只收10元。林老板说良家妇女从娼实在是迫不得已，睁只眼闭只眼吧。受过难的崧茬深知她的难处，格外善待她，一直让她用比较僻静的那间客房。她叫他：Stephen。他叫她：Mary。时间长了，Mary招客成了主业，清洁工成了兼职。两人见面相视一笑，从不深谈。有天晚上警察突然沿街大搜查。崧茬急忙去Mary房间敲门报信，算是让她躲过一劫。后来才知道，大搜查是因为有人持枪抢劫，死了一个，伤了好几个。

那个妖里妖气的白人女子可就不同了。开房招客也就算了，她还想诱惑崧茬帮她卖Drugs。北京外国语学院英文系五年制毕业高才生，崧茬的英文算是够棒的了，可愣是以为她想推销药品。等她拿出样品才明白，Drugs原来也有毒品的含义。林老板得知后立即把她列入不受欢迎名单。

看看表，已是深夜十一点半。崧茬伸个懒腰，揉揉眼，打开电视机。纽约时代广场已是人山人海，都等着看“苹果倒计时”，辞旧迎新。从1907年开始，每年12月31日纽约时代广场都会有此活动，都会有百多万人参加。对崧茎来说，这是第一次在异国他乡一个人过年，心里特不是滋味。舍不得花钱和家里通长途电话，看看热闹，聊以自慰吧。

突然，他听到隔壁储藏室有响动。拿起书桌下的粗棍，悄悄向储藏室小门走去。拉开小门窗帘，猛地闪出一张青面獠牙大黑脸。没等崧茎喊出声来，小门被撞开，一个比他还高一头的黑人大汉晃晃悠悠扑进来，一手攥着酒瓶，一手拿着枪，直指着崧茎。黑亮亮手枪，黑黝黝酒瓶，黑乎乎醉汉，一阵黑旋风把崧茎逼坐在大厅屋角地上。枪顶着崧茎胸口，黑大汉摇着酒瓶向崧茎示意：噤声！

黑大汉四周看了看，把崧茎逼到收款箱前，枪口紧贴着崧茎太阳穴。“Money，money！”

“Yes，yes！”崧茎顶着枪口，盯着黑汉，慢慢打开钱箱。

“Quickly，quickly！”

“OK，OK！”

崧茎拉开抽屉，拿出一沓钞票，递给黑大汉。不知哪儿来的胆儿，一点没哆嗦。

“你懂英文?”

“懂。”

“日本人?”

“不是。中国人。日本人没我这么高。”

黑大汉咧开嘴，露出一口白牙，微微一笑。

“你还挺幽默。日本人英文也没你这么好。”

“Thank you！”

黑大汉黑得从头到脚，露出一口白牙，跟黑人牙膏广告似的。

“你是干什么的?”

“亚利桑那大学学生。”

“学什么？”

“比较文学，博士生。”

“嗬！博士生，不简单！”

崧茬也咧开嘴，龇牙笑了笑。笑得比哭还难看。

大街上过了辆车，黑大汉弯腰站起身，朝窗外看看。数了数手里钞票。

“怎么就这点？”

“新年夜，客人不多。”

“你骗我。”

“钱又不是我的，骗你干啥？”

“找找！”

“没有。”

“再找找！”

“真的没有。”

崧茬从裤兜里掏出几张单元钱，“我这儿还有点，你也拿走吧。”

“你个穷学生，我拿你的钱干啥？”黑大汉把钱揣在裤兜里，晃晃悠悠地朝仓库小门走去。

“走大门吧，我给你开门。”

黑大汉转过身，笑了笑，“OK！省得钻窗户了。”

“还有你的酒。”

黑大汉接过酒瓶，回过头，“你是个好人。再见！”

再见？还再见哪？可别再见了！崧茬跌坐在沙发上，脑子一片空白。“苹果倒计时”早就转播完了，已是1982年1月1日凌晨。这个年过的！

崧茬没心思再写他的论文，一直等林老板早晨接班，才向他禀报此事。林老板吓出一身汗。老板不怕被抢劫，可以向保险公司报失补偿。就怕员工受伤，出人命。那可就赔大发了。

崧茬拉开收款抽屉，告诉林老板就劫走了里面的现金，其他什么也没丢，自己也没事，就是要仔细查查储藏室门窗。林老板张着嘴一句话也说不出来。崧茬说声再见，出门骑上自行车走了。

熬过死里逃生这一夜，崧茬自己都奇怪他竟如此镇定。凌晨清风一吹，他才觉得腿有些软，头有些晕，身上有些冷，车也蹬不动了。推着车，从旅馆到公寓十来分钟骑车路程，他走了近一个小时。边走边想，边琢磨。他终于明白了：他这么镇定，不是不怕死，是因为他已经在贺兰山劳改农场死过一次了。猛然想起刘师长那句话，够他终身受用的至理名言：

投之亡地然后存，陷之死地然后生。

霎时，他又回到了那个年代，他永远忘记不了的悲惨年代。以前想起那个年代的大劫大难，就由不得愤怨。在自己心甘情愿选择的路上，今夜又一次死的洗礼，他的心境竟然变了。再回想罪与罚的过去，竟少了些愤怨，多了些泰然。

前事不忘，后事之师。不过要看前事怎么个不忘，后事怎么个之师？前事，哪怕是备受侮辱和折磨的前事，如果只是咬牙切齿，耿耿于怀，就成了一生的累赘，也就失去从中受益的可能。三十年河东，三十年河西。时间变了，地点变了，处境变了。身在大洋彼岸回首往事，出乎他意料，视角开始有了变化，感觉竟然有了不同。宽恕过去的灾难，还无法做到。可是平静了许多，解脱了许多。过去大难大劫后的大彻大悟，既痛苦，又猛醒，都是只属于他的精神财富，用死换来的精神财富。这精神财富才是他在异国他乡奋斗拼搏的精神支柱。

夜，那么静。风，那么清。他头脑从没有如此清醒。对，他来美国后的日记就从此写起。把车靠在路灯下，坐在路边，掏出他带在身旁的笔记本，他迫不及待地写起来。一轮红日冉冉升起。没有一片云，没有一丝风。朝阳柔光暖意，让他心旷神怡。

初到美国这场下马威，让他猛醒。没有过去身临死亡的考验，怎能挺得过这场抢劫。他真正懂得了这句话的深切含义：

忘记过去就意味着背叛！

第八章

立足求生靠本事

•

1982 美国 图桑

万里走单骑，漂洋过海拼前程，人生地不熟，迈出关键第一步，谈何容易？这第一步朝哪儿走？太重要了。不说一步定乾坤，也是举步定大局。来美国的人多了，不少人就是因为走错、走偏第一步，要么铩羽而归，要么后患无穷。陈崧荃算是幸运者，至今也只能说是迈出小半步。是对是错还得走着瞧，到了算。

攻读博士学位，说起来好听，其实路并不好走。就说合伙住的这间公寓，破旧不说，大热天没空调也能忍，就是厨房里满是蟑螂实在恶心。先得烧几壶开水烫死上百只蟑螂才能做顿饭。这些，都能凑合。可是，奖学金全都交了学杂费，填饱肚子还得自己想辙。向龙带他来回走三十多里去最便宜超市，花一美元买五袋面包，再花七毛五买一大瓶花生酱，够他吃一个星期。借钱？想都别想，陈家从没这毛病。借钱只要有头一回，就有第二回。人没了志气不说，越陷越深，啥事也干不成。父亲当年徒步三千多里进京赶考，累得吐了血也没借过一分钱。怎能到他这儿就变了样？夜不成眠，慈父亲口讲给他当年的情景顿时显现眼前。

……

1918年初春，河南济源下雁门，陈家窑院。

从推翻满清帝制算起，中华民国开始了第七个年头。春寒料峭，干枯枯的树，冻邦邦的地，水沟里满是冰碴儿。月牙偏西，曙光朦胧。陈家窑院里黑乎乎，冷飕飕，鸦雀无声。贴在当中窑洞门框两边的对联虽已残缺，但雄劲的毛笔字还能辨认。

上联：新年纳余庆

下联：佳节号长春

横批：福星高照

这不是花钱买的俗对儿，是陈怀臻从古书中精选，亲笔写的。苍劲飘逸，很有点功力。

吱扭一声，西头窑洞小门慢慢开启，轻手轻脚走出来个中等身材的后生。上身旧棉袄，外罩老羊皮坎肩。下身紧腿棉裤，脚穿家里做的高�棉鞋。后生呆站在窑院里，默不作声。窑洞里睡着没了娘的儿子。他心里祷告，别怪为父心狠，不走这一步，困在山沟里，还能有什么指望？还能有什么前程？朝前走，向前拼，不敢说定能如愿，可总比坐井观天强。只是难舍爹娘，难舍娇儿。虽然五个月的儿子有二嫂照看，可父子今日分手，何年何月再能见面？低声长叹一声，望望窑院四周，紧紧肩上白底儿蓝道儿土布褡裢，悄悄拉开窑院大门。探出头两边观望，没见人影，连只鸡狗也没见。后生走出窑院，轻轻带上大门，低着头，顺着门前崎岖小路，朝着太阳升起的东方走去。

下雁门分沟南沟北。沟这边大声说话，沟那边都能听到。可是要翻过深沟，走上通往济源的土路，就是这个年轻后生的脚力，也得一个多时辰。羊肠小道，土路枯枝，穷山僻壤，凛冽寒风，一片寂寥。后生低头赶路，一股股呼出的雾气迎风飘散，额头沁出豆大的汗珠。他不时停下脚步用毛巾擦汗。剑眉下，闪出一双深邃大眼，目光凝滞，满腹心事。

“怀臻！”一声低沉呼叫。

后生猛回头，大吃一惊。只见蹲在高土坡下一个身穿黑裤袄的老汉，伸着微微颤抖双手，慢慢站起身来。

“爹？”后生摔下褡裢，疾步向前扶住老汉，“您咋在这儿？”

“咳！”老汉把后生拉到土坡背风处，“我等你快两个时辰了。”

“这大冷的天，您这是……？”

“我一夜没睡。你心里难过，我心里更烦闷。你大哥不愿你进京赶考，不给你盘缠，也是想家里能有个识文断字的好帮手。可我明白你的志向。”

“爹！不怨我大哥。我就是想闯闯。蔡元培先生当了北京大学校长，很是新派。我觉着兴许能有个机会。就是舍不得您和我娘，舍不得儿子雁鸿。”怀臻没敢提想去法国勤工俭学的事。

“你有这志向，我和你娘都高兴。”老人解下腰带，掏出个黑皮烟荷包，“给！”

“这是啥？”后生问。老人示意让他打开烟荷包。怀臻打开那个被老人体温焐暖的沉甸甸小包，啊，白花花银元！

“我这里就剩下这十块大洋了。拿着吧，咱老陈家给你进京的盘缠。”

“爹，这我怎敢要！进京沿途我打零工，不愁挣不出盘缠钱。”

“可你到了京城又咋办？人生地不熟，举目无亲。有咱陈家这十块大洋垫底，再加上你使出浑身力气，就兴许能在京城站住脚。”

“爹！”怀臻攥着黑皮烟荷包，扑身跪倒在老人面前，失声痛哭。

霎时，朝阳破开阴霾晨雾腾空而起。金色阳光洒落在父子身上。

“儿，咱不哭。这就掉泪，以后咋办？”老人扶起怀臻，“记住，中，就往前闯。不中，就回家。下雁门，虽穷虽苦，永远是你的家，你的根！”

老人声音沙哑，强忍着把要滴下来的热泪堵在湿润眼眶里。

怀臻用手背抹去泪水，“当年，咱家从山西洪洞大槐树老家逃荒，闯到咱下雁门。什么苦没吃过？什么难没闯过？不在京城闯出个样来，我决不回来见您！”

“你中！你中！从小看大。咱下雁门方圆左近还不就出了你这么个考进沁阳中学的状元？我心里有数。不早了，赶路吧。”老人弯腰拾起褡裢，搭在怀臻的肩上。

怀臻把黑皮烟荷包揣在怀里，依依不舍地望着老汉，“爹，我没敢和我娘说起出走的事，怕她心酸。您多安慰我娘，您二老可要多保重。”

“我知道。放心。赶路吧。”老人点头，挥手……

怀臻转身，迟疑地向前走了几步，又疾转回身，“爹，这钱我不能全要，就拿一半吧。”

“我要那一半有啥用？又埋到地里去？钱，就要花在紧要处。再说，这是咱老陈家传家宝，能保佑你一路平安。”

怀臻只觉得怀里的荷包更重了，“爹的心思，儿懂，儿懂。”

“十年后，你来接我和你娘进京过大年吧。”

“中！不用等十年我就接您和我娘进京。”怀臻紧紧拉着老人微微颤抖的手。

“就盼着那一天啊！不早了，赶路吧。”

“爹！那我走了。”

怀臻强装笑容，不舍地松开老人的手，深情地望着老人，扑通跪倒在地，给父亲磕了三个响头，站起身，毅然决然转身走去。

老人早已热泪盈眶，灰白胡楂上挂满晶莹泪珠。

初春朝阳，万缕霞光，映红了土冈，洒落在老人身上。在冉冉升起的红日下，老人瘦小身躯显得那么挺拔，那么高大。

朝阳映照着向东的羊肠小道。陈怀臻再次回首望去，只见老人还站在高坡上，翘首望着远处，慢慢挥着右手，在晨曦中，在霞光里……

……

爷爷给的十块大洋，慈父一块都没用。凭他代人书信，清点账目，装煤运煤，硬是步行三千多里走进了京城，考上了北京大学，成了闻名的布衣教授。后来弃文从商，成了京城豪富、掩护地下党的红色资本家。

崧茬可就没法相比了。带来的二百美元，如今已是寥寥无几。虽然穷得叮当响，可人穷志不短，反倒被当前困境激发得劲头更足了。他心里明白，要是没有慈父慈母的榜样，要是没亲身受过那么多罪，要不是一直被人小瞧低看，他怎么会有如今这口气。只要有这口气，他就能接着往前闯！

没多久，大学图书馆通知他去上班。按照学生课余时间允许校内打工规定，每周最多干二十小时，每两周给张支票。他每小时工资4.95美元，高于一般打工学生。顶头上司吴先生特意说明，因为他清理编目中文藏书需要中英文双语，小时工资比一般标准多了1.1美元。从台湾来的吴先生矮胖胖的，戴副眼镜，特和气。编目卡上英文要打字，中文繁体字则要手写。重要的是核对书名，不能有差错。吴先生嘱咐，千万不要像崧茳的前任，把苏联小说《钢铁是怎样炼成的》归到了冶金学类。两周后崧茳领到来到美国后第一张支票，198美元！拿到钱，头等大事是去银行开张100美元支票，用挂号信寄给玉英。那时100美元能兑换170多元人民币。钱不多，可是能让老父亲和玉英知道他在美国开始能挣钱养家啦！

第二件事就是请张向龙和梅乐笛出去吃顿饭。去的是图桑最著名景点“Old Tucson（老图桑）”。美国多一半西部片都是在这儿摄制的。

“老图桑”里游客众多，熙熙攘攘。男士，不管老少，多是西部牛仔装束。牛仔裤，花衬衫，头戴大檐帽，一副大墨镜，甭管多热，都穿双牛仔靴。女士们，上年纪的爱穿长裙花衫，戴大耳环。年轻的爱穿牛仔短裤，花短袖衫，彩色凉鞋。紧绷屁股的牛仔裤本来就短，还有意地这儿破一块，那儿破一块。崧茳斜着眼不好意思看。向龙眼睛都看直了。

这里的老式乡村街道、旅馆、酒馆、警察局，都是实景。拍摄电影之余对外开放，每隔几个小时就有一场实况表演。枪战是假的，有枪声，没子弹。假打真摔，颇有功夫的演员从二层楼顶上折着跟头往下摔，一点儿没事。景区内墨西哥餐厅座无虚席。三人等到座位，年轻女招待端上柠檬水，外加一大笸箩玉米片，白吃。点过菜后，蘸着西红柿辣酱饱餐玉米片，真是吃起来没够。爱吃玉米面的崧茳吃到后来都不好意思再要了，可是女招待笑眯眯地一笸箩、一笸箩往上端。

大菜更是奇特引人，滋啦滋啦响着端来：法西塔斯。就是煎牛肉卷饼。外焦里嫩的薄卷饼，夹着洋葱柿子椒煎牛肉片，再配上墨西哥特有的佐料，那叫香！女招待见客人们吃得高兴，免费端来瓶墨西哥名酒，特基拉。像老白干，喝着有种特殊香味。以龙舌兰为原料的这种酒因在小镇特基拉最早酿制，因此得名。好菜加好酒，几杯下去，向龙已不胜酒力，梅乐笛却不动声色。崧茬心里清楚，这酒喝起来甜润，可劲头不让二锅头。

崧茬拿起酒瓶，先敬女士，“再添点?”

一袭长裙，不施粉黛的梅乐笛微笑点头。

“向龙，再来一杯?”

“再喝，你就得扛着我回家了。你们喝，你们喝。”

梅乐笛举杯，又是一饮而尽。

“好酒量。”

“家传。”

“那就再来一杯。”

“好。”梅乐笛脸颊微红，眼睛有些湿润。

酒足饭饱，崧茬付账，菜价之外多付了小费，以表对那瓶酒的感谢。回家路上，也许是多喝了两杯，梅乐笛步履踉跄，身子发软，依偎着崧茬走到她的宿舍。崧茬心里犯嘀咕，那股熟悉香气，那双湿润泪眼，模模糊糊，影影绰绰，似曾在哪里见过?

在图书馆打工，如鱼得水。不仅查找资料更方便，而且还意想不到地读到了国内一些禁书，例如原本《金瓶梅》。说实话，除了插图和有些描写以及对话“荤”了些，真没什么大不了的。可要是不看此书，还真弄不明白为什么“先有《金瓶梅》，后有《红楼梦》”。更大的收获还是他读到了不少台湾出版的文史著作，找到了收集最全的老舍先生著作。

老舍先生1899年2月3日出生，死于1966年8月24日，享年六十七岁。君子之交淡如水，父亲比老舍先生年长两岁，平时很少会面，可是每年一准会在北海仿膳饭庄聚会几次，而且一准会有两位好友赵伯父和常伯父在座。被北京市政府授予“人民艺术家”的老舍先生是陈崧茎最为敬仰的作家。更令人难以忘怀的是他还曾有幸聆听过老舍先生朗读他的剧本新作。就在北京人民艺术剧院的首都剧场休息室，老舍先生用地道的北京话朗读了他的《龙须沟》。从此崧茎和北京人艺结下不解之缘。从北京人民艺术剧院于1952年6月12日成立起，崧茎就又有了个家。他真是伴着北京人艺长大的。老舍先生的《龙须沟》《骆驼祥子》《茶馆》，演员更迭了几代，崧茎都看全了。看戏育人，他受到的启蒙和感悟至今仍难以忘怀。

就是这么一位淳朴而又伟大的老人，竟在“文革”初期投湖自尽了。听说，一向不管钱的老舍先生头天晚上曾问过家里是否还有钱，够不够孩子们用。第二天早上，他等夫人上班后，穿好干净白衬衫，蓝裤子，黑色千层底鞋，叫过只有四岁的小孙女，弯下腰说：“跟爷爷说再见！”忍着被红卫兵抽打遍体鳞伤的痛苦，他一人离开家，在太平湖畔独坐很久。最后，老舍先生选择了他小说中人物最干净的死法，投水自尽。士可杀不可辱，太平湖水不太平。年仅六十七岁的老舍先生是以死去抗争，以死去呼唤。

后人引用詹姆斯·乔伊斯的话悼念老舍先生：

> 历史是我正努力从中醒过来的一场噩梦。

孤雁浮萍，远离故土，反复默诵这句话，陈崧茎油然而生另一番感悟。翻开他多年诗词手抄本，找到苏轼的《定风波》：

> 莫听穿林打叶声，何妨吟啸且徐行。
> 竹杖芒鞋轻胜马，谁怕？一蓑烟雨任平生。
> 料峭春风吹酒醒，微冷，山头斜照欲相迎。

回首向来萧瑟处，归去，也无风雨也无晴。

这句话，这首词，跟了崧荃一辈子。

上课，图书馆，图桑汽车旅馆，回家，上课。周而复始，平平淡淡，乏善可陈。意想不到，他收到一封来自美国汽车公司（American Motors Corporation–AMC）的挂号信。顿时打乱了他平静的生活。

亲爱的陈崧荃先生：

经北京美国大使馆文化参赞介绍和推荐，我谨代表美国汽车公司（AMC）写此信给您。我公司和北京汽车制造厂就合资筹建北京吉普公司一事已经会谈了一段时间。现接到了北京汽车制造厂合资公司合同的中文建议稿。我们急需将其翻译成英文。如果您能帮忙，请您给我来电话确认。我将把中文合同稿寄上。时间紧急，请您尽快回复为盼。

尽致问候！

汤姆·瑞恩

信纸抬头有AMC公司地址，高级主管汤姆·瑞恩的直通电话。

美国驻京大使馆文化参赞？是他？

一股暖流顿时涌上心头。半年前，崧荃急着去美国大使馆办赴美签证，就是这位文化参赞接待的他。看完崧荃的材料：护照、成绩单、亚利桑那大学录取通知书、AFFIDAVIT OF SUPPORT（经济担保书，至关重要，否则来不了美国）、推荐信等，这位四十多岁，文质彬彬，说得一口标准北京话的文化参赞，激动得一个劲擦眼镜。

“很不简单！”

“您客气。”

“私人护照，不是公派？”

“不是。”

“还不多见。以您的成绩，还可以申请名牌大学。”

“我申请了斯坦福大学。”

“为何没有回信？”

“不知道。”

“时间虽然紧，还可以争取。我可以给您再写封推荐信给斯坦福大学，可以吗？”

“太好了！给您添麻烦了。”

“麻烦？不，不。我倒要麻烦您，请您在这本书上给我签个字。”

陈崧茔吃了一惊，就是那本中文译本《六次危机》。

文化参赞真的写了推荐信，崧茔真的接到了斯坦福大学录取通知书，只是没确认对他至关重要的奖学金事宜。崧茔还是选定了亚利桑那大学。就这样，赴美签证很快就办下来了。想不到人家还记着他。

崧茔立即给瑞恩先生去了电话，承诺翻译之事。很快就接到回信和厚厚的一本中文合同。瑞恩先生信中客气地期盼能尽快看到英文译稿，并请他随译稿一起寄去他的INVOICE，就是账单。

不知情的以为学英文的，又是北外高才生，中译英手到擒来。知情的才知道翻译有多难。听、说、写、读固然不易，笔头翻译更难，中文译外文则是难上加难。崧茔这次碰上硬骨头了。人家说了要尽快，可怎么快得起来啊！没别的，只好日夜加班。英文译文手稿纸，改了又改，抄了又抄，堆了一大摞。八天过后，可以打字脱稿了。林老板那儿的电动打字机只能上夜班用，自己那台手按打字机键盘都按坏了。看来，得下决心了：去YARD SALE，又称GARAGE SALE，自家庭院旧货摊。

这可是美国一大景观。无论在哪儿，不管穷富，美国家庭都喜欢空闲时在自家庭院（YARD）或车库（GARAGE），摆出用不着的旧物出售。事先需要向当地有关部门备案，然后即可在规定日子，插上YARD SALE标签，摆摊卖货。明码标价，从几毛钱，一两元钱，到几十元都有。买主来自四面八方，看上中意的讨价还价，现钱交易。崧茎对此不摸门儿，只好又烦梅乐笛帮忙。

梅乐笛带着崧茎走街串巷，方圆左近，遛了大半天，一无所获。没想到回家路上竟看到一台八成新电动打字机，明码标价80元。

“能便宜点吗？”梅乐笛问道。

“够便宜了，新的要二三百元呢。”文绉绉的卖主答话。

崧茎到文具店看过，这样的新打字机真得300多块。没容他开口，梅乐笛笑眯眯地开口还价。

“我们都是穷学生，再便宜点吧。”

看着这么漂亮的女学生，卖主还挺痛快，“好，那就70块。”

没等梅乐笛再还价，崧茎赶紧掏出钱，“OK，DEAL！”

卖主把打字机装进崭新外箱，里面还有两瓶改字液，“要不是急等用钱，真舍不得卖。”

回到家，放好打字机，接上电源，试打了几行字。真比林老板那台还好用。换上新纸，沉住气，崧茎打下英文合同第一页：

BEIJING JEEP CORPORATION

CONTRACT

PROPOSED BY BEIJING AUTOMOTIVE WORKS

一连三天，陈崧茎总共只睡了不到六小时，没吃过一顿像样饭。就着盐辣椒，饿了啃面包，渴了喝凉水，眼熬红了，人累瘦了，可是更来劲，更精神。打完最后一页译稿，本应高兴，他倒犯难了。这账单可怎么开呀？问向龙，向龙拿不准。问林老板，林老板没主意。还是图书馆吴先生给他个参考意见：800到900美元。崧茎左想右想，在连同译稿的回信中确定他的账单为760美元。

寄出挂号信当天，陈崧茎就开始发烧，打冷战。多少天大便不畅，最后恶化到上次厕所疼出几身冷汗，马桶里全是血。多亏梅乐笛开车和向龙送他先去大学医务所，又转去急诊。确诊：肛裂重度感染，立即手术。

一位慈祥黑人女护士安排他坐浴后，让他脱光衣服，准备Hair Removal。

崧荃蒙了，怎么着？做手术还得剃头？

看他那傻样儿，女护士忍俊不禁，细声细气解释说不是上面，是下面。这是下体手术前必须做的。涨着红脸，歪着头，眯着眼，他经历了这辈子头一回尴尬经历。女护士先用热毛巾擦拭干净，涂上剃须膏，然后用刮胡刀细细地把他下面刮了个干干净净。紧绷着劲儿的崧荃竟忘了向人家道谢。

局部麻醉，一点不疼，可心里犯嘀咕。连住院带手术，这得交多少钱啊？只在中间拉着帘二人合用的病房睡了两晚，第三天出院，梅乐笛和向龙帮忙办出院手续。只交了六块多钱饮食费就出院了。梅乐笛解释说崧荃用奖学金交的杂费包括了每年70美元医疗保险。小病吃药在大学医疗所。大病转院，必须是大学医疗所批准转院，全都报销。梅乐笛说要不是都报销，这次住院手术少说也得上万块。

祸兮福所倚，福兮祸所伏。出了院，崧荃就接到了美国汽车公司寄来的感谢信，还有一张大支票。不是760美元，竟是1280美元！

第九章

过河需搭桥

•

1982　图桑　底特律

这封信，可把陈崧苼惊呆了。不仅是1280美元大支票，还有美国汽车公司（AMC）国际部给他的一封信。信中对崧苼准确流畅译稿赞赏有加，感谢他不仅帮助美方澄清了许多疑点，还明白了双方主要分歧所在。更感意外的是国际部邀请他以SUMMER INTERN身份来公司工作一个暑期。时间两个月，1982年7月1日至1982年8月30日。每月报酬2500美元，公司提供住处和来往机票。如同意，请回复确认，将立即寄来图桑至底特律机票。

兴奋之余，紧忙去找梅乐笛询问什么是SUMMER INTERN？在学生会餐厅找到了她。这儿的学生会和国内可大不相同。学生第一次来填表注册，一分钱不交，领个证就算入会了。学生会办公室只有两张桌子，干事都是学生无偿兼职。学生会楼大部分都是学生活动场所。报告，开会，排练，集体备课，各种学生活动。学生会楼旁是能容六百人的电影院，每张票一美元。到学生会买票，月票五美元，看一场也是它，看一个月也是它。不久前上演《教父》，可让崧苼逮着了。从下午进影院，连看三场，出来天都黑了。电影太好了，对话不好懂，连看三场也就听懂多一半。另外，学生会楼里还有个价廉物美的食堂。

“就知道你在这儿。”

“有事儿？”

“饿了，我先买份汉堡。”

大号汉堡、薯条、饮料，一共一块五，比外边便宜得多。

“您算是问对人了！”姑娘笑起来真美，刻骨铭心的那种美。“您问的就是暑期实习生。美国许多公司和研究所都聘用暑期大学生。”

“不算非法打工？”

“只要是注册学生就合法。去年暑期我就在洛杉矶一家报业公司干过，不过报酬可没您这么好。”

“还不一样？”

“差不少。可总比去快餐店打工强多了。”

“学生暑期都去打工？”

“差不多都去。大部分美国学生都是自己挣钱上学。”

“家长不管？”

“不是不管，是管不起。除了挣钱，学本事，还接触社会。”

“比挣钱重要。”

“没错儿。今年暑期我还去，月酬也加到1800元。”

“人家看中你了。”

“不过，我还得走。”

“去哪儿？”

“回香港。”

“这儿不是挺好吗？”

“进修结业了，想我妈，在香港孤单单的。”

“我回来给你送行。”

“好，我等你。”一阵香气飘然而去。

饭吃到一半，那位老教师又来了。满头白发，瘦骨嶙峋，精神矍铄。崧茬紧忙站起身向老人鞠躬致意。老人笑了笑，还是坐在角落餐桌旁，拿出报纸看了起来。没一会儿，老人去饮料台倒了一杯白水。转身回来，从邻桌餐盘里拿走剩下的一盒奶，一块三明治。回到座位上慢慢吃起来。此情此景，崧茬见到不止一次了。梅乐笛特别嘱咐不要给老人钱，也不要替他买食物。为去世老伴花尽所有积蓄的老教师人穷志不短。

陈崧茬立即给国际部回信确认暑期打工后，紧忙准备和家里通话。那时向北京通国际长途可不简单。先要去信，按照美国和国内时差约好通话时间。北京这边先要去复兴门长话大楼拿号等候。美国这边再按时给长话大楼拨号。北京这边等着叫号，再去通话间接电话。

“玉英，玉英，说话，说话。”

“崧茬，崧茬，是你吗？”玉英颤抖的声音。

崧茬激动大喊：“是我，是我。你怎么样？爸怎么样？你们怎么样？”

猛地听到低沉沉男人话音，“爸，爸，我是大卫。我们都好，爷爷也好，都想你。晓雷，你接着说。”

“爸，我是晓雷。”

怎么？晓雷也到变声期了？

“我进了学校足球队，赢了好几场！您在那儿看球吗？”

“看，不是足球，是篮球。叫NBA。”

“真棒！妈，您快说吧。”

“大卫比我都高了，晓雷也快赶上我了。收到了你寄来的人工晶体，过几天就陪爸去北京第一医院做白内障手术。”

“一定请最好的大夫。”

“放心。你那儿怎么样？”

“好，很好。我得到了暑期工作，给你的信详说。你念给爸听。”

“你每次来信，爸都得高兴好几天。大卫和晓雷周末都去看爷爷。爷爷给车钱，他们不坐车，走着回家，钱都买冰棍儿了。”

“那得走多半天哪？”

只听见两个孩子大声嚷嚷，“我们爱走道儿，还能看天安门呢。”

“别再给我们寄钱了，你那儿也要用。”

“我挣钱就是为你们，又给你们寄去八百美元。特想你，惦记你们。”

“知道，我也是。行了，别再费钱了。”泪水噎住了话音。

不管好不好，海外游子和国内家人通信通话无一例外都说“好，好着呢”。真好假好，只有自己知道，只有天知道。

闲里置忙里用，一点不假。遛家庭小市儿的收获，都派上了用场。十五美元买的三身西服，虽说旧却没沾过身。五块钱买的两双旧皮鞋，三块钱买的风雨衣，都跟新的似的。可是贴身的内衣、裤衩、衬衫、领带，崧荃全买新的。梅乐笛帮忙又给他挑了个大皮箱，全齐了。走的那天，梅乐笛和向龙送他去机场。时隔不到一年，鸟枪换炮抖起来了。身板壮，个头儿高，西装革履，戴着墨镜，胳臂上搭着银灰色风雨衣，手提大皮箱，再加上一口流利英文，真像个大老板似的。

向龙无微不至的帮助，崧荃一直记在心上。如今有点钱了，一定要帮向龙圆他的梦，买汽车。崧荃的意思是钱他掏，车两人开。向龙不肯。说来说去，二一添作五，两人合伙买车。图桑旧车市场太多了，有点名望的至少上百家。说是旧车，真跟新的一样。挑来挑去，挑花了眼。其实，崧荃早就想好了，一定要买辆道奇，跟新中国成立前陈家豪宅那辆一模一样的。嘴里不说，一个劲儿领着向龙看五边形带羊头商标的车。

"向龙，这辆车不赖。"

一辆黑色道奇轿车吸住目光，明码标价：$390。

"就是老了点。"褒贬是买主，向龙动了心。

"成色好，才开了8万多迈。仔细开，再开上8万迈没问题。"美国说的迈是mile简称。1迈是1.6公里。

"手排挡在方向盘后面，你习惯吗？"

"习惯，没问题。"

一位上年纪销售员走过来，"看上这辆了？"

"请您打开车盖看看。"

"No problem！"这句"没问题"是中美朋友最爱用的口头禅。

向龙仔细查看一番，"能试开吗？"

"有驾照吗？"

"有。"向龙把驾照递过去。

"二位请上车，别走远。"

车确实保养得好，特给力。

“你试试。”

“我可没驾照。”

“没事儿。”

凭着在贺兰山劳改场开大车的本事，崧茎驾轻就熟，上坡下坡绕了一大圈，过足了瘾。

“回头让我砍价。”向龙算是相中了这辆车。

最后350元成交。办了手续，挂上临时牌照，崧茎立刻去办驾照。笔试，全分通过。路试，一次通过，因在STOP牌后停车时间不够，扣了点分。两人把梅乐笛接上，夜游图桑，回来路上又去超市买了不少东西。周末更闲不住，要么带着同楼校友买东西，要么约上好朋友郊游。连邻居美国老头儿老太太都沾上光了。那时候有辆车不算什么。一加仑（3.8升）汽油才九毛九。这种四缸车，百公里油耗才九个。在美国买车绝不是为摆谱，实在是需要。公共汽车太少，骑车不安全，地铁只是几个大城市才有。没车真就是没了腿。

开着自己的车，向龙送崧茎到机场。来美国快一年了，长途旅行还是第一次。上了飞机四下一看，露馅儿了。什么都齐了，可缺一样：文件箱。提个文件箱，还得是真皮的，那才是高级白领的范儿。第一次跨越美国时区，从西部时区图桑市飞两个多小时到中部时区休斯敦。再转机飞三个多小时到东部时区世界闻名汽车城底特律。早八点上飞机，晚六点多才到。飞机上吃的西餐、饮料白吃白喝，随便挑，管够。把陈崧茎吃糊涂了，也飞迷糊了。下飞机，随着人群取行李，刚出站就看见一位矮胖的中年男子举着MR CHEN大牌子候在那里。

“Hello！I am Chen.”

“Glad to meet you.”热烈握手。“I am John from AMC. Welcome to Detroit.”

别小看这几句客套话，别小看到美国后常用的三个常用词：thanks，

please，excuse me。崧茔在国内还真没怎么常用过。偶然冒出两句，还遭人家白眼，笑话你洋泾浜。到了这儿，“谢谢”“请”“对不起”，时时挂在嘴边，成了人人都说的口头语。一声“谢谢”再加个微笑眼神。一声“请”再伸手相让。特别是那声“对不起”，其实并没做什么对不起的事，只不过是抢先了一步或不小心挤碰了谁一下，主动礼貌地打个招呼。这些还真是他到了美国才养成习惯的。细想起来，心里真是愧得慌。老祖宗留下的美德全都忘了，全丢了。特别让他怀念的是老北京常说的客气话：

“谢您了！”

“劳您驾！”

“请！”“您先请！”

“对不起您！”

“借光！”……

多和谐，多受听。其实，国语客气话更客气。英文的“you”就是“你”，没法说“您”。怎么比得了国语一声“您”那么有礼貌，有风度。

约翰一口标准美式英文，人特和气，一边开车，一边介绍当地情况。不到一小时，在一座筒子楼前停下来。

“这是假日酒店，离公司很近，您就住在这里。明早九时我来接您。”

办好住店手续，陈崧茔坐电梯到11层，顺着圆形走廊找到1198房间。真叫宽敞，真叫豁亮，大玻璃窗外夜景真叫美。假日酒店在美国只算是中上流，对他来说可就太豪华了。冲个澡，一觉睡到大天亮。

转天早晨，人家准时来接，转了几个弯来到了位于底特律南园市（South field）AMC大楼。走进19层国际部，陈崧茔那张东方人面孔，高大身材，规矩装束，立即引来不少人的目光。

“久闻不如一见，你好！我是汤姆·瑞恩，信里打了不少交道。”

“幸会，幸会。”

“我来介绍，这位是克莱尔先生，公司主管国际事务副总裁。”

“见到您很荣幸。”

“是我的荣幸。请。”

两位男士和崧茎身材一样高，一般年纪，略微发福，上流社会风范。走进副总裁办公室，主宾落座。

“如不介意，我想请瑞恩先生简要说明我们请您来救急的原委。”克莱尔副总裁开门见山。

“救急？”

瑞恩先生笑了笑，“是。不瞒您说，我们在这个项目上已经投入100多万，关键难点仍未突破。大家都着急了。”

“是不是关于贵方份额中的软件投入？”

“一点不错。您早有预感？”

“翻译中方建议合同文本时注意到了。”

“怎么讲？”

“双方总投入5300万美元，贵方投入1600万美元。800万现金，800万是技术、专利、商标等，占了一半。”

“中方觉得不上算，我们还觉得亏本。”

“恕我直言，这一关键问题不解决，其他都是空谈。”

克莱尔副总裁站起身，“说得好，切中要害。您有何高见？”

“中方，BAW（北京汽车制造厂），多年一直生产北京吉普？”

“知道，四轮驱动软顶吉普。”

“吉普，那可是美方AMC的注册商标。”

“可他们说美国商标管不了中国产品。”

“那是过去。现在不同。中美合资企业可是面向世界的。”

“我们的律师费尽口舌，说服不了他们。”

崧茎稍停片刻，“要另辟新途。”

“什么意思？”

“还没想好。不过，律师解决不了的，谈判桌上解决不了的，可以考虑其他途径。”

“有具体想法吗？”

“还在想。”

“我看还是让司谛文（Stephen）看看我们工厂，看看所有会谈材料再说吧。”不呼姓，直呼名，在美国只适用于要好朋友之间。

“好。明天我就安排司谛文去托利多工厂看看。”

1941年，第一辆吉普车由美国汽车公司以648.74美元造价问世，立即成为“二次大战”美军和盟军广泛使用的四轮驱动越野车。到“二战”结束，共有64万辆吉普车服役。俄亥俄州托利多市（Toledo）特意命名工厂前的一条路为“吉普路”，以作纪念。如此赫赫有名的工厂，完全出乎陈崧茔期待，没有高大厂房，没有西装革履管理人员，引他注目的是屋顶上一辆原型吉普车和进门一间朴素纪念馆。工厂安排一位老工程师和一位老技工带他参观。千吨压力机让他大开眼界，连通车间通道之简陋让他吃惊，必须低头弯腰才能通过。一连看了三天，边走边记，晚上加班整理。他心里渐渐萌生出个想法。

回到总部后，美方谈判组向他详细介绍全面情况，技术专家组向他详细介绍技术转让细节。让美国朋友惊讶的是陈崧茔竟能听懂大部分内容，提出的问题也非常专业。劳累一天，几位美国朋友邀请他下班一起去楼下酒馆聚聚。酒过三杯，聊性大发。

去机场接他的约翰先发问，“听说你是学外语的，怎么还懂汽车?”

“说不上懂，只是对汽车特感兴趣。不过，我学过机械制造，特别是铸造专业。”

“哦?”

“外语学院毕业后，我分配到机械工业部翻译技术材料。”

“分配?”

“大学生毕业都由国家分配工作。”

“那多好，不用自己找工作了。”

“那时可没觉得好。谁想现在派上了用场。”

“来，和我们中国同行干一杯!”

这样的小聚会，主要是聊天，喝酒不吃菜，级别最高的付账。崧茔酒量大，特合群，一下都成了好朋友。

“你说这个合资项目能成吗？”一位老工程师问。

“我觉得能成。”

“我看都快打退堂鼓了。”一位财务主管不乐观。

“何以见得？”

“双方都花了不少钱，至今还没个结果。”

“您觉得主要问题何在？”

“我们坚持800万软件投入。中方坚持我们承担出口责任。各不让步。”

“都耗不起了。司谛文，你觉得呢？”

“一年多，双方做了那么多工作，花了那么多钱，合作愿望是真诚的。这是成功的前提，就是……”

大家都放下酒杯，等下文。

“就是沟通不够，理解不够。”

“那怎么办？”

“搭桥。”

“搭桥？”

“对，搭起双方进一步理解的桥。”

“听说，中方高级代表团要来了，这座桥可要快搭。”

关键时刻，崧茔铆上了。上班看材料，下班聚在一起喝酒聊天，晚上整理思路。最后把接待中方计划交了上去。

会议室坐满了人，部门主管，谈判组全体，两位律师。会议开了两天。

克莱尔副总裁做总结发言，“会开得很好，向前进了一大步。现在让司谛文就几个关键问题做个小结。”

崧茔扶了扶眼镜，“先说‘仲裁’问题。请大家理解，中方字典里没有这个词。我第一次听说，中方朋友对此完全不理解。中国境内的合资企业为什么要去瑞典斯德哥尔摩仲裁？”

一位律师插话，“这可是国际通用的。”

“我们谈判的是中美第一家工业合资企业。要理解中方的不理解。”

“理解，不代表无限期谈判下去。”

“其实，中方也很焦急。这次，他们派来高级代表团，足见其诚意。”

瑞恩插话，“说得对。”

“斯德哥尔摩仲裁对中国是在国外，对美国也是在国外。建议我先和中方详细解释。会谈大纲删去这个议题。”

“同意。”克莱尔副总裁拍板。

“再说说技术转让。1977年以前，和外国经济联系往来都被‘四人帮’称为‘卖国’。80年代初，借鉴发达国家先进科学技术仍然被视为‘崇洋媚外’。首先要理解中方的难处。”

一片沉寂。不少人还是第一次听到这样的话。

“再有，专利和技术资料堆了半屋子，太多了。这次对中方领导只需突出强调最重要几项技术转让。”

“哪几项？”

“集中在‘切诺基’新吉普的创新和专利。这是合资企业要推出的新车，也是备受瞩目关键所在。”

“同意。请技术部门负责。”克莱尔副总裁拍板。

“合资企业中方占大股，提名董事长人选。美方提名总经理人选。建议向中方提供总经理候选人详细材料，他们对此很关切。”

“好。我负责。”克莱尔副总裁答复。

“与此相关的是中方高级人员薪酬和发放问题。需要我们明确意见。”

“司谛文，请你根据我们的讨论准备具体建议。”克莱尔副总裁决定。

“难谈的问题是美方出口责任。”

“你的具体建议？”

“我方要勇于承担出口责任。不再用‘美方将尽全力’等词，而是强调合资企业汽车产品要符合出口质量和出口国要求。”

“很好！司谛文，你来起草具体英中文字建议稿。”

“好。关键议题，我都会准备中英文材料。还有……”

大家都翘首以待。

“最难谈的是800万美元软件投入。中方认为太多。”

“关键所在，此事再议。大家抓紧，散会。”

大兵压境，最后摊牌的一场博弈出现了意外的缓和。工厂参观和双方会谈后，特意又安排中方朋友去试车场试开新切诺基。晚上，在一家著名中餐馆特意安排晚宴。全由陈崧茎安排。

中国朋友对美国饭，特别是带起司的菜，带血丝的牛排，大多敬而远之。不喜欢，又不好意思说，只好饿肚子。这次可算逮着了。从凉菜拼盘到各色主菜，一水儿中国味儿。特别是饭店拿手的香酥鸡、樟茶鸭、葱烧海参、麻婆豆腐、左宗棠鸡（就是辣子鸡丁），更是受欢迎。再加上青岛啤酒和茅台，连吃带喝，高兴痛快。

在热烈友好的气氛中，陈崧茎站起来敬酒。

“这些天大家辛苦了，可是都特别高兴。双方友好洽谈有了重大突破。晚宴余兴，我给大家特意准备了节目。”

宴会厅灯光变暗，垂下白色屏幕，伴随陈崧茎中英文解说，开始播放美国吉普车幻灯片。两辆老式吉普车从不同角度闪亮在大家眼前。

“‘二战’期间，所有同盟国，包括中美两国，都使用吉普作为战地交通工具、救护车、武器运送车和拖车。为此，美国汽车公司生产的64万辆吉普，如同古代战马，成了胜利象征。”

在战火中，吉普英姿飒爽地疾驰。接着，一张幻灯片展示了一位美国将军右手持枪，左手蒙住眼睛，瞄准战场上一辆破旧吉普车。

“如同中国古代将军把重伤战马处死以免其痛受折磨一样，这位美国将军在‘处死’他损毁的吉普。立下赫赫战功的吉普给人们留下难忘记忆。战争结束，吉普荣获世界‘亲善大使’美名。”

眼前一亮，一张毛泽东乘坐吉普的幻灯片闪现在眼前。全场一片肃静。

“让我们备感骄傲的是毛泽东于1949年3月进驻北平，检阅军队时乘的就是AMC生产的吉普。”

“据说，毛泽东提出乘美式吉普车检阅部队，有人不同意，建议换辆好车。毛泽东坚持自己的意见说：‘乘坐我们自己军队缴获的战利品，检阅英雄的部队不是更好吗！’”

接着，一幅“JEEP”大字标识幻灯片闪现在眼前。

“女士们，先生们：北京汽车制造厂和美国汽车公司在北京的合资企业——北京吉普公司（BJC），将要生产和出口吉普的新一代产品——切诺基。只有我们，我们能做到，因为我们独家拥有JEEP商标。”

宴会厅灯亮起来。大家心头也亮起来。全场一片掌声。

“需要说明的是JEEP（吉普）商标是美国汽车公司独家所有。世界上其他汽车制造商生产的四轮驱动汽车，不能冠名JEEP和吉普。否则就是侵权。”

“还需要郑重说明，JEEP（吉普）商标即将转让给我们的合资公司。BJC即将生产的JEEP（吉普）不仅将跑遍中国大地，还将出口海外！”

又响起热烈掌声。服务生送上酒杯，给大家倒酒。

克莱尔副总裁祝酒，“红色象征喜悦和幸福。我谨代表美国汽车公司感谢中国代表团的访问，祝贺我们有成效的会谈。干杯！”

中方代表团团长答谢，“我谨代表代表团全体感谢贵方热情招待。会谈卓有成效。山重水复疑无路，柳暗花明又一村。为未来的北京吉普干杯！”

全体起立，干杯，热烈掌声。

“允许我多说一句。刚才我引用了宋代诗人陆游名句。没想到陈先生立即译成英文。他不仅搭起中英语言的桥，更搭起双方理解的桥，一座不可或缺的桥。感谢他！”

由衷的掌声响彻宴会厅。

诚惶诚恐，受宠若惊。掌声在崧茬耳边回荡，在他心里盘旋，盘旋……

第十章

弃文从商　殊途同归

•

1982　底特律　美国长途车　图桑

久久回响在耳边，震动在心里的掌声，不仅来自美国朋友，还来自中国朋友。这让陈崧茔第一次感悟到此时此刻自身的价值。过去从来没有这样的感觉。“文革”前，崧茔给工作单位在西安韩森寨办英文班。凭自己一个人单打独斗，编教材，讲大课，改作业，加辅导。仅用六个月，五十多位在职英文文盲学生，初步具备了独立翻译加基本口语能力。没受表扬不说，“文革”初他还被扣上“小反动权威”帽子。听到的不是掌声，而是挨批斗的口号声。如今，天壤之别！

有幸参与有史以来中美第一家工业合资企业谈判，可遇不可求。这种感觉前所未有。不是欣喜若狂，更不是忘乎所以。只觉着沉甸甸，厚实实，美滋滋，梦里还在偷着乐。让他更感意外的还在后面。

“司谛文，请坐。”克莱尔副总裁让座，瑞恩也在场。

“时间过得真快。在你结束暑期工作前，随便谈谈。瑞恩你说吧。”

“想听听你对今后有什么打算。”

崧茔有点丈二和尚摸不着头脑，“没什么打算，继续我的博士进修。”

“什么专业？”

“比较文学。”

沉默。

“Austere and ascetic.”克莱尔副总裁苦笑着说。

清苦，他懂。苦行僧般的日子，他不理解。

“我们想给你个OFFER。”瑞恩直入话题。

崧茔还是第一次听到这个英文字。

“OFFER？”

“我们想请你来公司工作。”

“暑期实习？”

“不，长期工作。”

蒙了，长期工作？想都没想过。

“我还是个学生。”

“作为F-1学生，我们可以为你申请临时工作许可。”

“多长时间？”

“一年。”

“一年后呢？”

“我们希望你能长期任职，并负责为你办理相关法律程序。”

太突然了，有点蒙。

“我还可以回校继续进修吗？”

“可以。不过，我们希望你能长期在这里工作。”

“什么工作？”

“参与和中方谈判，筹建北京吉普合资企业，还有其他国际业务。”

更长的沉默。

瑞恩慢悠悠补充说：“你的年工资大约是36000美元。”

陈崧苼蒙了，全蒙了。几块钱都舍不得花，36000美元得有多少？去年出国，按规定他去银行用50元人民币换了30美元，1美元折合1.7元人民币。36000美元就是61000多人民币！他木呆呆坐在那里，一声不吭。

克莱尔副总裁说：“不用立即决定。瑞恩先生会和你联系，可以吗？”

“好，非常感谢。”

“希望我们很快再见面。”

临行前，瑞恩请崧苼到他家做客。一栋不大的小洋房，两个儿子，三个女儿，夫人芭芭拉，高高身材，窈窕动人，和蔼可亲，真不像五个孩子的母亲。孩子们难得见到说流畅英文的中国人，又高兴，又好奇，围着崧苼问个不停。晚餐非常丰盛，红菜汤，烤羊排，通心粉，还有缺不了的威士忌和红酒。

崧茳来底特律前就准备好了给瑞恩的小礼物，从北京带来的一筒茉莉花茶。饭后，瑞恩夫妇和崧茳品香茗，拉家常。看到崧茳随身带的照片，芭芭拉喜爱得不得了。

“你太太真漂亮，多好的孩子啊。多大了？”

“大的十六，小的十二。”

瑞恩说：“恕我直言，就是为了孩子们，你也要认真考虑公司的OFFER。”

“是啊。这些年经济形势不好，他们国际部只裁人，从没招过新人。”

“50年前大萧条以来，我们正面对大衰退。全国有900万人失业。”

“900万？”

“大萧条以来最高失业人数。17000家公司倒闭了。”

“17000家？”

谈话中断了。

“太沉重了。”芭芭拉给大家斟茶，“我想你一定想把夫人和孩子们接过来？”

“还没敢想。”

“要想。你出来，不也是为了他们吗？”

“是啊，不就是为了他们吗！”崧茳没说出来，心里默想。

“公司做了慎重考虑，”瑞恩清了清嗓子，“给你办好工作许可后，立即请专业律师办Green Card。”

“绿卡？”

“是，长期打算。”

崧茳心头一紧，低下头，没吭声。原来这就是OFFER的意思。不只是挣多少钱，还有更深远意义。这个字不易翻成中文，大概意思是“录用报价及细节”。这不是天上掉馅饼吗？

“恕我直言。比较文学，就算拿了博士，找工作也难，养家更难。”

“我们亲戚朋友中不少博士都失业了。”

瑞恩送崧荃回饭店路上，谈得更加直截了当。用瑞恩的话说，两个难得。一是AMC公司难得找到立即能发挥作用的陈崧荃；一是陈崧荃多年历练的英语和专业知识难得找到如此用武之地。机不可失，时不再来。

满怀感激之情，面对难得机遇，陈崧荃可得好好想想。他退掉了130美元的回程飞机票，花69美元买了张“Grey Hound（灰狗）”长途汽车票，开始了返回图桑漫长旅程。一来亲眼看看美国大地乡村景色。二来静心思考，在此关键时刻，他必须做出重大抉择。

“Grey Hound（灰狗）”原是欧洲一种善于疾奔的猎犬，后用于赛狗，一小时可跑70公里。1914年，明尼苏达州希滨市开始以长途汽车模式运送当地矿工。几经组合，1929年，“灰狗巴士”有限公司在德克萨斯州达拉斯市正式成立。很快就成了平民百姓长途旅行的选择。一是价格低廉，二是飞机和火车不到的地方，“灰狗”都到。

灰狗车身高大，车身下有行李舱。车厢内座位不仅宽敞，还可调整靠背角度。有空调、顶灯和座位灯，还有厕所。隔窗看景，半躺半卧，优哉游哉。崧荃买的是特价车票，沿途任自由上下车，只要半个月之内到达终点站就行。崧荃搭乘的这趟车，早7点45分从底特律出发，沿途经密执安州的安娜堡（ANN ARBOR），克拉玛祖（KALAMAZOO），伊利诺伊州的芝加哥（CHICAGO），田纳西州的孟菲斯（MEMPHIS），阿肯色州的小石城（LITTLE ROCK），德克萨斯州的达拉斯（DALLAS）和埃尔帕索（EL PASO），穿新墨西哥州，第三天早晨8点45分到达亚利桑那州图桑。全程3500公里，需要47小时。

上了车，把小箱子放到行李架上，选个靠窗座位，刚坐下来就打上盹儿。几夜没睡个安稳觉，顶不住了。一直等车开到安娜堡站，他才醒。这一醒，可就再也睡不着了。“灰狗”走的都是乡村公路。路虽不宽，可车少。市面萧条，车上稀稀拉拉只有十多个人。个个愁眉苦脸，闷头想事。沿途爬山过河，全是庄稼地，可是地里没人干活儿。好容易路过个小镇，除了代卖副食加油站，什么也没有。唯一不同的是庄户人家住的小房都不赖，两层楼带车库，前有花园，后有草地，和城里人家差不多。越往前走越荒凉，连个村庄也看不见了。美国和中国差不多大，可人口只有中国的六分之一，难怪如此。

旁边一位上了年纪的黑人看崧茳好奇，搭上话。

“哪儿来的？”

“中国。”

“少见。我到过中国香港。”

“旅游？”

“哪儿有那闲钱。当海军，在那儿驻扎半年多。”

“您觉得那儿怎么样？”

“好，挺好。人多，有礼貌，女人漂亮。几个朋友都娶了香港太太。”

“太好了。”

“好什么好，后来全分手了。”

“请问您，农田地里怎么看不见干活儿的？”

“局面萧条，都不让种地了。”

“不让种地？”

“政府给补贴，农户按地多少，拿钱，不种地。”

“还有这事儿？”

“要不，种出粮食没人要，养牛牛奶没人喝，全得扔掉倒掉。”

这番交谈，实打实，崧茳可是长了见识。

又到了站，全都下车打尖方便。候车室不大，应有尽有。厕所特别干净，歇息座位也宽敞。小卖部里热狗、比萨饼、三明治、各种饮料一应俱全。崧茳和黑叔坐在一起，连吃带聊，很是高兴。大叔老伴儿去世，去孟菲斯投奔在修车店打工的儿子。大叔说他每月还有退休金，身体也硬朗，就想帮他儿子早点成亲安个家。

又上了车，崧荃更睡不着了。OFFER，又在耳边响起。一边是梦寐以求的博士学位，一边是另起炉灶弃文从商，鱼和熊掌不能兼得。想着想着，慈父当年愤然辞去北平所有大学教授教职，弃文从商的经历闪现在眼前。此一时，彼一时，背景不同，可都是弃去钟爱的文学，从事完全不熟悉，甚至还带有偏见的商业。为何不可借鉴?

……

父亲陈怀臻教授四十四年前断然弃文从商，谁也没想到。

1937年7月7日下午，卢沟桥事变爆发。宛平县城遭到日军炮轰，中国守军和日军在卢沟桥激战。国民革命军第29军副军长佟麟阁，132师师长赵登禹先后战死。7月19日，国民政府军事委员会委员长蒋介石发表《最后的关头》演说，正式宣布全面抗战。7月底，日本鬼子相继占领北平、天津。被围在城里的老百姓人心惶惶，直到亲眼看见荷枪实弹的日本鬼子兵扛着膏药旗，耀武扬威在街头巷尾走来走去，这才明白过来，天变了，国亡了，老老小小都要成亡国奴了。陈怀臻教授断然决定绝不在挂着日本太阳旗的大学执教，辞去所有教职。在中法大学，他上了最后一课。

东黄城根北街中法大学文学院人群涌动。小教室坐不下，临时换到大教室。大教室坐不下，又换到图书馆。图书馆坐不下，同学们就站着。馆内馆外挤满人。肃穆气氛中，大家默默地等着，等着。

依旧是蓝衫布鞋的陈怀臻教授缓缓走过为他让开路的人群，沉重地走上临时搭起的讲台。

“同学们!”陈怀臻话音低沉，干涩。“今天，我们读法国文豪都德的著名短篇小说，《最后一课》。这也是我的最后一课。我先来领读。”

陈怀臻教授高昂的法文朗诵响彻图书馆内外。

“请同学们高声朗读这段的中文译文。”

图书馆响起同学们震天动地的朗读声：“法国语言是世界上最美的语言，最清晰，最稳固，我们必须把她记在心里，永不忘记。亡国成了奴隶的人民，只要牢牢记住他们的语言，就如同拿着一把打开监狱大门的钥匙。”

“谢谢，谢谢同学们。”陈怀臻深深鞠躬，“法兰西有他们的法语。我们中国有我们的汉语。《最后一课》里的老师用粉笔在黑板上写下‘法兰西万岁’。我也写了几个字献给同学们，献给同事们，献给所有朋友们。”

陈怀臻展开横幅，上面写着四个苍劲大字：

“中国万岁！”

“中国万岁！中国万岁！中国万岁！”图书馆里外响起震天动地的呼声。

陈怀臻教授沉重缓慢地摇起手中摇铃，“下课。同学们再见！再见！”

没有了工作，没有了收入，陈家又过上了苦日子。怀臻又摆起代写书信小摊。后来，陈怀臻和傅佑君卖掉自己住房，变卖家当，约集志同道合的朋友和工匠，买旧房，翻新后再卖给涌入北平的难民。陈怀臻和工人师傅们吃在一起，住在一起。协力同心，艰难拼搏，到北平解放前，陈家竟成了京城豪富，暗中掩护地下党，资助太行山游击队的“红色资本家”。

……

此一时，彼一时。那时，慈父是不得已而为之。如今，自己有足够的选择空间。后来慈父冤遭迫害，根本不可能再回归他所钟爱的文学。可是他在美国，有完全自由的选择空间。从商，得以立足、立家、立业，他还仍然有机会再回归文学。何苦不为，何乐不为？

再说，在通用、福特、克莱斯勒之后，美国汽车公司（AMC）是美国第四大汽车公司。除吉普外，还生产悍马军车和邮政车，实力雄厚。AMC的OFFER实打实，相比之下，攻读比较文学博士只是刚开头，以后的路还不知有多长，有多难。他的博士生指导小组共有五位教授和副教授。主修课程六门以上，包括他最讨厌的日文。他反复以他精通中文和英文为筹码，向教授们力争哪怕让他进修俄文，也别修日文。嘴皮子磨破了，还是不成。至于修成博士后怎么个活法？他想都没想过。清苦，他不怕。苦行僧？他受不了。一个人闯美国，他不仅是为自己，更是为家人，特别是跟着他没享过一天福的玉英，还有陈家的接班人，大卫和晓雷。

车到孟菲斯，黑人大叔到站。崧茌帮他提行李下车道别。自己顺便去候车室就餐。在钟爱的肯塔基摊位，买了桶炸鸡，再来瓶凉啤酒，甩开腮帮子吃起来。没想到，等他向外走时，眼看着他乘的那辆车缓缓地开走了。

"站住，站住！行李，行李，我的行李，行李在上边哪！"

"灰狗"车不理不睬，转眼就没影儿了。急得崧茌满头大汗。

"怎么，没赶上车？""灰狗"服务员走来询问。

"真对不起，净顾得吃饭，错过了开车时间。"

"别急。你的行李箱什么颜色？几件？"

"黑色，就一件。"

"有标记吗？"

"有飞机行李牌，上面有我的名字：Stephen Chen。这是车票。"

"没问题。我会通知司机和下一站当班人员。你坐下班车赶过去。"

"下班车？"

"对，下班车30分钟后就到。你有足够时间再来瓶啤酒。"

崧茌一再道谢，人家只是挥了挥手，乐着说："旅行愉快！"

愉快？崧茌可愉快不起来。干坐在门外，瞪大眼等候下班车。坐上下班车，赶到下一站，人家早拎着他的行李等候在那里。

"你好。看看你的驾照。"

在美国，驾照就是身份证。

"这是你的行李？"

"是。行李牌有我的名字。"

"请收好。不过，下班去图桑的车要三个半小时后才到。你可以把行李存放在这里，在我们这小古镇转转。多谢！"

“谢谢您，谢谢您。”

行李失而复得，这么省事，这么痛快，人家还向他道谢！顺着小镇唯一的小街信步走去，南北战争（1861—1865）的一个古战场就在眼前。崧茬在陈列馆驻足良久。看了史料和解说，他才理解这场大规模内战的意义。废除奴隶制，开辟早期资本主义之路，七十万人死得有价值。就在这段时间，中国大陆发生了满清王朝镇压太平天国起义的大屠杀。二千多万人死于战争、瘟疫、饥荒，而封建王朝还在继续。中国落后于西方先进国家几百年。

走出古战场，小街尽头竟然高悬牌匾：“北京餐馆”。推门进去，已过中年的老板娘让座。菜单上竟然有北京炸酱面。后面主厨的老板亲自端来面菜，还送上一盘炸花生仁。

“听口音，您来自北京?”

“北京土生土长。”

“难得，多年没见到北京老乡了。”

“幸会，幸会。你们什么时候来的美国?”

“十来年了。我们是移民，父母在美国多年了。”

说着，老板拿来两瓶青岛啤酒，“借家乡酒，敬您一杯。”

“不敢，我来敬您。”

酒逢知己千杯少，越聊越高兴。夫妻二人和两个孩子因为海外关系，几经周折，办成移民后，两个孩子跟着爷爷奶奶在镇里读中学。夫妻二人都毕业于田纳西州大学。正说着，有客人来，老板又回厨房忙活起来。

“抱歉。您一准会问，怎么开起了饭馆?”

没等崧茬答话，老板娘接着说起来：“他硕士都拿到了，可就是找不到工作。”

“怎么会?”

“学的是文科，主修美英文学。上哪儿找工作去?”

崧茬暗吃一惊，就跟说给他听似的。

老板忙完事，又拿来两瓶啤酒，“过去的事了，让您笑话。”

“有什么可笑话的？现在不是挺好吗？”

“那是有我爸妈资助，买下这间饭馆。我主厨兼采购，她主外兼管账，再请俩人帮忙。一家人日子还过得去。”

“自己当老板，不怕解雇，心里踏实。”崧茬夸口称赞。

“说白了，就是自己给自己发工资，挣出我们俩打工钱。多亏我喜欢炒菜，饭馆有了点小名气，老远的客人都到我们这儿用餐。”

“美英文学舍弃了，您不觉着可惜？”

“没完全舍弃。我还在跟踪美国当代文学，重点是电影文学。”

“太好了。”

“人家还有点小名气呢！”夸起夫君，老板娘两眼乐成了一条缝。

“听君一席话，胜读十年书。我该走了。”

“去哪儿？”

“坐‘灰狗’去图桑。请结账吧。”

“结什么账，我们一点小意思。”

“那怎么成？”

“老乡见老乡，两眼泪汪汪。高兴还高兴不过来呢。”

“太感谢你们了，后会有期。”崧茬把五十元现钞放在桌上，深鞠一躬，快步走出门去。

山重水复疑无路，柳暗花明又一村。意外得遇北京老乡，意外听得一番现身说法肺腑之言，何尝不又是对他的明示和启迪？

回到图桑，老朋友聚在一起，原本计划给即将离开图桑返回香港的梅乐笛送行。让所有人大吃一惊的是陈崧茬也要走，张向龙也要走，还有几个好朋友也要走。

还是在肯塔基炸鸡店，还是两人最爱吃的炸鸡翅，还是美乐啤酒，可是吃得不开心，喝得不痛快。

“真要走了？”崧茬问。

“要走了。”向龙答。

“定了?”

“定了。”

“太突然了。”

“其实，想了很久。在家千日好，出门一时难。你嫂子带俩孩子在北京也难。与其两头难，还是一起混吧。”

按照向龙进修计划，英语考试过关后，修石油专业硕士至少还得两年多。拿到硕士，还得找工作，办绿卡，才能接爱人和孩子们来美国。

“要不再等等?”

“还等?等到那时候，胡子都白了。”

崧茬低头无语。

“什么时候走?怎么个计划?”

“先得挣钱，多挣钱。送走你后，我就开车北上，去拉斯维加斯，赌场挣钱多。”

“那辆车就归你了。”

“我给你150元，两清。”

“我一分钱不要，算是给你饯行。”

哥俩默默无言，头一次一起吃了顿窝心饭。

陈崧茬挑头，梅乐笛安排一场集体告别晚宴，就在墨西哥边境城市诺加莱斯。张向龙开那辆道奇，带上梅乐笛、陈崧茬、音乐系的吴大珍、舞蹈系的斯丹芬妮，还有财经系的苏小妹（都称呼她“嫊”）。三位靓丽倩女，三位中年男士，从图桑向南110公里就到了边境口岸。那时候去墨西哥过境非常方便，车里六个人亮亮驾照，每人付一美元，边境人员挥挥手就算过了关。国挨着国，地挨着地，一边富得流油，一边穷得叮当响。刚进墨西哥车就没法开了。卖衣服鞋帽杂货的，卖伪造古物雕塑的，把这几个穷学生团团围住，怪腔怪调英文叫卖响彻全街。

“朋友，刚刚出土的老真品雕塑，贱价卖了。”

崧茬看了看，古代头像雕塑还真不赖。这一回头不要紧，几个贩子一窝蜂地围上来。

“嗨，朋友，12世纪珍品，只要8000美元。”

梅乐笛拉着崧茬低头往前走。

“嗨，朋友，看看嘛。6000美元成不成?”

“别理他，都别搭理。”梅乐笛低声警告。

“别走嘛，交个朋友，4000美元，2000美元成不成?”

几个人总算冲出重围。

“嗨，别走，赔本卖了吧，只要80美元!”

8000变80！来过这里的梅乐笛警告大家不管看见什么，万万不要出价，也不要还价，要不准上当！真想买东西，必须由当地朋友讨价还价。不来不知道，一来吓一跳。乐得崧茬顿时想起传统相声名段《卖布头》，拉着特别熟悉老北京玩意儿的吴大珍边走边说了起来。

“唉，吆唤着卖了吧。这块黑布头怎么那么黑，气死张飞，不让李逵，亚赛唐朝黑敬德了吧。要卖多少钱？您站稳了脚跟我要个价儿了吧。”

“多少钱?”大珍熟练地搭腔。

“您给一块八。那位说包上它，裹上它，一块八大洋我准备好啦。您准备好钱我也不卖啦。”

“怎么不卖了?”

“这不一块八，往外一推它。减四毛，去四毛，您给一块钱。”

“瞧本儿!”

“这不一块钱，减两毛，去两毛，您给六毛钱!”

“赔了!”

“这不六毛钱，减三毛，去三毛……”

“白给啦!”

崧茬这点真功夫可不简单，都是小时候逛天桥，上学时去大栅栏听相声大会学来的，而且还得到过侯宝林大师指点。吴大珍高挑大拇指称赞不已。大伙儿乐弯了腰，梅乐笛乐得岔了气，靠在崧荎身上动弹不得。就连稍懂中文的斯丹芬妮也笑出了眼泪。

梅乐笛引路，几个人来到一家饭店。因为是用旧时监狱改成，享有盛名。不但饭菜好，还有歌舞音乐表演。舞台前饭桌早已留好。崧荎和向龙点酒，梅乐笛点菜，斯丹芬尼和吴大珍没了踪影。

一位拿着小号的平头男士走上台来，“女士们，先生们，今晚十分荣幸，著名单簧管演奏家吴大珍先生光临现场，请大家欣赏！”

一身普通衣着的吴大珍走上台来，和黑人钢琴师打个招呼，在小号、小提琴、大提琴伴奏下，一曲德彪西的《月光》让大家听得如醉如痴。叫好声中，梅乐笛走上舞台。没等开口，淑女淡雅装束，夺人眼球美貌，沸腾掌声又响彻大厅。

“非常荣幸能听到吴大珍先生的优美演奏。吴先生1962年考入中央音乐学院。毕业后在中央芭蕾舞团交响乐队担任首席单簧管。现在亚利桑那大学深造。下面请他为我们演奏难度极高的《快乐的女战士》。他曾荣幸地为中国周恩来总理、美国尼克松总统演奏过这支曲子。大家欢迎！”

《快乐的女战士》是《红色娘子军》中一段舞曲。高音明快，中音浑厚，低音深沉，大珍以快速节奏把黑管独特音色发挥得淋漓尽致。在“Encore（再来一个）”要求下，大珍又演奏了一曲爵士乐。

接下来，优美中国国乐响起，一位东方美女似从天而降。一袭黄纱裙，一条红绸带，半露凝脂酥胸，漫步跳起敦煌美女舞。音乐用的是伴奏带，配合天衣无缝。大家看呆了，手掌拍疼了。细看，这位天仙竟是斯丹芬尼！

这一切都是梅乐笛事先安排好的。丰盛晚餐和美酒全都免费不说，饭店老板还亲自敬酒道谢，希望和两位艺术家签订长期演出合约。那时的穷留学生没钱，却有本事，照样能苦中作乐。

天下没有不散的筵席。眼看分别在即，回家路上都乐不起来了。陈崧荎要去底特律AMC公司，梅乐笛要回香港，张向龙要去拉斯维加斯挣钱回国，吴大珍要以副业摄影养活他的主业单簧管进修，斯丹芬尼正在攒钱筹划去中国敦煌深造中国古典舞，苏小妹已经有孕，准备退学完婚。平时一起乐乐呵呵，要各奔前程了，还真舍不得。彼此反复叮嘱各自保重，又山盟海誓约定，日后不管是富是穷，每个人都要做东，请大家再聚在一起畅叙衷肠。

夜幕降临，静静的，只听大珍的黑管响起熟悉优美的《牧歌》。六位男女合声一起唱起：

蓝蓝的天上，飘着白云。
白云的下面，雪白的羊群。
羊群好像是斑斑的白银，
撒在草原上，
多么爱煞人……

第十一章

黑色星期五

•

1982　图桑　底特律

回到图桑，陈崧苼写了至今为止最难写的两封信。一封信寄美国汽车公司国际部，郑重确认接受聘职，将于九月底去底特律报到。一字千钧，驷马难追。他将告别多年憧憬的博士学位和文学事业，走上从商之路。一封信是给博士生导师委员会的告别信，亲自面交威廉姆斯教授。老教授虽深感遗憾，却非常理解。

“好事难成双，不必两为难。这样的机遇可望不可求。”

“教授，这是我的作业，留作纪念吧。”

拿着这篇《从老舍先生〈微神〉试论东西方早期意识流手法之交流》论文，老教授和陈崧苼双手紧紧握在一起。

梅乐笛、向龙、崧苼分手在即，依依不舍，又一起去著名的“土姆斯东”小镇玩了一趟。其实不为玩儿，就是想一起多聚聚，多说说话。小镇中文名字叫“墓碑”镇，正在庆祝建镇百年。原来兴盛的银矿因为犯罪抢劫嚣张没落了。依托独特地形地貌，以当年除暴安良枪战传说为主题的旅游业日渐兴盛起来。后来以“墓碑”为主题制作了两部脍炙人口的电影，堪称现代西部片佼佼者。一路说不完知心话，一顿当地特色午餐，一场再现当年警匪枪战现场表演。最后，走进规模不大的博物馆，三人都不作声了。再也没想到，里面陈列许多早年华人飘落美国修铁路，最后落脚这里的真实画面，真实居所，真实物品。男人留辫子，叼大烟袋。女人裹小脚，做针线活儿。穷得什么都没有，就是儿女多。他们不是不想回家，是回不起家。比起前辈，现在的苦还算什么苦，现在的梦该是更有盼头的梦。回去路上，三人默默无语，都在想着自己的梦，自己要走的下一步。

一年多前，陈崧荃来图桑是张向龙和梅乐笛接的他，现在是他和张向龙开车先送行梅乐笛。到了机场，一直等到梅乐笛上了飞机，默默地没说上几句话。可就这几句话，崧荃一直记在心里。

“一定代我们问你妈好。”向龙叮嘱。

“一定，回香港，就是为我妈。她一个人实在太孤单。”

“你回去是对的，好好陪陪你妈。”

“我妈辛苦半辈子，又离了婚。命苦。”

“有你在身边，一切都会好的。”崧荃不知怎么安慰她。

“平时低头不见抬头见，处熟了，处惯了。这一走，还真舍不得。”

“谁说不是。不知何时再能见面。”崧荃确有同感。

“等不了多久。我有预感。”

送别向龙，主要是帮着收拾行李，帮着装车。开着道奇，张向龙直奔拉斯维加斯。第三天就打来电话。

“崧荃，我都上班了。”

“啊！这么快？在哪儿打工？”

“一家小赌场，先熟悉熟悉。”

“什么工作？”

“卖筹码。就是在柜台后面，挎着包走着找买主。”

“能行吗？”

“还行。一天干12小时，1小时5块。不管卖出多少筹码，一天挣60块。我再争取加钟点。”

“行啦，悠着点。”

“不累，得多挣钱。还记得我跟你说的目标吧？”

“回家前，挣出4万块。”

“又加码了。我打算回国前挣出6万块！”

“好家伙！这得干1000天！”

“哪儿能老是一天挣60。这儿一位老员工，跟我干一样的活儿，一天少说挣100多块。还得想法儿挣小费。”

向龙这个拼劲儿，崧荃算是心服口服了。

陈崧荃眼看也要离开图桑，心里挺不是滋味儿。甭管怎么说，这儿是他落脚生根的地方。这次去底特律和上次可大不相同。上次是临时打工，这次是正式就职。公司为他想得非常周到，让约翰先陪他四处看房。最后在一位美国老太太家租了间房。虽然小点，转不开身，可是带床和床头柜。每月租金120美元，管水管电。公司还临时借他一部车，日本造吉普。让他认真试车挑毛病。车还不错，就是没空调。全都安顿好，该去公司正式报到了。

报到那天是星期五。美国汽车公司国际部占了大楼十九层整层楼。挨着窗户的大房间是会议室和高管办公室，小房间是部门主任办公室，三面有隔板的办公区是经理办公室。职员和秘书只有自己的办公桌椅，谁都看得见谁。男士们一律西装革履打领带，女士们都是素衫长裙化淡妆。陈崧荃一进门就觉着气氛异常。只有约翰接待他，没向任何人介绍，直接领他到一张办公桌前就走了。办公桌上除了文具书挡打字机，电话旁还有两盒名片。打开一看，崧荃心头一热。

Stephen S.Chen

Senior Analyst, Government Relations（政府关系　资深分析员）

International Department（国际部）

American Motors Corp.（美国汽车公司）

下面是他的电话号、公司地址。

别小看“资深”二字，既是公司对他的认可，也是他年工资接近四万美元的依据。

同事们大多着黑色服装，静悄悄低头办公。气氛凝重得让人透不过气来。没人和他打招呼，他也没敢和别人打招呼。没多久，一位上了年纪的女秘书轻轻传唤一位员工去见总经理。被传唤员工一脸晦气，战战兢兢走进领导办公室。没多久又满面苦相走出来。跌坐在椅子上，开始清理物品，收拾东西。公司保安过来，帮着搬起纸箱杂物，没说一句话，一起走出去。接着，又一位员工被传唤。接二连三，被传唤了好几个人。陈崧荎不知到底发生什么事。看见约翰走到饮料台前倒咖啡，自己也跟了过去。

“出什么事了？”

“被解聘了。今天是黑色星期五。”约翰低声说。

猛听见背后有哭泣声，约翰急忙走过去。

“皮特，别太伤心了。”

“上有老，下有小，媳妇身体又不好。我可怎么办？”

“总会有办法的。来，我送你。”

就这样，皮特和另外四位同仁被解雇。陈崧荎上班，他们下班，永远下了班。这时瑞恩才露面，招呼崧荎来到克莱尔副总裁办公室。

“欢迎你！”克莱尔和崧荎热烈握手，“今天情况特殊，慢待你了。”

“别以为我们就是这样欢迎新同事的。情况特殊，你都看到了。”瑞恩补充。

“不是我抢了他们的工作吧？”

“哪里，两回事。”克莱尔副总裁摆摆手，“你的任务很重。除了完善双方最后合同文字，还要准备接待中方高级代表团。”

“又要来？”

“这次是政府领导带队。不只来美国，还要去委内瑞拉、埃及、法国。”

“啊？”

“去法国是会见我们新的合作者雷诺公司领导。去委内瑞拉和埃及是考察咱们公司在那里的合作项目。”

“我也要去吗？”

“当然，规格这么高，怎能离开你？”

“所以要抓紧办你的长期居留，就是绿卡。已经请好了律师。”

"还要律师?"

"你的情况特殊。"

崧茥当然有自知之明，加快工作步伐，连轴加班，忙得不亦乐乎。坐的时间太长，水喝得太少，又没遵守医嘱每天热水坐浴，病了，而且病得不轻。肛裂术后感染，肿个大血包，血流不止。忍着钻心疼痛，内裤垫层厚厚纱布，勉强撑着。一天得去洗手间换两次纱布。后来，得换四五次，每次都是血淋淋的。犹豫再三，只好去超市买食物饮料时，硬着头皮悄悄买几包妇女月经带。大高个儿，魁梧男子汉，真难为他。走到收款台，低着头，红着脸，结了账。大老爷们儿带着月经带开车，上班，下班。暑天燥热，汽车又没空调。上车疼身汗，下车回头看，渗出的鲜血把驾驶座椅都染红了。本想忍忍就过去了，没承想出了大事。发高烧，打冷战，下班还没出门，一头栽在地上。等他醒过来，发现自己是在福特医院病房里。

"可醒了！司谛文，可把我们吓坏了。"瑞恩急得直擦汗。

一位中年男医生来做检查，"还要恢复几天。护士，拿来那个瓶子。"

"你看看，这都是从你的脓包里放出来的血。"

"啊!"崧茥大吃一惊。

医生说:"再晚来，会酿成败血症。太危险了。"

"怎么不早来医院?"瑞恩埋怨。

"忍惯了，没想到这么严重。再说公司医疗保险还没办下来。"

"急病随时可去急诊所，不需要医疗保险。"医生解释。

还有这种事?在医院这些天，崧茥对美国医疗体系算是摸清了些。先说去急诊所（EMERGENCY）看急诊。不管是谁，不管是美国人还是外国人，不管是长期居留有绿卡还是临时探亲，不管有还是没有医疗保险，谁有了急病都可以去看急诊。不要钱，先看病，需要时再转院。最后费用结算，没有医疗保险，只要确实属于低收入人群，或减费，或根本不收费。旁边病房就住着一位来探亲的中国大妈，急性心脏病，做了手术，一分钱没交。当然，在美国医疗保险人人都要有。未成年子女和父母一起办。有工作人员，工作单位必须给办医疗保险。崧荃这次在赫赫有名的福特医院住院手术，住单间，管饭，没打电话，没看电视，全报销，自己一分钱没花。

闯到美国，越没钱越不敢花钱。想方设法挣点钱，一块钱也得掰成两半花。等找到工作，特别是比较稳定的工作，心里有点底，这才敢花点钱。崧荃算是悟出了在美国挣钱花钱这三部曲。靠爹娘辛苦钱或昧心钱来美国的不算，靠贪污受贿黑心钱来美国的不算，靠黑道白道儿来美国的不算，除了极少数，从不乱花钱。品在美国的中国朋友，交在美国的中国朋友，甭看别的，从他或她花钱上，就能心里有底。

崧荃眼下一个月拿到手3000多美元，寄给家里1000，还剩下不少。一横心，陈崧荃租了个一室一厅的单元，就在AMC大楼对面，90平米，月租400美元。不是有点钱就贪舒服，实在是为了屋里能有个书桌和电话，晚上好加班，也方便和国内通话。省惯了，除了床上铺盖是新的，其他都是旧的。一直保留至今的小书桌才八块钱，又是从家庭小市儿买的。桌上还是那台13英寸小电视。没沙发，只有把木椅。屋里空荡荡的，可该有的都有了。安顿好了，看着墙上挂着的家人照片，研墨涮笔，陈崧荃写了三个大字“苦乐斋”。至今，这三个字一直陪伴着他。

“苦乐”二字，那时崧荃刚有体会，理解还不深。没想到，从初到美国至今这36年，他官做大了，钱挣多了，自己开公司创业了，全家团聚其乐融融，他竟然还是“乐”在脸上，“苦”在心里。还不敢跟别人说。就这么着，陈崧荃沿着“苦乐后半生”这条路，一直走到今天。

第十二章

FBI警探找上门

•

1982—1984　底特律

那时外国人来美国长期居住大致有以下方式：偷渡非法移民，求学签证读书，以各种优先规定办绿卡（就是长期合法居留）。现在的“杰出人才移民”，那时归类于“第三优先”，审查核准最难。美国汽车公司为陈崧荃请的律师名气大，经验多，要价也高。律师看过崧荃材料，特别是听到陈家惨遭迫害经历，很受感动。主动提出以“第三优先”，试试不仅为崧荃办绿卡，同时还给玉英、大卫、晓雷办绿卡。崧荃很受感动，积极配合。上报各种材料、证明、情况说明，厚厚一大摞，由律师直送移民局。

律师嘱咐崧荃耐心等消息，没承想把FBI（联邦调查局）警探等来了。

“有人吗？”有人按门铃。

崧荃开门。

“请问，你是STEPHEN CHEN吗？”

“是我。二位是？”

“你可是在申办绿卡？”一位高胖男士问。

“是。”

一位矮瘦男士递过名片，“下周二下午一时请按名片地址来一趟。”

细看名片，FBI（联邦调查局）资深警探？！

“什么事？”

“到时就知道了。”

崧荃蒙了，紧忙告知瑞恩。瑞恩也颇感意外，嘱咐崧荃按时去，沉住气，问题要听明白了，再回答。

FBI，崧茎只听说过，详情一无所知。心想大约是例行公事吧。到约见那天，他准时来到底特律市区FBI办公楼。

“请进，”两位资深警探把崧茎让进一间小会议室，“请坐。”

高胖警探递过几张表格，都需要用英文和中文填写。姓名和曾用名，出生地点，出生年月日，到达美国时间地点，在美国因何事曾去过哪些地方，在美国汽车公司任何职务，什么工作，直系亲属姓名情况。还有，在中国国内都在何处工作，担任职务，工作职责。是否参加过共产党组织。

在律师准备的材料中，这些都有。崧茎很快填写完毕。二人拿着材料走出会议室。

矮瘦警探又回来，要陈崧茎用繁体字写出他的名字和曾用名。

没多久，二人回到会议室。

矮瘦警探沉着脸说：“对不起，你填写的情况不真实。”

崧茎一惊，“怎么不真实？”

“你说你没有参加过共产党。”

“没有。”

“你不是共产党员？”

“不是。”

“你敢肯定？”

“当然。我不是共产党员。”

矮瘦警探把一沓复制照片摊在桌上。

“看看吧，这都是你和中国共产党领导人合影照片。”

真不少，不少崧茎还是第一次看到。

“是我，是我给中国国家领导人做翻译。”特别强调，国家领导人。

“不是共产党员，能受此重任？”

“都是接见来华考察的国外大公司负责人。公司接待他们，我做翻译。国家领导接见他们，我熟悉情况，也让我做翻译。”

噎得那矮瘦警探说不出话来。

高胖警探插话，“你是共青团员？”

“是，也都写清楚了。”

“共青团可是共产党的外围组织。”

“当时我在读高中。学习成绩好的学生差不多都是共青团员。”

矮瘦警探突然变了话题，“你在中国机械工业部工作过？”

“是。服从国家分配。我的材料里写得很清楚。”

“包括航空工业部和兵器工业部？”

“是，也写清楚了。中国大学生毕业工作分配，一律由国家负责。我必须服从。”

“你的任务是收集美国武器情报？”

“不是。我的专业是铸造，我的任务是翻译国外先进铸造工艺技术材料。都是公开技术资料。”

“有没有设计武器装备材料？坦克、火炮、枪械等等。”

“没有。”

“都涉及哪些？”

“例如砂型铸造、精密铸造、铸造机械化、铸造缺陷分析等。”

高胖警探站起身，“今天就到这儿吧。需要你再来会通知你。”

走出联邦调查局大楼，陈崧荏心头异常沉重。繁忙工作容不得他分心。即将来访的中国代表团名单发过来了，规格很高。看来确实准备最后拍板了。考察重点是硬顶吉普“切诺基”。会谈重点是北京汽车厂规模太大，人员太多，美方只和中方的三分之一合建北京吉普公司，而且是中方最好的三分之一。如何实施？虽然原则已敲定，细节落实却很麻烦。中方为难的是人员谁去谁留，厂区如何分割。美方担心的是负担过重，难以起步。双方这次谈判从底特律开始，去委内瑞拉和埃及边考察边谈判。最后去法国考察，完成所有谈判，拍板成交。陈崧荏不仅全程陪同，不仅做翻译，还要继续做中方工作。崧荏急得坐卧不安。FBI这关过不了，绿卡就拿不到。没有绿卡，怎么出得了美国？

正急得火急火燎，FBI来电话要崧荏再去一趟。还是那二位，还是那间会议室，还是那句话，“你没说实话。”

陈崧茎严肃地再次否认。反复再次陈述，为说明自己工作性质，他还拿出几本正式出版物：由他署名翻译编写的《半固态制造》，由他参与翻译出版的《铸件缺陷分析》，还有他被聘为北京市铸造协会理事证书。说得那二位哑口无言，结果又是不欢而散。

情况紧急，瑞恩和崧茎商量，接待中方代表团准备工作，崧茎继续抓紧。万一拿不到绿卡，只好由别人顶替。但是，公司和律师决不放弃。同时建议崧茎和律师再仔细商量，力争最好结果。和律师谈了两次后，陈崧茎主动给那位高胖警探打电话，陈述了公司工作需要他出国的紧急情况，请求协助。转天接到回话，立即去FBI会面。

见了面，不费唇舌，开门见山。

矮瘦警探说：“为了证明你所说的是真情实话，为了加快进程，你需要通过测谎检查。”

“什么意思？”

“跟我来。”走进另一房间，看到一把插满电线的大椅子。“这是测谎椅，已经为你准备好了。”

陈崧茎没有半点惊慌，只有满腔怒火。

“这就是你们的逻辑，这就是你们的方式，我算是领教了。不相信一位诚实人陈述，不相信真真切切事实，却相信一把椅子！”

声音不大，却把两位警探震住了，半晌没说话。

“二位不必为难，我倒要领教领教这把椅子有多大威力。”说着，陈崧茎若无其事地一屁股坐到测谎椅上。

半晌，高胖警探说：“稍等。”

胖瘦警探走出屋外。没多久，高胖警探回来，走到测谎椅前。

“陈先生，你可以走了。”

“什么？”

“你可以走了。等消息吧。”

出乎崧茎意料，出乎所有人意料，没过几天，律师亲自来公司让陈崧荎在一大摞文件上签字，又和瑞恩单独谈了很久。崧荎送律师到电梯旁，意外看到他少见的笑容。慢，慢得叫人火急火燎。快，快得叫人难以置信。半个月后，陈崧荎拿到了绿卡。

接着，律师又安排他立即办理REENTRY PERMIT（再入境许可），因为文本是白颜色，俗称“白皮书”。绿卡，正式名称“永久居留”，一辈子有效。除了没有选举权和被选举权，和美国公民一样。一样上学，一样工作，一样纳税，一样领退休金，一样享受医疗保险。拿着绿卡和原所在国护照，随时可以离开美国，再回美国。但是，在海外停留不得超过一年，否则绿卡就被吊销。不拿原所在国护照去海外办事旅游，或该国不接受原所在国护照，就得申请“白皮书”。“白皮书”两年有效，只能申请一次。很快，陈崧荎拿到了“白皮书”，心里总算踏实了。

说来有意思。一天崧荎下班刚到家，看见楼门口停着辆车，高胖警探从车里走出来。

“你好。”

“你好。有事吗？”

“没什么事。听说不远有家中国餐馆。一起坐坐，好吗？”

“好。”

“坐我车去吧。”

不远就是家湖南风味餐馆。

“中国菜，你内行，你点菜。我爱吃辣的。”

“喝点什么？”

“青岛啤酒。”

崧荎点了美国朋友最爱吃的左宗棠鸡（就是辣子鸡丁）、麻婆豆腐、酸辣汤、焖扁豆。

“拿到绿卡了？”

“拿到了。”

“放心了？”

“还得办我夫人和两个孩子的绿卡，不知还有什么麻烦。”

“你拿到绿卡，再给直系家属办就容易了。为什么公司对你这么好？”

“怎么讲？”

“一般公司很少为全家办绿卡的。那位律师要价很高，全下来至少要两万多美元。”

这么贵？崧茎吃了一惊，“过河搭桥。”

“什么意思？”

“也许是在沟通中美双方理解方面，我起到些桥梁作用。”

上菜了，就着啤酒，俩人吃得挺高兴。

“有句话不知当讲不当讲？”

“尽管说。”

“知道为什么没让你上测谎椅吗？”

“为什么？”

“知道你为什么能拿到绿卡？”

“为什么？”

“因为你实在，说的都是真话，实话。”

崧茎直眼看着他。

“比如，你不避嫌疑，如实填写曾加入过共青团。”

“是。”

“可有些人就在这个问题上撒了谎。”

“何必如此？”

“有些人就是犯糊涂。你实在。你如果说一点假话，就全完了。”

俩人瓶对瓶，都干了。

“还告诉你，对一些国家公民来美国申请绿卡，要先把他们视为间谍，然后再甄别。”

“中国算是一个？”

“算。跟古巴、越南、阿尔巴尼亚一样。别、别跟外人说。”

酒足饭饱，崧茎抢着付了账。临别时，两人紧紧握手。

“你是个实在人，痛快人。后会有期。”

还别说，人家还真想着崧荃。后来，他曾邀请崧荃和他一起去密执安州北部森林打鹿，崧荃托词没去。一来，和FBI打交道不自在。二来，鹿虽说在美国成灾为患，在中国可是受善待的。

第十三章

中美第一家

•

1982—1983　底特律

久盼之中，中方高级代表团一行七人抵达底特律。张团长是北京市政府领导，吴副团长就是未来合资企业董事长。在底特律参观会谈后，中国朋友由美国汽车公司一行人陪同出访第一站委内瑞拉。陈崧茬第一次坐头等舱，心里那个美。

可别小看自称社会主义的委内瑞拉，四季皆宜旅游胜地，盛产石油，美女如云，新建高速公路比美国一点都不差。当地吉普合资工厂可算一流，正开始组装CKD切诺基。CKD（COMPLETELY KNOCKED DOWN）是“全散装件”缩写。这正是来此考察重点，也是美方提出北京吉普要走的第一步。多少数据，多少图纸，多少讲解建立起的概念，在这家工厂都亲眼看到了。全散件组装好是好，可是需要大量外汇从美方买进，还需要不少新组装设备和喷漆测试新车间。那时，190元人民币兑换100美元，兑换1000万美元就要1900万元人民币，而且还得有外汇指标。对美国汽车公司，这等于出口散件换汇，大好事。对刚起步的北京吉普，不光资金短缺，外汇指标也难拿到，难上加难。更大的挑战是培训没有任何组装经验的中国员工。边参观，边座谈，边流汗。不是热的，是急的。亲眼见到未来共同的挑战，大家都急，中国朋友更急。

酒不喝，饭也吃不下去，晚餐成了讨论会的继续。

张团长严肃地说：“任务艰巨，尤其是外汇指标难搞定。这是大难题。”

瑞恩摇摇头，“搞不懂。中国政府既然支持北京吉普，就该拿出外汇，支持合资企业迈出第一步。”

“目前外汇储备有限，需要外汇指标的不只是我们一家。还希望美方考虑部分散装件进口，延迟付款。”

“咱们再商量。技术设备方面，各位看到了，有何感想?”

吴副团长说：“委内瑞拉能干的，我们也能干，就是时间紧迫。”

时间有限，代表团婉言谢绝去世界落差最大的安赫尔瀑布游览建议，在切诺基组装厂又多考察了一天，重点是组装线和喷漆车间。

埃及，四大文明古国之一，也是为数不多组装美国吉普和切诺基的国家。主人特意开来当地组装的切诺基迎接贵宾。埃及公路实在不敢恭维。幸好什么路都能对付的切诺基，加上熟练司机，在坑洼路面阵阵灰尘中驰骋。主人没事，客人受不了，请求在路边稍事休息。路边低洼开阔地上一排排、一座座土房林立，可又没人住。

“请问，这一大片房子，怎么见不到人?”

司机解释，“都是墓地。每座墓都有间土房。听说过木乃伊吧?”

“世界闻名。”

“这些土房里也有，不过都是穷苦人家。”

路上见到的多是打工族和穷苦人。一色儿长袍，一样的瘦，挤在没窗户没门的公共汽车上，还有说有笑。到了下榻豪华饭店，天壤之别。晚宴大厅，金碧辉煌，灯红酒绿，美味佳肴。边吃，边喝，边看艳丽美女伴着地方音乐大跳肚皮舞。古典装束舞娘个个都跟埃及艳后似的。

瑞恩使个眼色让崧�留意银光闪闪的主餐桌，“银子的。”

崧茬压低声音，“什么? 白银餐桌?”

不知为什么，崧茬一下没了胃口。

参观工厂，启发很大。设备不新，工人技术熟练，产品都说得过去。崧茬和那位年长司机成了好朋友，打听到不少宝贵情况。埃及投巨资组装切诺基，一多半为了出口临近富国，换外汇。盛产石油的邻国，大多路况不好。比起软篷老式吉普，有钱公司和人家当然喜欢切诺基。难以置信的是那些地方大多没有汽车修理厂，更没有汽车保养站。买了车就开，车坏了就扔掉，再买新的，有的是钱嘛！买车时，打开满是美元大钞的箱子，让卖家点钱。有这么多有钱客户，出口切诺基自然是好买卖。

草草欣赏过金字塔，大家乘坐主人游艇，夜游尼罗河。尼罗河长6670公里，世界最长河流。陈崧荃前不久刚看过《尼罗河惨案》电影，更感亲切。月色美，河水清，两岸绿，如此美景良宵，崧荃却高兴不起来。思绪荡然飞回河南老家黄河，陪慈父慈母游颐和园昆明湖，慈父在北海打太极拳……眼眶有些湿润。恍然悟到“尼罗”印第安语是月亮眼泪的含义。

埃及考察更加坚定了中国朋友对组装切诺基的信心，同时也更明确要求把美国汽车公司出口北京吉普切诺基的责任写进合同章程。除了在会上反复强调，会下多次郑重要求陈崧荃要帮这个忙。对崧荃而言，这是个难题，可又是中国朋友对他态度的大转弯。

以前出国的，都是叛国投敌。哪家摊上这样海外关系，老老小小都跟着受歧视。虽说改革开放了，对海外侨胞和海外华人还是斜眼看，有戒心。初见陈崧荃，英文呱呱叫，那么受美国人器重，上下班还开着公司配的车，不是汉奸，也是假洋鬼子。一开始会谈，中方都用自己带的翻译。没料想，第一场就败下阵来。那位中年翻译嘴里拌蒜，满头大汗。翻不出来不要紧，还胡翻。不少问题让他一翻，双方都傻了，会场气氛一下紧张起来。陈崧荃赶紧打圆场，一边安慰那位翻译别紧张，一边有分寸、有技巧地引导会谈书归正传。

“美国口语和术语太多，难为这位翻译先生了。概括一下各位的发言，主要意思可以归纳如下。”

随后，还给那位翻译个台阶，“您看，我总结得对不对？”

“对、对。”那位翻译投来感谢的目光。

遇到关键问题，陈崧荃则说：“对不起，这段话我没听清楚。请费心再说一遍。”

其实，崧荃满门儿清。为的就是让那位翻译再细听一遍。

“散会前，请容许我说两句。”崧荃先用英文说给美国朋友，然后用中文说给中国朋友，“翻译工作不容易，口译更难。各位侃侃而谈，我们满头大汗。请各位谅解。”

一句“我们”，让那位翻译差点哭出来。“北外毕业的陈先生，是我老师的老师。别再难为我了，以后会谈翻译就请陈先生代劳吧。”

实在人，大实话。大家都很感动。那位翻译和崧荃成了好朋友。好多年后，他想来美国进修学位，还是崧荃帮他联系了迈阿密大学，还为他写了推荐信。

可别以为陈崧荃什么都会，什么都行。他也是有心学来的。只要有心，勤学苦练，就能学到本事。北外同声传译教学给他奠定扎实基础。心记，是他后来练就的本领。会谈技巧，瑞恩就是他的老师。多少次会谈，他发现瑞恩从来不说“No”。再用心观察，代替冷冰冰，伤情面的“不”，瑞恩的用词是：

“请容许我说说个人看法，大家商量……”

“我没完全听懂您的意思。是否可以这样理解……”

“其实，我们的想法大同小异，只是重点不同……”

“这是个原则问题，大家都再想想，明天细谈。”

用瑞恩的话说，一个“不”字出口，得罪对方不说，商谈大门也就关上了。商谈，商谈，就是边商量边谈。

表里如一，以诚相待。中国朋友对陈崧荃，从斜眼看，到正眼看，到笑眼看。崧荃和中国朋友终于成了无话不谈的知己。工作之余，他还主动开车带中国朋友去救世军二手店买衣物杂品。其实，那儿也是他常去的地方。和街头家庭小市儿相比，这儿可大多了，像样多了。底特律郊区那家二手店面积近1000平方米。二手货大多是捐赠的，不少都没穿过，没用过，跟新的一样。冯副总工程师只用15美元就给他夫人买了件八成新的裘皮大衣。要是新的，怎么也得好几百美元。那时公务出国只给二三十美元零花钱，这是多大的收获。人心换人心，黄土变成金。中国朋友，以及后来北京吉普公司领导，都和崧荃成了好朋友。后来陈崧茬被任命为北京吉普合资公司董事会秘书，就是中国朋友提议的。

到了法国巴黎，局面陡然起了变化。法国汽车界享有盛名的雷诺公司在AMC持有55%股份，完全主导各型吉普和切诺基在欧洲的销售。所以，对未来北京吉普向欧洲出口切诺基持消极态度。原来就很艰巨的合作路程又多了一道障碍。话不投机半句多，会谈草草而过，游览一概谢绝。回国去机场路上，中国朋友满腹心事，闷闷不乐。

“老陈，”吴副团长忧心忡忡地说，“你的担子更重了。能说服AMC朋友，可做不了雷诺大老板的主啊。”

“谁说不是。”

“谈了快四年了，再也拖不起了。再说，”吴副团长压低声音，“再说，最高领导发话了。”

“是吗？”

“你这座桥不可或缺。这是我家电话，我们加强联系，加强沟通。”

陈崧茬拿着那张名片，心里沉甸甸的。

当时，《中国合资企业法》尚未出台，合同章程谈判实在难。最后，双方草拟了合资经营企业总合同：合营期20年。注册资金5103万美元，北汽占68.65%，AMC占31.35%。公司7年内出口创汇7000万美元。中美双方高管每人年薪均为10万美元。中方高管按国家规定领取应得薪酬，其余部分存入“中方账户”。就这一条，陈崧茬嘴皮都磨破了，才算说服美方勉强接受。

1983年5月5日，北京吉普汽车公司签约仪式在北京人民大会堂举行。随美方代表团来访的陈崧茬，离开亲人20个月后又回到北京。跟做梦一样，在饭店见到两个大小伙子和玉英，他猛地愣住了。十七岁的大卫快和他一边高了，又胖又壮的晓雷哪像十三岁的孩子。玉英还是那么白嫩秀丽。时间有限，急忙到饭店酒吧点些饮料甜食，都坐在那儿傻愣着。想说，崧茬玉英不知从哪儿说起。想吃，孩子们不敢动叉子。崧茬简单说了说情况，让玉英先告知父亲和家人，他周末一定回家团聚。匆匆来，匆匆走。一点没动的精美甜品，玉英用餐巾纸包起来带走了。

人民大会堂签字仪式非常隆重。北京汽车厂总经理吴忠良和美国汽车公司董事长铁伯特代表各方在合同上签字。双方致辞时，吴总经理，就是上次访美的吴副团长，按捺不住激动心情，感谢领导支持，感谢大家四年来辛勤努力，不止一次把目光投向站在后排边上的陈崧茔。

吃不完的席，喝不完的酒，玩不尽的风景名胜，都离不开陈崧茔。在美方答谢宴会上，他又露了一手。席间不知是谁告密，大家一再要他唱段京剧。盛情难却，他把要唱的内容用英文先翻译给美国朋友们，然后亮开嗓子，清唱一段他特意选的《智取威虎山》。

今日痛饮庆功酒，壮志未酬誓不休。
来日方长显身手，甘洒热血写春秋。

韵味十足，嗓音嘹亮，寓意深远。宴会厅响起暴风雨般掌声。从此，从五岁就学京剧的崧茔又多了个本事。联络感情，化解分歧，一段京剧常能发挥意想不到的作用。

转天，美国朋友们游览长城。瑞恩特地替崧茔请了假。头天晚上，崧茔心急火燎地直奔三里河自己那个家。舅姥姥和玉英早就包好了接风饺子，等候多时了。

"舅姥姥，看您多硬朗。别忙煮饺子，看看给你们带来了什么！"

打开提包，给舅姥姥的西洋参，给大卫和晓雷的真皮黑夹克，给玉英的衣服裙子，还有件特殊礼品。

"这是我在图桑给你买的。"

玉英打开精美首饰盒，两只光闪闪的金戒指。崧茔把戒指戴到玉英手指上，玉英把另一枚戒指戴到崧茔手指上，泪珠啪嗒啪嗒掉下来。

"别哭，别哭哇，"舅姥姥递过手绢，"笑还笑不过来呢。"

"咱们结婚那时候，哪儿敢戴这个。欠你的情，一直记在心上。"

大卫和晓雷穿着皮夹克，乐得欢蹦乱跳。

"大热的天，捂白毛汗哪？脱了，都来吃饺子。"

说不完的话，诉不完的情，这顿饺子吃得那叫香。

晚上，崧荃和玉英躺在木板床上。闷在心里的烈火爆燃，温不够的爱，亲不够的情，说不够的话。

"这个你收好。"崧荃递给玉英一个厚信封。

"什么？"

"外汇券。"

"哦，就是去友谊商店买特殊特价商品的外汇券，小条还能买油、买粮食哪！"

"要不是美国同事说，我还不知道。"

"这么厚，多少？"

"五千块。"

"我们用不了，你留着用吧。"

"我留着干什么？你们也要为出国做准备了。"

"真的要出国了？"

"你和大卫、晓雷的绿卡很快就能办下来。"

"这么快？我们局里领导还动员我入党，要提拔我哪。"

"啊？"

"我和局长说了，我不够条件。"

崧荃早就知道玉英在轻工部二轻局干得很出色，又是女工程师，早就是提拔对象。

"你们出国手续没问题吧？"

"没问题，现在出去的多了。就是不放心咱爸。"

"说得是。要不早接你们出去了。"

玉英说了老人情况，一直说到半夜。崧荃稍稍放下的心，又提了起来。

天刚蒙蒙亮，还是老规矩，崧茳下楼买来豆浆油条。自己没顾得吃，和玉英直奔东四前炒面胡同。进了门，走到那间小南屋，老人还没起床。

床上被窝里一声微弱招呼，“来啦。”

“不光是我，您看谁来了？”

老人转过身，拉开灯，没看清楚。

老人慢慢坐起身，使劲睁开眼，“这是谁呀？”

崧茳赶紧向前一步，“爸、爸，是我，崧茳。”

“谁？”

“我，崧茳，从美国看您来了。”

“崧茳！”不知哪儿来的劲，老人撩开被窝要下床。

崧茳一把扶住老人。灯光下，老人老了许多，瘦了不少。

“真是崧茳吗？”

“是我，我来看您来了。”

“快，快扶我起来。”

崧茳扶着亲爸，玉英拧干温手巾给老人擦脸，擦手，又端来水杯漱口。

“怎么回来了？”

“出差。爸，您看。”崧茳展开一张《人民日报》，“我们合资公司都上报了。这消息是我写的。”

“你把爸都说糊涂了。”玉英盛上豆浆，端来糖油饼油条，“边吃边说吧。”

崧茳紧忙向父亲说明自己弃文从商，在美国汽车公司一直忙于和北汽谈合资，昨天刚刚在人民大会堂签约。老人一个字、一句话地细听。又拿起放大镜，贴着报纸一个字、一个字细细看。父亲白内障手术后一度挺好，可因为过度思念老伴儿，流泪揉眼太多，造成视网膜脱落，两眼几乎失明。惊奇的是原来一头白发竟然变黑了。

玉英又给换了碗热豆浆，“爸，先吃吧。吃完了再说话。”

“俩孙子没来？”

“今天星期五，上课去了。”

“好孙子。去北大医院看病上楼，大卫背着我，晓雷扶着我。住院手术，他们买笑话书，在病房地上铺凉席陪着我，给我念笑话。代代相传，咱们陈家有后了。”第一次见到老人灿烂的笑容。

“玉英都跟我说了。应该的，他们是替我尽孝。”

“还有玉英，好媳妇，比亲闺女还亲。”

“那是我应该的。”

也许是高兴，老人喝了一大碗豆浆，吃了半个糖油饼。老人抬头又仔细看了看崧茳。

“壮了，结实了。我看，你这条路走得对。”

“都是您鼓励我。”

“你都四十多了。就算熬出个博士，人就老了。趁正在当年，苦干上几春，兴许就能闯出条正路来。”

“我觉得不拿个博士，怪可惜的。”玉英插话。

“那只是个名分。如今干的可是实事，实实在在的大事。不说千载难逢，也是一世难求。”

父亲就是父亲。短短几句话，掷地有声，重如千钧。崧茳茅塞大开，残余的那点遗憾顿时烟消云散。

“再说，不是博士，照样做学问。远的不说，咱家的几位师尊挚友，齐白石先生、沈尹默先生、老舍先生，都是大家，可都不是博士。只要不放弃，你的文学底子照样能成就一番事业。”

父亲就是父亲。短短几句话，醍醐灌顶，崧茳茅塞更开。正是父亲最后那句话，促使崧茳在花甲之年，弃商从文，又回归了文学。

“听父一席话，胜读十年书。您说的，我记一辈子，做一辈子。”

老人双眼陡然亮了起来。

“爸，和哥哥姐妹们都说好了，晚上一起吃团圆饭。您说去哪儿？”

“哪儿都成，你们定吧。”

“哎，我们来接您。”

“爸，我给您带来个小收录机。都调好了，一按钮，您就能听广播。”

“好、好。在家能待几天?”

“事情太多，明天就随团回美国了。”

“大事不能耽误。去看你妈了吗?”

“先来看您，这就去八宝山看我妈。”

“好、好。”声音低沉，有些嘶哑。

“跟你妈说，我想她，离不开她。没多久，我就找她去。”

一片静寂。崧荃拿起白毛巾，自己擦擦眼，递给老父亲。还是那块白毛巾，有些泛黄的白毛巾，沾满热泪的白毛巾……

第十四章

加入通用　一步登“天”

•

1984　底特律

1984年1月15日，北京吉普汽车公司正式开始营业。美国汽车公司克莱尔副总裁率团来北京祝贺。陈崧茬随行。

开业典礼在当年十大建筑之一的北京体育馆举行。坐满了各方嘉宾和公司四千员工。到会领导和吴董事长先后讲话后，克莱尔副总裁致辞。他回顾过去四年艰难历程，承认面临巨大挑战，但对未来充满信心。最后，他满怀激情引用拿破仑说过的一句话，结束演讲。

“When China wakes，she will shake the world!”

“当中国醒来时，她将震动世界!”陈崧茬高昂洪亮声音响彻全场，全场雷鸣般掌声经久不息。

来华日程紧迫，崧茬和玉英深夜赶去看望老父亲时，他老人家已经入睡了。不敢惊动，趴在窗外看了很久，只看到床上老人模糊身影。

回到美国，鉴于陈崧茬一年多优秀工作成绩，破格被提升为经理，年薪升到四万八千美元。面对包括瑞恩在内很久没涨工资的同事，他心里挺不是滋味。让他更感不安的是从北京不断传来不妙消息。美方派去的总经理，尽管在美国担任过大厂厂长，可到了中国，既没有深入了解情况，又操之过急，结果引起中方上下不满。出于无奈，美方把他撤回，又派出第二任总经理，结果还是不理想，没干多久也被撤了回来。美方又派出第三任总经理。接连三次走马换将，去时满面风光，除了高工资，还有20%~30%国外津贴，俗称“不方便补贴”。免费医疗保险，免费住房用车，还代缴孩子们上学费用。回来时垂头丧气，什么都没了，原来职务早被顶替，还得等重新分配工作。唯一欣慰的是北京吉普引进的“切诺基”一炮打响，不仅代表美国最新汽车款式，还为后来发展SUV（运动型多用途汽车）奠定了基础。

这段时间，陈崧荃白天上班忙碌，晚上和北京通长途，一个月还至少飞两次北京。什么叫“三过家门而不入”，他有了亲身体会。总惦记看老父亲，只有一次赶上他没休息，聊了会儿。回不了家，只好让玉英带两个孩子来饭店吃顿饭。人熬瘦了，眼熬红了，还是没熬出让他满意的进展。出乎意料，新从法国雷诺派来的AMC总裁要找他谈话。

“总裁先生，您找我？”

“请进，请坐。”迪得瓦代总裁操着法国腔英文招呼，很客气。

“听说令尊是法语教授？”

“是。”暗暗一惊。

总经理改说法语，“听说你也能说法语？”

“我的第二外语。”怎么连这也知道？

“很好。请你来，想听听你对北京吉普运营情况的看法。”

崧荃侃侃而谈，特别解释了两国管理模式不同，文化不同，需要磨合。同时强调北京吉普外汇额度极其紧张，购买切诺基散装件有难度。

“知道你中间协调，做了不少工作。”

“没帮上什么大忙。”

“客气，还有机会。公司考虑派你去北京常驻，担任要职。下次再谈。”

啊？去北京常驻？怎么可能？急赤白脸，崧荃紧忙找到瑞恩求教。谁知瑞恩也在犯愁。崧荃确实已被内定派去北京吉普任职。蒙了，全蒙了！好容易出来了，玉英和孩子们也要来了，他又要回去？全乱套了！

越急越忙，越来越多来信和电话不期而至。俗话说，好事不出门，恶事传千里。如今掉了个儿，好事传千里，而且还不止千里。北京吉普谈了四年终于大功告成的消息发表后，轰动美国，波及世界。其中一个小人物，陈崧茎，也引起多方注意。先是底特律商学院请他出任客座教授，以中国改革开放为题，晚间开大课。接着，久负盛名的密执安大学请他在“午餐讲座”发表演讲。开车去邻近的安娜堡，进门每人一份午餐。各自付钱，主讲人免费，还另有酬劳。一般到会也就二三十人。陈崧茎开讲后，听众大增，不得不移到大讲堂。让他特感亲切的是“美国工程师协会”请他做有关中国技术发展与合作演讲，同时向他隆重颁发工程师会员荣誉证书。顺便说一句，这些讲课和活动全部利用业余时间，公司概不干预。

接着，发生了两件大事，让他瞠目结舌，不知所措。

先是德国大众汽车公司来信，邀请他飞德国威尔夫斯堡总部面谈。陈崧茎托词公务太忙婉言谢绝。不料想，大众汽车派驻美国代表亲自来底特律造访，电话约定在文艺复兴中心回转餐厅会面。著名的文艺复兴中心，伊利河边五栋高低错落大楼，对面就是加拿大温莎市。这是底特律标志性建筑。崧茎乘坐奥的斯高速电梯上到73层，客人已等候多时。点了酒菜，侍者端上免费头台，一大桶冰镇鲜虾，吃完了还给续上。回转厅徐徐旋转，隔窗望去四周美景尽收眼底，崧茎直犯晕。

“仓突造访，请谅解。”

“哪里，见到您很高兴。”

“我是受人之命。您知道卡尔·哈恩博士吧？”

“当然，贵公司董事长，还是德中友好协会理事长。”

“哈恩博士让我转达对您的问候。同时向您介绍些情况。”

不说不知道，原来从1978年，西德大众就和中国开始洽谈合资事宜，可还是落在北京吉普后面。大众上海合资企业谈判加紧，和长春一汽的会谈也在进展中。如有兴趣，哈恩博士想请他近期去上海会面。

“我们在华合资企业急需深懂中国的专家。”

“怎么有幸找到我？”

“实话说，我们一直想走到贵公司前面。之所以落后，关键是没有像您这样的搭桥沟通人才。”

崧荃不知如何回答，“您过奖。”

“不必客气。我们了解了不少情况。”

“可否容我考虑考虑。”

“当然。我等您消息。”

塞了一肚子虾，正餐没怎么吃，二人握手道别。

有什么可考虑的？只是客套话。崧荃怎么可能离开对他有恩的美国汽车公司。第二天，陈崧荃给那位先生回电话，婉言谢绝。对哈恩博士盛情深表谢意。不管怎么说，这次会面，这番谈话，让他醒悟：路外有路，山外有山，天外有天。一切要凭真本事！不是自吹自擂的本事，得是人家认可的真本事。

接着，想都不敢想，全球最大汽车制造商，八十五万员工，号称“通用打个嚏喷，美国就得感冒”的GM（通用汽车公司）又找上门来。无巧不成书，促成这件事的不是别人，就是最初接他到底特律的约翰叔叔。周末，约翰邀崧荃去底特律市区希腊城吃饭，同时还请了他在通用汽车工作的叔叔。这顿饭吃得既高兴，又意外。高兴的是崧荃特喜欢希腊饭食，羊奶酪拌的鲜沙拉、羊肉串、牛羊肉卷饼，吃个没够。意外的是约翰的叔叔向他转达了完完全全出乎意料的邀请。

“通用总部刚被任命的奥康诺副总裁想请你去总部见个面。”

暗吃一惊，不知如何回答。

“奥康诺副总裁负责公司总部营销产品规划，正在组建中国项目规划专职机构，急需一位懂行领军人物。”

呆若木鸡，这和他有关系吗？

“他有意和你探讨此事。”

约翰紧忙插话，“司谛文，机会难得，可遇不可求。我特别问过，这个职务不必去中国常驻。”

老朋友真惦记他，崧荃向约翰投去感激目光。约翰的叔叔详细介绍了有关情况。回家路上，约翰和崧荃又聊了一路。会面时间定在下周末。

约翰的叔叔亲自开车接崧荃来到通用汽车全球总部。六千员工在这里办公。令人惊奇的是十五层大楼，每间办公室，不管大小，都有向外的窗户，透光明亮。陈崧荃被带到大楼四层，奥康诺副总裁的两位资深副手已等候多时。相互问候后，主人先介绍情况。公司营销产品规划部直接向总裁报告工作，针对全球战略重点待开发地区，分别设有项目规划专职机构。前不久刚建立了日本项目规划专职机构，目前正在积极筹建中国项目规划专职机构。

“中国潜在市场和未来发展潜力很大，对我们很重要。”一位鬓发花白，文质彬彬长者微微一笑。

另一位接着说：“美国汽车公司在这方面给我们树立了榜样。”

“我们也是刚刚起步。”崧荃实话实说。

“谈判四年，坚持不懈。关键时刻，您的搭桥沟通发挥了重要作用。”鬓发花白长者强调，“奥康诺副总裁非常重视中国项目。请您来就是商讨此事。”

“请您明示。”

“我们想请您加入通用汽车公司。”

“什么工作？”

“主持中国项目规划专职机构。”

“什么时候？”

“越快越好。”

“就在这里上班？”

“是，办公室都准备好了。”

“是否有长期派驻海外任务？”

“没有，至少近几年不会有。”

“是否有试用期？”

“没有。”

“需要我提供什么情况和材料？”

“最新详细简历，绿卡身份，家庭情况。”

“就这些？”

“就这些。”

“主持中国项目规划专职机构的职责，能否详细解释？”

轮到陈崧荃打开笔记本详细记录了。边记边想还有什么要问的？没等他问，人家开口了。

“当然，下次会面，我们会给您个OFFER。”

啊！又是那既熟悉，又难译成中文的关键字。这个字绝非仅含“出价”之意。避免误导，崧荃干脆采用音译“熬份儿”，自觉寓意很是精准深刻。双方约定一周后继续谈。继续谈，表明双方都有诚意。“熬份儿”，则是继续谈的关键内容。

这一周，崧荃不知道是怎么熬过来的。没怎么想“熬份儿”，却熬不脱“负罪”感觉。没有美国汽车公司，哪有他初译合同，再暑期打工，进而加入公司，从资深分析员升到经理。最忘不了的是公司帮他和全家办成绿卡。怎么能说走就走？不行，必须找瑞恩聊聊。在他俩常去的小酒馆，知心朋友掏心窝子，聊到深夜。

“心里还是不踏实，”崧荃又喝了一大口威士忌，“老觉得对不起咱们公司。”

“怎能这么说？你做了那么多工作。再说，”瑞恩压低声音，“法国雷诺早晚要把咱们公司卖掉。”

“啊？”

“董事会上，对北京吉普合资，雷诺投的是反对票。”

“什么？”

“雷诺当家做主，以后日子不好过了。”

灯光下，他突然发现瑞恩瘦了，比以前苍老许多。

“你自己有什么打算？”

“迟早我也要离开公司。”

“你也要走？”

“不只是我，不少人都要走。”

“这么严重？”

“为了你，更为了你全家，不能放过这个机会。”

崧�抓紧和约翰聊，向约翰的叔叔请教。一周后，陈崧茎再去通用总部。还是那二位长者接待他。

“送来的材料很详细，很好。请先说说您的意向。”

崧茎简要概括如下：

签署聘用合同后，半个月内即可报到上班。

需接夫人和两个儿子从北京来底特律，他们都有绿卡。

海外出差没问题。因家人来美团聚，五年内不能去国外常驻。

“没问题，完全没问题。我们的‘熬份儿’大致如下。”

任职：公司营销产品规划部，中国项目规划主任。下属一名经理，秘书。近期还可招聘一名工作人员。

向总经理报告工作。

签署聘用合同后，尽快来公司体检。体检合格，半个月内报到上班。

其他详见公司员工条例。

鬓发花白长者微微一笑，“我就是您要报告工作的总经理。我们谈谈具体待遇。您有什么想法？”

“BONUS LEVEL。”

别看就这两个字，重如千钧。向许多朋友，特别是约翰的叔叔请教后，崧茎了解到通用公司所有雇员，无论任何职务，无论在总部或外地，职称各不相同，但一律按级别确定薪酬。八级以下为薪金级，九级以上为奖金级，就是BONUS LEVEL。薪金级，年工资再加少额奖金，一般职工待遇。奖金级，高额年工资，根据年度讲评，可领取年工资百分之三十到五十奖金，此外，还享受公司配车、大办公室、专职秘书、公司免费午餐、特殊医疗，出差一律坐头等舱等等特殊待遇。升入奖金级是通用公司员工一辈子梦想，可只有极少数人如愿以偿。进了奖金级，就算进入公司主力军，就算进了保险箱，几乎没有被解雇风险。

“BONUS LEVEL。”总经理重复一遍，“还有别的要求吗？”

“没有了。”

“我们会认真考虑。聘用合同很快就准备好，会及时通知你。”

不打无准备之仗。再次印证了这一在美国谋生要素。一番关键谈话，特别是“奖金级”这关键要求，让陈崧茬赢得“熬份儿”的主动。最后，一步走进多少人梦寐以求的“天堂”。当他在聘用合同上看到自己职务不是薪金级的“经理（MANAGER）”，而是奖金级的“主管主任（DIRECTOR）”，手发抖，心怦怦跳。他的年薪一下从五位数跃入六位数。折合当时人民币，一年就是三十多万。像他这样的，当时国内全年工资也就一千多块。这些钱在国内够他三百多年挣的。可他来美国才三年，不是在做梦吧？

没做梦，都是真的。从到图桑立锥，到拿下博士学位奖学金立足，到加入美国汽车公司立身，再到如今加入通用公司准备立家。三年时间完成美飘华人都要走的立锥、立足、立身、立家四步路。表面看来是他走运，其实是他四十年书香家教，学校培养，受苦受累，受磨受罪换来的。以前，他感恩父母，感激育英小学，二十五中，六十五中，却抱怨整了他五年的北京外国语学院，痛恨欲置他于死地的牛棚和劳改。如今，他开始变了。不是谁强着他变，是他自己变的。回过头来想，没有北外英语的培养，没有牛棚的屈辱锤炼，没有劳改的死地后生，他哪里来的谋生本领？哪里来的海外闯荡铁骨雄心？大学五年，他一直是被批判为“白专典型”。如今，“白”成了历史笑谈，“专”却成了他享用不尽的财富。在劳改场，一天干十六小时苦力，一顿吃二十六个玉米饼子。如今四十多了，壮得还跟头牛似的。在他面前再也没有吃不了的苦，再也没有受不了的罪。这就是在海外打拼的本钱，这就是拿钱也换不来的财富。足够他享用一辈子！

第十五章

柳暗花明又一村

•

1984　底特律

心里有底，迪得瓦代总裁再找他谈话，他应对有理，有力，有节。首先感谢公司对他的培养和信任。因为要接全家来美国团聚，实在不能去北京常驻任职。最后，好说好散，陈崧荃离开了美国汽车公司。克莱尔副总裁、瑞恩、约翰等好友悄悄地给他开了欢送会。酒喝得不少，话说得不多，尽在不言中。大家送他一件珍贵临别纪念：精致的吉普模型。崧荃还专门去瑞恩家话别，同时请他有机会转交一封信给北京吉普公司吴董事长。

鸟枪换炮，到了财大气粗的通用总部，陈崧荃就跟腾云驾雾似的，经历了他一生风光时刻。医务室就在大楼三层，他顺利通过各项检查。办公室在大楼四层，和对面总经理办公室一样大。女秘书，又规矩，又漂亮，又有经验。他属下的经理在通用已工作近二十年，老成持重，凡事没他不知道的。就是他陪崧荃办好所有手续，对崧荃特别重要的当然是配车。

通用、福特、克莱斯勒三大汽车公司对“奖金级”人员都有配车待遇。都是以试开自己生产和竞争对手汽车为名，每开三千英里换一部新车。唯一要求是每次换车时要填写一份评价表。对所开的车详细认真逐项按优、良、差评级。对关键问题还要写出详细评论和改进建议。初入“奖金级”人员，只配车，不管加油。晋升到一定级别，既配车又管加油。再高级的还负责停车取车。给陈崧荃配的车是部雪佛兰出产的八缸卡普里斯（CAPRICE）。从没开过这么大的轿车。哪是开车，简直是开船，那叫稳。前后排能坐六七个人，后备厢特大。一踩油门，嗖地一下蹿出去，不拐大弯准上便道。开回家，一辆车占两个车位。小公寓容不下一家四口，陈崧荎计划要买房立家了。

安家，无论当地人还是外来客，都是件特大的大事。俗话说，买大房安家，买小房（汽车）上班购物出游。在美国，安家不一定非买房。也有租房安家的，便于搬迁变换工作，也挺美。缺点是钱都交房租了，临了自己什么也没落着。崧荎当然是买房安家。当时房价平稳，就是贷款利率居高不下。图桑好友的美国丈夫在二十一世纪房产公司工作多年，给崧荎介绍了底特律分公司的朋友帮忙。根据崧荎具体情况，收入不少而且稳定，两个儿子都要上中学，建议瞄准临近好中学的中高档社区。好地区，犯罪率低，入学方便，校车接送方便，而且考上好大学几率高。按照陈家传统习惯，崧荎唯一要求是必须坐北朝南。看了十来所房产，最后在十八街的一个有进口没出口巷子里，相中一处房子。坐北朝南，前有花园，后有草地，两层楼还带地下室。一楼，客厅，餐厅，书房，厨房加早餐厅。二楼，一间主卧室带浴室，三间较小卧室共用一个卫生间。不算两个车库和地下室，总面积三百八十平方米。开价十二万八千美元。

崧荎开着大轿车转来转去，左看右看，越看越喜欢。有进口，没出口，穿行车辆少，更安全。周围邻居，白领上班族居多，再有就是退休老人，非常安静。他还去十八街和电报大街交界处，专门看了看该地区著名的中学。从初中到高中，教学楼高大朴素，校区洁净有序，宽阔体育场，还带室内游泳馆。因为就在本学区，大卫晓雷来了可立即入学。按说，十二万八不算贵，还一再砍价。最后十一万八千美元成交，省了一万块。没想到，去银行贷款时出了麻烦。

“对不起，不能贷款，您没有信用。”

崧荎一听就炸了，“什么，我没信用？”

“先生，别急，听我解释。”

“还解释什么？我在你们银行存那么多钱，又不欠任何人钱，我会没信用？”

“麻烦就出在您不借钱，也用不着还钱，怎么查您有信用？”

"什么？不借钱，不借债，倒没信用啦？"

"你有信用卡吗？"

"没有，用现钱，用支票。"

"那怎么查你的信用记录？怎么核实你有信用？"

"从不借债，那是我们家规。"

"可您是在美国。在这里，只有借债还债才能建立信用。别急，容我详细解释。"

CREDIT——信用。

CREDIT CARD——信用卡。

CREDIT SCORE——信用评分。

CREDIT WORTHINESS——信誉，商誉。

这些都是到美国必知，必学，必做，而且必要做好的大事，想躲也躲不开。否则，甭说做事，为人处世都成问题。

美国三家全国信用评分机构，整天不干别的，就是给你打分。300到900分，一般能有500多分就算过得去。当然，越高越好。打分根据就是你向银行借钱，或使用信用卡付账，按时付息还钱的记录。你不理它，它理你，躲也躲不过。

"现在，您要买房，要贷款。可是，我们根本查不到您的信用记录，就等于您没有信用，怎能贷款给你？"

"那怎么办？"

"您用现金支付房款。"

"那样，我还是有不了信用。"

"没错儿。问题还是没解决。"

"那怎么办？"

"您的存款足够支付买房款。先把房买到手，立即办理贷款。"

"没事找事？我是非贷款不可了。"

"这样，您就开始建立起您的信用。得为长远着想。"

"真得谢谢您，给我上了一课。"

“应该的。买房后，建议您立即办理房屋抵押贷款和信用卡。”

“没有信用记录，能办吗?”

“能办，因为您用价值十一万多的房产作抵押，没问题。”

天下事无奇不有。在国内，不借钱没亏空才有信誉。在美国，正相反，非得借钱再按时付息还钱，才有信誉。按照银行建议，崧茔开银行本票付清房款、中介费、过户费，有了自己在美国的第一个家。跟着就在银行办了信用卡和房屋抵押贷款。没想到，歪打正着。要是贷款买房子，他得付百分之十贷款利息。一年就得一万多！办房屋抵押贷款，他只付百分之六利息。里外里，一年能省好几千。同时，他还办了信用卡，再也不用支票或现钱付账了。唯独有一样得加小心。开支票，掏现钱，花钱还真有点舍不得。用信用卡，甭管多少钱，一刷卡全齐了。越刷越顺手，最后看账单准得吓一跳。还有，有了信用卡，最好到每月自动付款时一次付清，不背负任何利息。信用卡利息高得吓人，一般得30%多！美国不少当地人就因随意刷信用卡，这张信用卡没钱了，再开一张补窟窿，最后导致破产。钱不是好挣的，也不是好花的！

朋友们知道崧茔买了房，特高兴，都过来帮忙。在美国安家可不是件容易事。得把在国内那套习惯变成美国习惯。首先最要紧的是起居室、早餐厅和厨房。一年三百六十五天，除了睡觉，大半时间都在这些地方度过。芭芭拉，瑞恩夫人，可是帮了大忙。起居室里添置了最舒适的成套沙发，尽可能大的好电视，还带一个小推车放零食饮料。早餐厅的圆桌和六把椅子，又舒服，又漂亮。因为一家都是在这儿用餐，只有请客才去餐厅。厨房和炊具都是最新式，最顺手的。用芭芭拉话说，得让马上要来的女主人顺手满意。其他家具都好办。不一定买最贵的，一定买最舒适的。看着崧茔刷卡那不在意劲儿，几个朋友直纳闷儿。

“要是汤姆能像你这么花钱，多好!”芭芭拉冲着瑞恩直努嘴。

崧茔紧忙打圆场，“你们家孩子多，花费大。”

约翰也纳闷儿，“看你刷卡付款劲头儿，像是百万富翁似的。”

“家传。我父亲从不把钱当钱。穷的时候如此，富的时候还是如此。我们家都是我妈管账。”

“难得，太难得了。”

“咱们是好朋友，能说说往事。最穷的时候，我父亲进京赶考病倒在路上。一位好心人救了他。道别时，父亲把他一路打工挣的钱都给了这位好心人病在床上的老父亲。”

朋友们听了无不动容。

“说起来好笑。后来我们陈家成了京城豪富。父亲兜里钱还得母亲随时放进去。一次母亲忘了放钱，父亲出去和友人聚会。一摸兜，没钱。他请客，却是客人付的账。”

朋友们听了无不动情。

家里初步安顿好了。崧荃请朋友们来家聚会。从中国超市买的茅台和青岛啤酒。从附近中国餐馆叫的菜。大家喝得痛快，吃得高兴，聊的都是心里话。许多事让崧荃大吃一惊。

法国雷诺公司正在策划把美国汽车公司卖给克莱斯勒公司。吉普还在，老主人却不在了。

瑞恩即将离开美国汽车公司，去A.O.史密斯公司任副总裁。全家也要搬到密尔沃基。

约翰计划离开美国汽车公司，自己开个小印刷厂。特意买了辆大悍马越野车，算是对美国汽车公司的纪念吧。

转天星期日，陈崧荃开着车去了底特律机场，又从机场沿着当年他来美国汽车公司的路开了回来。沿途，去了当年租房美国老太太的家，去了美国汽车公司大楼，去了他住过的假日酒店，去了他买妇女月经带的超市，去了他急病住进的福特医院，去了他住过的公寓。默默地开了一路，想了一路。无穷回忆，无限感慨。至今他想起美国汽车公司，AMC三个字还在脑中，在心里。

在美国有家了，按说该高兴。可他怎么也高兴不起来。老父亲还住在那间阴冷小南屋。慈母仙逝已快四年，这儿的家再好也不能报答慈母恩情于万一。就算玉英和孩子们来了，这个小家团聚了，也是远离故土，飘落在异国他乡。有什么可高兴的？

夜不能寐，拿出他的古诗词手抄本，翻到王维那首脍炙人口的七绝：

渭城朝雨浥轻尘，客舍青青柳色新。
劝君更尽一杯酒，西出阳关无故人。

感慨万千，崧荃在下面也写了几句：

魂系中华千秋业，情归故里钟鼓楼。
莫道他乡宜做客，东望阳关通燕幽。[①]

---

① 阳关：故址在今甘肃省敦煌西南。古代是出塞必经关口。燕幽：燕州，幽州。泛指北京之意。

第十六章

苦乐重逢　再演别姬

•

1984—1985　底特律　加拿大多伦多

从陈崧茳去通用总部上班那天起，由总经理安排，属下经理陪同，立即开始去别克、凯迪拉克、奥斯莫比、雪佛兰、庞蒂亚克五大分部转了一个来月。说是分部，每家都有十多万员工。布置给崧茳的任务是以中国潜在市场为目标，熟悉各种在产和正在开发的车型。通用自1908年9月16日成立以来，不断创新，不断发展，演变到目前的总战略是：“不同钱包，不同目标，不同车型”。

麾下各大分部主打重点虽各不相同，但内部竞争激烈，都把陈崧茳当作钦差大臣接待，希望能在未来中国市场大显身手。受宠若惊的陈崧茳颇有自知之明，他只不过是个刚入门的学生。谦虚谨慎，好问好学，反倒博得大家好评。边学边写，逐渐有了些想法。和总经理汇报后，他起草了给中国汽车业有关负责方面的重要信件，及早建立联系，争取尽快访华。这可是上面交给他的首要任务。

陈崧茳发给中国有关方面多封信中，给中国汽车总公司陈祖涛总经理的快信至关重要。陈祖涛先生比他年长一轮，乃红军将领陈昌浩之子。留学苏联，回国报效，是创建第一汽车厂（一汽）和第二汽车厂（二汽）的功臣。一年以前，在人民大会堂北京吉普签字仪式上，陈崧茳和他结识。温文尔雅，言简意赅，见解精辟，不像总经理，倒像是位满腹经纶的学者，给崧茳留下深刻印象。他受迫害的经历，更让崧茳肃然起敬。发出信不久就接到陈祖涛总经理回信。更没想到，奥康诺副总裁立即召开二十多人参加的重要会议。

“司谛文来公司不久，就联系上中国汽车工业总部，而且接到总经理亲笔回信。司谛文，请给大家读一下。”

陈崧茎读罢来信英译文，会议气氛顿时活跃起来。

“信中两个要点，一是希望把我们对华合作初步设想尽快先发去，二是随时欢迎通用代表团访华。”

“对华合作初步设想是关键。为此，需要司谛文尽快准备一套中国汽车工业近期发展和市场走向参考材料。”奥康诺副总裁强调。

“快整理好了。”

“好。要立即组建中国项目可行性研究小组。司谛文，你任组长。说说你的想法。”

“中国汽车工业最高领导陈总经理有句名言，‘让轿车进入家庭，把汽车工业建成支柱产业’。”

奥康诺副总裁拍掌称赞，“很精准，有分量。”

“所以，轿车和支柱产业应该是我们可行性研究主导思路。”

奥康诺副总裁点点头，“很好，完全同意。大家发表意见。”

会议气氛热烈，各大分部都想把自己的车型推上去，争夺中国市场。激烈辩论中虽然有本位观点，但越辩越明，为可行性研究科学论证开了路。

工作虽然紧张，除了日夜惦念老父亲和家人，日子过得还算平静。周日加班加点，周末形影孤单。一个人在异国他乡打拼，最怕失业。有了工作，最怕周末。人家都盼周末，他到了周末更想家。一个人干什么都没劲。睡懒觉，去超市，剩下大部分时间都泡在电影院。离家不远的二轮影院票价才五毛，都是好电影。一块钱看连场，两块钱买桶爆米花和可乐，吃完了白给添。他在那儿一泡就是半天。奥斯卡得奖大片，他看了个够。《教父》，他看了五遍，愣还是没都听懂。看原版电影，练英文听力，一举两得。看电影和其他娱乐，必得有个底线。成人三级片，他绝对不看。脱衣舞厅，他绝对不去。偶然路过那些去处，他都绕道走，嫌脏，怕染上艾滋病。洁身自好是陈家祖训。再说，守着玉英这样的好媳妇，爱还爱不过来呢，怎么能干那种事。

让他喜出望外的是偶然看到《华侨日报》一则当地国剧社消息，

一下子勾起他的京剧瘾。按图索骥，登门拜访，国剧社长也姓陈，著名心肺科医生。聚会场所就是他家客厅，每周六下午活动。人虽不多，水平也一般，却应有尽有，热闹非凡。特别是那位眼镜琴师，生旦净行都能拉，会的真不少，解决了大问题。每次活动，主人招待茶水饮料，社员各自带些自家准备的小吃。连唱，带吃，带聊，其乐融融。从小就学京戏的崧荃在孤苦伶仃的海外可算是找到乐儿了。说起学戏，还有段小插曲。凭小聪明，在东华门孔德小学和灯市口育英小学，崧荃老是班里前几名。父母该奖的都奖了，问他愿不愿意和哥哥一起学京戏。早就动心的小崧荃一百个愿意。崧荃魁梧个头，洪亮嗓音，让家里特请的京剧老师这个高兴。一位尽心教，一个认真学。没出一个月，小崧荃竟和哥哥清唱《空城计》。小司马懿赢得的叫好声和掌声比哥哥还多。多年没唱戏的崧荃在底特律票房首次亮相，一鸣惊人。先是铜锤花脸《姚期·草桥关》，接下来是老生《空城计》。一段接一段，他唱不够，大家听不够，这叫过瘾。

一次聚会中，社长陈医生请来几位来自加拿大多伦多的朋友。

“我来介绍，这几位是多伦多国剧社朋友。大家欢迎。”

“多谢，多谢。这次专程拜访，一是叙旧，二是商议和贵社在多伦多联合举办演出的事。请大家帮忙。”

“初步商讨，合演剧目是全本《霸王别姬》，带‘垓下兵败’一折。”

“知道贵社来了位名家，可否一饱耳福?”

“陈先生，唱一段吧。”

“实不敢当。就唱《霸王别姬》那段散板吧，请多指教。”

琴声响起，崧荃唱起霸王那段悲壮的西皮散板：

枪挑了汉营中数员上将，虽英勇怎敌得十面埋藏。
传将令休出兵各回营帐，这一阵连累你多受惊慌。

“好!”多伦多朋友们高声叫好，“霸王算是找着人了。”

“不知虞姬请的是哪位票友？”

“是位香港票友，京剧世家。正好来多伦多出差。”

两家联袂合演当场敲定。接下来几个星期，各自分头排练，再去多伦多合练，最后彩排。底特律开车过境加拿大，到多伦多得八个小时。第一次合练那天，崧茳一行天不亮出发，中午赶到多伦多国剧社。悠悠扬扬，屋里传出《夜深沉》牌子曲。想是虞姬正在排练剑舞。

进屋低声寒暄后，还没落座，只见崧茳瞪大双眼，几乎喊出声来。躲在角落，聚精会神欣赏，直到排练结束。

“梅小姐，请过来。底特律国剧社朋友们来了。”

崧茳快步走向前，“梅乐笛，梅小姐就是你？”

姑娘大吃一惊，“是你？”

“怎么？两位认识？”

“不止认识。我们在亚利桑那大学同学一年多呢。”崧茳解释。

“真是无巧不成书。二位好好聊聊，马上吃午饭。”

梅乐笛把崧茳领到旁屋，两人几乎同时问道：“你怎么在这儿？”

各自简要说了说近况，急着抢先发问，女士优先。

“你怎么会唱戏？”

“从小学的，唱了几十年了。”

“在图桑，怎么不露一手？”

“念书，打工，哪儿有这心思。你是京剧世家？”

“我外公外婆都是门里出身。我妈也唱了多年戏，在香港还在教戏。”

“怎么没听你说起？”

“你又没问过我？快说说，你还在AMC吗？”

“离开了。在通用。”

“嗬！鸟枪换炮抖起来了。快细说说。”

两人抓紧细聊，直到吃午饭。下午穿行头不化妆净脸彩排，可就没工夫再单独接着聊了。

业余国剧社演出，服装组最辛苦。戏服都是租的，可零碎儿得自己做。虞姬的凤冠硬是用草帽改的，还挺是样儿。伴奏场面也不容易。最感动的是那位打小锣的，是一家中国饭馆老板。来国剧社往返开车得大半天。每次活动一准早到，还给大家带来一大箱早点和甜点。活动完，帮着清理打扫，又连夜赶回去。海外游子受那么多苦，有点儿乐就知足。

正式上演那天，剧场爆满，走道都加了座。“垓下兵败”那场，专业剧团也很少演。最先上场的马童是位大陆来的专业演员，跟斗翻得又轻又飘，那叫漂亮。崧茬扮演的霸王，上戴盔头，足蹬厚靴，身高两米开外，一亮相就是满堂彩。厚底靴练得少，崴了脚，台下还是叫好。梅乐笛扮演的虞姬一上来就炸了场。扮相漂亮，做派好，唱得好，剑舞更是精彩。最后虞姬夺过霸王佩剑自刎，梅乐笛看着崧茬有点心慌，险些摔倒。崧茬一个箭步上前扶住，虞姬顺势倒在霸王怀中。台下掌声雷动。崧茬一惊！小时候在陈家豪宅花园，和袁丽芬演这出戏慰问刘师长师部官兵，不就是这个场面、这个情景吗?!

演出后卸妆的卸妆，收拾的收拾，忙到半夜才休息。第二天主人备车陪底特律朋友去附近尼亚加拉大瀑布观光。在飞溅入云的水雾中，从最近距离观赏世界第一跨国大瀑布，崧茬和梅乐笛都惊呆了。从六十米高悬崖上，一泻千里冲下来的大瀑布溅起浪花高近百米，溅湿全身。轰轰隆隆水声中，说话都听不清楚。如此壮观景色真是第一次见到。

“就不能玩两天再走?”

“明天上午通用开会，要讨论我准备的对华合作设想。得赶回去。”

“嗬，你成了主角了!”

“你才是主角。唱念做舞，无一不精，无一不美。”

“比我外婆，比我妈，差远了。”

“外公，外婆还在?”

“‘文革’初，外公被迫害致死。外婆在青岛老家。”

一层阴影罩在梅乐笛脸上。

"现在我回国机会多。一定去青岛看望她老人家。"

"我一定陪你去。你家里都好吗？"

"还好。我们这个小家快团聚了。"

"真好！"

"你当上记者了？"

"在香港《大公报》，两年多了。什么时候我采访你？"

"我有什么可采访的？"

"祖国内地对外开放，可是热门话题。"

"随时恭候。什么时候回香港？"

"就这几天。"

"千万问你妈好。"

"一定。"

两人相互交换名片。一个是通用公司总部"中国项目规划主管"；一个是香港《大公报》"专栏记者"。

告别前，大家在当地有名的中国餐馆聚餐。出乎意料，主人带来当天《多伦多侨报》，头版大字标题：海外难得几回闻。

文章充满侨胞和外国朋友看过《霸王别姬》后的激动心情和思乡之苦。多位老人对记者说，看了戏，他们觉着又回家了。都说还没看够，期盼以后常演，让他们常能享受到回家的感觉。专家点评更是精彩。一则说"垓下兵败"那场，霸王脚崴得好，更显兵败之慌乱。一则说虞姬自刎在霸王怀中，生离死别尚有情，太精彩了！

分手在即，没时间继续他们的交谈，崧茬和梅乐笛匆匆道别。回底特律路上，崧茬还在津津回味这次意外再相逢。说也奇怪，姑娘身上熟悉的特殊香气，这次相见怎么不再觉得陌生？

第十七章

凡事预则立，不预则废

•

1984—1986　底特律　北京

当然，陈崧茎在通用公司的正经事绝不能耽误。要说他在洽谈北京吉普时是累，是听别人指挥。现在是重，是他指挥别人，累人更累心。建立起通用和中国联系通道后，他的迫切任务是尽快组建通用对华工作组，拿出通用对华合作初步构想。被中国市场巨大潜力吸引，别克、雪佛兰、凯迪拉克大分部全都使出浑身解数推荐自己产品。辩论会上争得不可开交。没想到，许多争论焦点议题不是在正正经经会议上，而是在通用总部大楼高管免费午餐厅里解决的。

通用高管免费午餐厅十四楼一处，招待总经理以上高层负责人；一楼一处，招待他这样的主任主管级别人员。原以为就是吃顿午餐，没想到竟是超五星级待遇。高顶豪华大餐厅，素衣白裙女侍者。从冷热饮、头台沙拉、浓汤、主菜到甜食每天变花样更换菜单。除了没有酒类，应有尽有。八人一桌，随来随坐。一般都是本部门同事坐在一起。点好菜后立即打开话匣子，聊起近来工作上一些大事趣闻。特殊餐厅既是公司对骨干成员的特殊待遇，又成了增进相互了解特殊去处，一箭双雕。陈家兴盛时，崧茎中西餐都吃过，可从未见过这么多、这么好、这么不同的美味佳肴。饱受三年灾害饥饿之苦，牛棚劳改场一月十二元伙食之差的他，每顿饭都从头到尾吃得精光。几个月下来体重猛增二十多斤。吃饭倒是省钱，买新西服裤可花了不少钱。旧裤子瘦得系不上扣，都得换新的。

经过几十次论证和餐厅的无话不谈，意见总算初步达成一致：用同样一吨底盘，生产轿车、皮卡和面包车。“一箭三雕”！

接下来遴选具体车型的考察和论证，更让崧茎得益匪浅。听君一席话，胜读十年书。崧荃听到的可不只是一席话，千席话都不止，让他终生受益。最后一致同意提交给中方的初步构想是：一吨底盘的别克轿车；一吨底盘的雪佛兰皮卡；一吨底盘的七座面包车。简称“三合一”。

陈崧荃的重要贡献是说服大家对华选用别克车型，把一吨底盘七座面包车纳入这一重要建议方案。他的根据是七座面包车更适合政府部门非轿车公务员更大群体使用，市场有保证。陈崧荃最有说服力的依据是父亲传授给他的至理名言：“凡事预则立，不预则废。”

古语说：修身，齐家，治国，平天下。家常话说的立锥，立足，立身，立家，立业，全都验证了这句话之精准和现实意义。逐步实践，陈崧荃逐步养成了习惯，凡事动作之前，必须要“预”，就是不断地思考，自辩和准备。照此做了，成功有望。不照此做，准定失败。有以下事实为证。

1984年，他力主把七座面包车纳入通用公司对华合作方案。

1997年，通用在华第一家合资企业正式成立。别克车首屈一指。

后来，通用别克各款车型在华年销售超过200万辆。别克七座面包车售价6万多美元，比美国同类车价高出两倍多，但销势至今不减。

无论在美国还是国内，陈崧荃一直开吉普和通用汽车。现在开着别克面包车回济源老家，到处旅游，心里美滋滋的。没有三十年前的“预”，怎么会有如今的“立”！

带着这个初步方案，拿着总经理批准的新名片，陈崧荃带领通用专家组飞去北京。崧荃新名片正面是英文，背面是中文。英文职称DIRECTOR不好译成中文。董事会董事是这个字，电影导演也是这个字。为了向中方明确说明陈崧荃的身份，他的中文职称是“中国项目总经理”。这是通用总部对他的最大认可。

在中国汽车工业总公司总部再次见到陈祖涛总经理，双方都感到十分亲切。陈崧荃一一介绍了通用考察组的其他四位成员。会议室坐满了人，大多是第一次见面。

“祝贺你加入通用，担任要职。”

“不瞒您说，离开美国汽车公司，实在是不得已而为之。”

“明白。你有机会再作贡献，更大贡献。”

“还请您不吝指教。”

“大家商讨。首要议题是明确通用公司对华合作意向。”

陈崧苼大致介绍了通用公司“三合一”的设想。中方朋友都低着头记录，唯有陈祖涛总经理认真细听，有时微微点头，有时记下要点。

“很好。看来，各位是有备而来。有无具体资料？”

“有，只是一部分。”崧苼的助手经理把一包包材料分送给大家。

“我们需要认真消化。根据贵方意愿，我们会把准备的考察日程，重点参观工厂再做调整，请各位过目。”

“非常感谢。能否简单介绍中国汽车工业目前对外合作进展情况？”

“自从北京吉普公司打响第一炮，引起国外汽车业浓厚兴趣。德国大众汽车公司走在前面，日本汽车业紧追不舍。明天会有详尽介绍。”

“看来，我们通用也要再抓紧。”

“对，时不我待，双方都要抓紧。今晚为各位接风，咱们再聊。”

全聚德烤鸭，把美国朋友都吃傻了。青岛啤酒和茅台，把美国朋友都喝晕了。友好晚宴为接下来的会谈创造了不可或缺的和谐气氛。双方说的都不是官场套话，真掏心窝子。陈崧苼不得不充当现场翻译。出乎意料，国内形势比他想的要艰难。尤其是外汇储备短缺，形势比前两年更为严峻。

机会和挑战并存。崧苼心里阵阵发紧，说得多，吃得少。好在他确实也没胃口。他还惦记着老父亲，惦记着玉英和孩子们呢。

晚宴后，崧苼紧忙和玉英去那间小南屋看望老人家。

“可来了，老爷子盼得午觉都没睡。快进去吧。”阿姨拉开小南屋门。

“崧苼来了吗？”老人几乎完全失明了。

“爸，是我。太忙，要不早来看您了。”

“工作要紧。说说，都在忙什么？”

和每次来一样，崧荃把近期工作详详细细地作了汇报。

“爸，难度太大，头绪太多，心里有点没底。”

“摊子铺得可不小。”老人顿时来了精神，“还记得当年重修贝勒府的事吗？”

“一辈子忘不了。1942年到1943年，您领着百十号人干了两年，硬是把破烂不堪的贝勒府重建成北平数一数二的陈家豪宅。”

“那时，‘陈家房产’事业蒸蒸日上。放着大把的钱不赚，偏要花大价钱买下贝勒府，再花几倍的钱重修，为的是什么？”

“不会是想让咱家也住上王府吧？”

“想哪儿去了。生在窑洞，长在穷家，才不稀罕什么王府呢。”

“那为什么？”

“为的是给‘陈家房产’树个大招牌。”

崧荃腾地站起来。

“‘陈家房产’后来大发展，靠的是这块大招牌现身说法。”

崧荃慢慢坐回椅子上。

三年前，就在这间小南屋，老人和崧荃吃了顿饭。转天，崧荃就去了美国。三年后，还是在这间小南屋，吃的还是老人喜欢的菜，喝的还是红酒味美思。父亲更老了，嘱咐他的话更有力量。

崧荃带上几个玉米面窝头回到饭店，紧忙拿出日记本，一直写到深夜。渴了喝杯水，饿了啃窝头。第二天，他把中英文建议书交给陈祖涛总经理。中心要点是双方合作项目务必突出重点，在“三合一”产品系列中高高树起别克轿车这面招牌，为别克面包车铺路。一马当先，三马奔腾！

这份建议书上交到中美双方领导部门和高层负责人后，引起强烈反响。双方同意立即组建联合可行性研究组。由中美双方高管和资深工程师组建的近百人工作组，开始项目调研，撰写合资项目中英文可行性报告。作为美方负责人，陈崧荃每月飞两次中国，飞一次欧洲或巴西，还要接待来美国的中方考察组。踌躇满志的他觉得要有番更大作为了。

不久，世界第一大汽车公司，通用总部首次向中方正式表达合作愿望：总投资预定十亿美元。

三个车型同时上马，别克轿车一马当先。

合资建厂地点优先考虑北京和上海。

这一构想立即引起中方最高领导重视。国内外新闻媒体纷纷报道。

为了全力促进这一重大合资项目进程，通用公司在北京昆仑饭店建立了北京办事处。开始办公那天，特意举办中外记者招待会。陈崧荃走进会议室，座无虚席，后面还加了不少座位。记者提问核心问题是如何看中国当前投资环境。

“请问，美国通用和中国企业合资总规模十亿美元，是吗？”

“是。”

“您知道最近中国外汇储备有多少？”

“对不起，不大清楚。”

“十亿美元大约等值于目前中国外汇总额一半以上！”

“我个人认为局面会有好转。”

“没有动摇来华巨额投资意向？”

“没有。起码我没有。”

“为什么？”

“我参与了北京吉普合资公司数年谈判全过程。公司成立后，引进切诺基散装件的确遇到了外汇短缺问题。可是中国方面，从上到下设法解决了这个问题。前车之鉴，给了我们信心。”

“尝到了甜头。”

“对。有酸才会有甜。”

全场突然静下来。

“也可以说，有甜也会有酸。”

后排有人鼓掌，带动全场一片掌声。

后来，《人民日报》和《人民日报·海外版》头版头条刊登了专题采访报道。陈崧荃照片旁的大字标题："有甜也会有酸"。

但是，陈崧荃却始终兴奋不起来。眼见慈父一天天衰老，而又束手无策，崧荃患上了心痛毛病。晚上噩梦惊醒，突然心痛起来，吃什么药都没用。蜷曲在床上，眼前闪现慈父身影，一直熬到天亮。

万没想到，不久接到加急电报，如晴天霹雳把他震昏在地。

"慈父于1984年9月25日仙逝。昏迷中，我们问是否叫崧荃回来。慈父微微点头。速归！"

第十八章

生离死别　松柏常青

•

1984—1985　底特律　北京

在赶去北京飞机上，崧茬眼前总是慈父临危前微微点头盼儿归的影子，恨不得立时赶到北京。依照老人意愿，慈父已和慈母在天堂团聚了。在一万多米的九天之上，他恍惚追随父母又回到孩童岁月。和父母同榻而眠，同桌吃饭，同读唐诗，同写大字，同登景山，同游北海……恍惚又听到父母讲给他的儿时往事，仿佛就是昨天……

一九三九年（兔年）农历六月十八下午二时（未时），陈家小儿子在协和医院降生，林巧稚大夫接生，体重八斤八两。陈怀臻闻讯从工地赶来，看着佑君抱着不爱哭就爱乐的大胖小子，四十二岁的他心里那个乐，那个甜。宽额头，丹凤眼，白里透红脸蛋，见人就笑小嘴儿，这孩子虽然生于国破家难之时，可却让怀臻和佑君心里油然生起山回路转，柳暗花明的盼头。借住家旁嵩祝寺谐音，取老家河南嵩山寓意，含有山有草之合运，怀臻给孩子起名崧茬。喜信儿传出去，亲戚朋友都来道喜。怀臻和佑君不敢兴师动众，也没钱给孩子办满月，只约了几位至亲好友来家聚了聚。系着兔儿爷红兜兜的崧茬，人见人爱。女眷们抢着抱，抢着亲。崧茬张着小嘴儿乐，一点不认生。齐先生和柳大哥还带来了自来水公司周科长特意给崧茬批的生辰八字，更是意外的惊喜。

齐先生特别传话，“周科长外出不能来，嘱咐我一定把话带到。这孩子福大命大造化大，定会给陈家带来好运。就为批这生辰八字，周科长特意问准了崧茬降生的时辰。”

“有这么大关系?”

“周科长说要不是未时降生，差别就大了。”

周科长是怀臻挚友，也是象棋棋友。祖传看相批八字本事轻易不露。凭二人交情，周科长给陈家所有的孩子都批了八字。精准之极，着实让怀臻和佑君惊叹不已。但是，周科长始终没给怀臻和佑君批八字，至今都是个谜。多少年后，怀臻才醒悟到其中道理。

怀臻郑重接过周科长给崧茳批的生辰八字。考究宣纸，工整楷书，最后还加盖了一方红印。

“生性聪慧，好学多能，才过八斗，过人之志，能成大事。佳年、佳月、佳日、佳时，喜降麒麟，定给全家带来好运。日后一飞冲天，为苍生造福，前途不可限量。”

“嗬！全是赞美之词。”怀臻乐得合不拢嘴。

“就没有不足地方？”佑君笑着问。

“就说他豪放不羁，常会意气用事。”

再看小崧茳抿着小嘴儿咯咯乐，就跟他都听懂了似的。

从小崧茳出生后，‘陈家房产’在困境中出现生机，很快走上发展之路。日寇投降后，‘陈家房产’一跃成为京城房产业的老大。

……

好容易挨到北京，玉英和家人都来接他。抱头痛哭岂能道出扎心的痛楚。崧茳、玉英、大卫、晓雷直奔八宝山，在慈父慈母骨灰盒前跪拜，守候到傍晚。玉英哭诉说自他走后，老人精神也好，吃得也多，还和两个孙子一起背诵唐诗。没想到，说走就走了。肺部感染，痰排不出来，靠在玉英背上，还在低声念叨，“告诉崧茳，就指望他，指望他了！”

兄弟姐妹一起商量，最要紧的是寻找墓地，为两位老人合葬。大家分头四处奔走，没个头绪。出乎意料接到西郊万安公墓通知，已特批了一块墓地，指名陈崧茳速去办手续。背靠玉泉宝塔，远望香山枫叶，始建于1930年的万安公墓是可望不可求的宝地，更是喜爱西山淡静清雅的两位老人再好不过的归宿。凉透了的心，突得一丝安慰。

“您是陈崧茳先生吗？”

“是。这是我的护照。”

“老人死亡证明带来了吗?”

“带来了。”

“好。请孙师傅陪各位看看墓地。”

仙风道骨的孙师傅是这儿的老人。据他说，1978年以来万安公墓一直在修复惨遭破坏的陵园，尚未完全对外开放。特批的这块墓地就在大门左手第一排，而且是第一座墓地。

“冒昧请问，特批是什么意思?”

“特批就是一般情况不批，您的情况特殊，特殊批准。”

“怎么讲?”

“据说是北京市领导特批的。算我没说，算您没听，权当不知情。”

曲径通幽，草树茂盛，苍松之间，喜鹊在翠柏枝头高唱，犹如到了人间仙境。

“这是此区第一处墓地，第一排，紧把头。”孙师傅指着那棵翠柏说，“这棵古柏还没锯掉，仍留在这块墓地里。”

崧荃激动地问：“我们可以保留这棵古树吗?”

“当然可以。锯了就太可惜了。”

“太好了，两位老人就喜欢松柏。”崧荃没好说当年陈家豪宅，光是郎家园枣树就有八棵，还有松树、柏树、海棠树，数不胜数。

“您有什么具体要求?”

“您提的方案很好。墓座还请费心建成一本开卷书样式。”

“老人一准爱写书。”

“是。最早的三本法文教科书，就是家父写的。”

“放心，一定尽快修好。”

“太谢谢您了。”

“要谢，得谢两位老人家。大树底下好乘凉，这是二位老人留给陈家子孙后代的。老人心愿，后辈福分，可遇不可求。难得，实在难得。”

墓地很快建好了。崧荃背着家人，揣着爷爷给父亲，父亲又给了他的黑皮烟荷包，带着一盆月季花，一瓶二锅头，一瓶味美思，一把小铲去了墓地。先把慈母喜爱的月季花埋种在墓前，再把红白酒洒在周围。拿出黑皮烟荷包，坐靠古柏，思绪万千。陡然间，当年慈父为爷爷办丧事的壮烈情景闪现在眼前。

……

1918年慈父揣着爷爷法元老汉给的十块大洋，离开老家河南济源，步行三千里进京赶考。当时说过不出十年一定接爷爷进京，可是过了二十多年才如愿。不是不接，爷爷不愿来。爷爷住进陈家豪宅特意为他修的四合院，总觉着不如老家窑洞好。嘴里不说，心里可犯了病，身体一天不如一天。最后非要住进后菜园土房里，谁劝也不搬出来。家里人变着法儿地做这做那，怎么端进去，怎么端出来，一口不吃。父亲带着小崧茬送去老家甜汤，也是一口不喝，只是冲着小崧茬流泪。父亲坐在炕边劝了又劝，爷爷只是唉声叹气，最后算是说了句话，想回老家。

父亲知道老爹脾气，只好答应下来。说好，先把身体调理好，要不想回老家也没那气力。中医西医都请到了，只是说身体虚弱，谁也说不出个所以然。后来，河南老乡席大夫悄悄告诉父亲，老爷子得的是心病，仙丹妙药也治不好的心病。父亲心里乱得想不出个主意。还是母亲做主，告诉老爷子回老家的事已安排好，过几天就上路。短短几句话，瘦得不成样的爷爷立时来了精神。喝甜汤，又吃馍，还吃了小半碗砸蒜拌面。过两天，父亲请来剃头师傅，给老爷子剃了头，刮了脸。又让家人给他擦洗，换上干净衣服，戴上母亲特意给买的黑缎子帽头。爷爷顿时精神许多。唯独一样，还是不从土房搬出去。

父亲不敢大意。白天有家人照看，夜里，父亲支张行军床睡在旁边。一天后半夜，父亲听见爷爷低声喘粗气。紧忙拉开灯，只见爷爷衣服穿得整整齐齐，戴着小帽头，头向南躺在炕上，瞪大眼睛，一动不动。猛地，老爷子一下坐起来，惊天动地地长喊一声：“济源！”扑通一声倒了下去。

父亲扑到炕边，只见爷爷双眼圆睁，眼角湿润，已没了气息。父亲搂着老爹，揉胸口，掐人中，可老爹再也没醒过来。抱着老爹，父亲号啕大哭。深宅大院，这哭声是那么孤独，那么无助，那么凄凉。

陈家豪宅里里外外一片素白。大红门挂上白绫，红柱子缠上白布，鲜花绿叶枝头吊满白飘带。陈家老老小小身穿白布孝服，戴黑纱。男的头戴白布孝帽，女的头缠白布发带。大宅院上上下下也都穿素服，戴黑纱。土房里，只在炕桌上烧了高香，摆了白酒，两个酒杯，四碟素菜。法元老汉平静地躺在炕上，还是那身衣服，还是那顶帽头，还是头向南，朝着老家济源雁门。

父亲母亲带着小崧茎，领着家人跪在炕前。其他人都跪在窑洞土房外菜田里。父亲领着小崧茎站起身，拿出三十六年前老爹给他的黑皮烟荷包，恭恭敬敬摆在炕桌上。解开烟荷包，拿出那十块大洋，摆了五摞。打开白酒瓶盖，倒满两杯白酒。一杯酒洒在老爹土炕前，一杯酒自己一饮而尽。家人跪倒在地，一叩首，二叩首，三叩首。哭声震天动地，冲破豪宅大院，传向远方，飘向河南老家济源雁门。

无限悲痛的父亲嗓子哭哑了，眼泪哭干了。老爹临终时那声撕心裂肺的“济源”！让他惊心动魄，如梦方醒，豁然大悟。对老爹来说，金山银山不如老家的土山，千好万好不如老家苦日子好。再阔气王府也不如自家土窑洞。万事孝为先。孝顺，孝顺，他做到了孝，可没做到顺。只有孝，没有顺，孝顺何在？他现在算是明白了，可已经太晚了。自悔自责，只有咽到肚里。唯一能聊有追补的就是给老爹大办一场丧事。不是摆排场，更不是显阔气，就是要解他心里的悔，还他欠老爹的情。老爹带着遗憾离去，就让他在天之灵得到安息吧。

爷爷陈法元老汉的殡葬是在地安门西、离什刹海前海不远的嘉兴寺办的。始建于明弘治十六年（1503年）的嘉兴寺，坐北朝南，分东西两院。后院有个果园，用来暂“丘”灵柩。由于地处内城，离慈慧殿陈家不远，法元老汉灵柩可以在庙里寄存，待日后再送回老家雁门入土安葬，父亲才选定此处。

为爷爷出殡那天，嘉兴寺请来了金山宝藏寺和尚、白云观道士、通教寺尼姑诵经超度。东院正中灵堂，悬挂父亲亲笔写的挽联：

横幅：陳法元　父親大人千古

上联：一生清苦，勤儉持家傳後代

下联：終生勤奮，後人勵志壯門風

横批：心繫济源

陈家这场丧事办得与众不同，轰动北平。嘉兴寺里外，模仿老家济源雁门景色人情，摆满扎糊的庙宇、神像、山林、窑洞等祭品。从早上到下午，追悼人群络绎不绝。陈家至亲好友，新老住家街坊邻居，教育界同仁，商界至交，“陈家房产”客户，受益陈家赈灾义捐灾民，从顺义赶来的工人师傅家属，还有不少报纸杂志电台记者。答谢大家的流水素席走一桌又摆一桌，开了百十多桌。除素面外，全是用豆腐做的精致菜肴。给年长客人们道谢，父亲磕头磕得头发晕。小崧茎跟着哥哥姐姐们给客人们道谢特别认真，磕得满头大汗。下午，浩浩荡荡发殡队伍出发了。队头到了地安门，队尾还没出嘉兴寺大门。父亲和家人走在前面，上千人出殡队伍足有六里多地。按事先安排，出殡队伍从地安门向南，路过陈家豪宅所在的慈慧殿，经过景山、筒子河，来到沙滩北大红楼。那时，北大红楼里还驻扎有日本鬼子。发殡队伍在北大红楼前停下来，点燃数十件扎糊祭品，熊熊烈火蹿向天空，聚集了众多过往行人。在这里曾被日本宪兵队关押的父亲领着悲壮出殡行列在向日寇示威。十恶不赦的日本侵略者末日临头了！

……

时过境迁，如今能在万安公墓为慈父慈母骨灰合葬该知足了。可是，陈崧茎心里还是觉着冤得慌，愧得慌。1981年，母亲仙逝在那间冰冷的小南屋。1984年，父亲也仙逝在那间冰冷的小南屋。如二位老人所说，生不带来，去不带走，留下的是成才走正路的儿女和孙辈，他们知足了。崧茎心里明白，这是说给儿女们听的。

兄长姐妹和崧茎精心筹备，慈父慈母骨灰合葬那天正值金秋时节，陈家人都来了，亲朋好友都来了。近百人在万安公墓纪念堂举行隆重仪式。

崧茎代表陈家致悼词。

“慈父陈怀臻教授生于1897年，仙逝于1984年。慈母傅佑君太夫人生于1907年，仙逝于1981年。慈父出生于河南济源下雁门，1918年，徒步三千里，来到北平，考入北京大学法文系，成了有名的布衣教授。慈母出生于河北保定西霍山村。只读到初中二年。母亲凭借天生才智，相夫教子，协助父亲立家立业。日寇打进北平后，慈父愤然辞去所有教职。在慈母协助下，逐步把‘陈家房产’发展成为京城第一大户。同时还竭尽全力掩护北平地下党，捐助太行山游击队。1948年，他们拒绝出走海外，欢迎解放军进城，义捐大量财产，后来又成了红色资本家。不幸，慈父蒙受不白之冤，被打成右派，在他创建的工厂烧了五年锅炉。他们把120多间房的陈家豪宅出让给全国供销合作总社，把六亩花园献给国务院，自己却都去世在原是卫生间的小南屋。二老无怨无悔，教导我们和后辈艰苦向上，励志成材，报效国家。‘励志求学路，登峰追梦时。’我们将跟随父母，沿着这条路一直走下去。愿慈父慈母在天之灵安息吧。”

大厅里抽噎的哭声久久不息，感天动地。随后来宾代表致辞。年过花甲的刘师长走上台来，脱帽向两位老人遗像深深三鞠躬。

“我和我的师部七十人永远铭记两位老人对我们的恩惠。北平解放，大军进城，我们没有住处，都露宿在街头。承蒙二老厚纳，我们师部搬进陈家豪宅花园，一住就是八个月。陈教授和陈夫人不要我们一分钱租金，还添补我们口粮和菜蔬。征战多年，我们在陈家花园吃到陈家给我们包的饺子，煮的元宵，过了终生难忘的元宵节。八个月的房租，我们没付一分钱，这笔债一直没还上。如此爱国老人，后来竟蒙受不白之冤。公道何在，天理何存？惊悉噩耗，彻夜难眠，我一张一张叠了纸钱，祭奠二位老人家在天之灵。愧心纸钱照天烧，英名永在百姓心！”刘师长已泣不成声。

亲朋友好陆续走出西厅。济生大哥手捧慈父骨灰盒，思惟大姐手捧慈母骨灰盒，走在前面。来到墓前，六兄弟姐妹跪拜，安放骨灰盒。众人依序跪拜致哀。

一位古稀老人老泪纵横，带领全家跪拜在墓前，“陈大哥，陈大嫂，你们受屈，我们心疼啊。您二老住在又阴又潮的小南屋，我们全家倒在你们送给我们的四合院安度晚年。上哪儿说这个理去？我们有愧啊！”

崧茎搀起老人，“李叔，别这么说。没有您和甘愿两年不拿工钱的百多位师傅，‘陈家房产’哪能创出局面哪！”

“那是我们心甘情愿，是陈家帮我们蹚出一条活路啊。那两年，我们吃什么，二位老人吃什么。大伙儿一条心，黄土变成金。没出两年，记在账上的工钱还加了利息，都给了我们。这份情，我们怎么还哪！”

搀走李叔和家人，又过来了几位不相识老人。他们自我介绍都是陈教授当年兴办的永泰工具厂老人，一位还是当年的工会主席。老人们一再说陈教授建厂初期没修建厂房，没引进设备，先给工人们建起三层宿舍楼。工人们始终不相信，也不承认陈教授会是“右派”。在自己的厂里劳改，烧了五年锅炉，勤俭一生的陈教授捡了五年煤核堆成小山，为工厂省了不少开销。这样的“右派”上哪儿找去啊！

当年的同窗好友都已到耄耋之年，来不了，捎来了信。当年的学生属下遍布全国各地，也都发来唁电。出乎意料，崧茎收到当年发小的来信。

崧茎：

惊悉噩耗，不胜悲痛。你务必代我和我们全家在伯父伯母墓前跪拜致哀。愿二老在天之灵安息。

我母亲还好，和我们一家都在香港。我经常回国，从报上看到你的不少信息。当年小崧茎，现在真争气！

盼望我们能早日相会，我会联系你。

袁丽芬　发自香港

送别来宾，纷纷握手，互道节哀保重。

刘师长紧握住崧茎手，“你的近况，我略知一二。尽快来电话，我派车接你。有要紧事。”

名片没有名字，没有地址，只有个电话号码。

第十九章

国宝沧桑　再起波澜

•

1985—1986　北京　底特律

刘师长说有要紧事？崧茬不敢耽误，立即拨通电话。接电话的是位陌生人，告知会按约定时间去饭店接他。准时，一辆绿色吉普接上崧茬，奔西驶去。出了西直门，过了友谊饭店，在一座小楼前停下。怪了，这不是他翻译《六次危机》的所在吗？

“旧地重游，欢迎，欢迎。”刘师长紧紧握住崧茬手。

“您怎么在这儿？”

“怎么？许你来，就不许我来？”

“您都知道了？”

“知道。不过，还有不知道的。跟我来。”

小楼模样依旧，里面重新装修过。楼上铁门紧闭，楼下尽头是刘师长办公室。

“我已离开部队，到国家安全部门工作。以后就叫我刘叔吧。”

“是，刘叔。”

“在清理重大案件过程中，我接手一件国宝流失大案。此事和令尊大人陈教授有关。”

“啊？”

“你可知道陈教授珍藏宝砚得而复失的事？”

“唐代褚遂良砚台？”

“正是。”

“知道。1948年年底，北平解放前，家父去金三爷家，以三十条黄金买下这方宝砚。我也去了。”

“1972年，北京文物局退还陈家被抄文物，你可知道？”

“知道，在国子监孔庙。我和玉英陪家父去的。”

“还记得是谁接待的？”

“一位戴眼镜的韩先生，当年故宫博物院马衡院长秘书。”

“新中国成立初，陈教授向故宫博物院捐献大批珍贵文物，韩先生也在场？”

“在，陪马衡院长接待家父。我也在场。”

“退还抄家文物中，你可曾见到那方褚遂良宝砚？”

“宝砚？没有。”

“你确定？”

“确定。”

“陈教授可曾向韩先生提及此事？”

“好像没有。”

“再想想。”

崧荃想了又想，“我在场时没听到家父说及此事。后来我和玉英曾出去叫车搬运文物，那段时间只有家父和韩先生在。”

刘叔点点头，打开文件袋，“陈教授的确向韩先生提到此事。这是令尊口述，韩先生笔录原稿，有陈教授签字和手印。你看看。”

崧荃一页页认真看过。

“对。1948年年底去金三爷家买得宝砚，1966年8月被抄家过程，记录得很准确。有关宝砚另外一点重要情节，家父不知，我可不可以补充？”

“当然。任何有关情节都很重要。可不可以录音，笔录？”

“当然可以。”

刘叔请来两位助手，男的负责录音，女的负责笔录。

“好，可以开始了。”

“那是1966年8月29日，抄家的第三天……”

……

1966年8月底，红卫兵抄了我们家。父亲和母亲被打得遍体鳞伤，仍苦苦哀求红卫兵王队长，那些古物万万不要毁掉，都应上交国家。

尤其是那方唐代褚遂良砚台，那是无价之宝。

抄家持续两夜三天。几个红卫兵硬是说他们把更多的宝物金银埋藏起来。后来把他们关到东屋。能砸的古代瓷器花瓶都砸了，遍地碎片，一片狼藉。所有藏书，所有照片，所有被认为属于“四旧”的珍贵字画文物，全都付之一炬。院子中的火连烧了三天三夜。

1966年8月29日，天刚蒙蒙亮。我彻夜未眠，一直盯着东屋动静，就怕父母出什么事。朦胧之中，借着火光，猛地看到东屋门窗后闪出个人影，忽隐忽现。突然，那个人影面向我们被关的西屋，慢慢练起太极拳。

“玉英，快来！”我低声召唤，声音颤抖，“看，爸爸，那是爸爸！爸爸在练太极拳！”

玉英抱着刚两个月大的大卫急忙凑到窗前。只见东屋窗后有人影在打太极拳云手。左一下，右一下，一招一式，规规矩矩，不紧不慢。

“爸爸是练给我们看的！”玉英声音也在颤抖。

再看，东屋窗后人影竖起双臂，向上，向上，再向上……

我哗然泪下，“爸在告诉我们，爸和妈都在，都活着，都活着……”

玉英闷住声，哭得喘不过气，紧贴窗户，举起大卫，向父亲报平安。我和玉英两腔热泪滴滴洒在熟睡的大卫小脸上。

突然听到外面有人叫门。东屋人影隐去。玉英抱着大卫回到里屋，我闪在门后观察动静。来的就是那个王队长，还有个干部模样中年人。

“别惊动大家。”王队长关照值班的红卫兵，“大闫在吗？”

“在，我去叫他。”

大闫，就是那个最凶狠的红卫兵头头。

王队长低声说：“这位是市文物局领导，来复核查抄文物情况。”

两个人和大闫在北屋廊下谈了不短时间，听不清说什么。随后大闫进屋拿出个黑绒锦包套，解开包套，我一眼认出，就是那方古砚。黑色绒锦包套是父亲特意定做的，错不了。

随后三人站起身，四周看看没别人，说话声音很低，但能听清楚。

“大闫，这方古砚，至关重要。为防万一，现交给市文物局收藏保管。此事不可外传。”

市文物局领导接过国宝，装进绿色大拉链包，把一张收据交给大闫。

“收据要收好。”

朦胧之中，两个人悄悄空手来，拿着那件国宝悄悄而去。我目睹耳闻了全过程。

……

“那位王队长，你还有印象吗？”

“一辈子也忘不了。”

“记得他相貌身材？”

“想忘都忘不掉。”

“麻烦你说说他的身材面貌，请我的助手做个画像。”

不多时，一个矮瘦身材，尖嘴猴腮，戴着深度近视镜中年人画像出现在眼前。

“就是他。就是他！”

“这件国宝砚台细节，还记得吗？”

“太记得了。父亲用这方古砚写了不少条幅文字，都是我研墨。”

“尽你所记得的，详细描述古砚细节，请她也做个素描。”

“怎么样？”

“就是这样，细节都对。”

两位助手离开后，刘叔继续问道：“新中国成立前，有个号称‘京城董爷’的你可知道？”

“太知道了。”

“火烧董家，姓董的死于非命，你可听说过？”

“听说过。就在家父重金买下褚遂良砚台国宝那天夜里。都上报了。”

“有位童掌柜，你可知道？”

“更知道了。家父至交好友。”

“他有个女儿?”

“童素云，童阿姨。”

“你稍等。”

刘叔出去，又拿着个文件袋回来。从中取出一封信。

“童素云是北平地下党情报员，后来去了法国。这是她从法国寄给安全局的一封信。你可以看看。”

……

国家安全局领导：

我在法国一切都好，伤也好了。现有件事，需要报告，详情如下：

北平解放前夕，东厂胡同董家遭了场大火，汉奸恶霸姓董的被处死。此事是我父亲童仁东和他的至交所为。家父本姓佟，旗人，一家久居北京。早年，就是这家姓董的为了掠夺佟家贵重文物，不仅烧了佟家住宅，家父妻儿老小也遭杀害。家父侥幸逃过这一劫，流落保定，改名姓童。又成了家，生了我。

姓董的花钱买通国民党接收大员，摇身一变成了国民党军统特务。我所在的北平地下党联络站就是他带着人捣毁的，我也受了重伤。家父忍无可忍，在我们离开北平去法国前，烧了董家，处死了董贼。北平大小报纸报道，均属实。

实话实说，火烧董家，处死董贼，并未想伤及董家亲人。据我父亲说，姓董的妻子和独生小儿子事发前已经离开董家，下落不明。

家父一再嘱咐我写信向你们说明此事。

此致

敬礼！

童素云（签字） 发自法国卢尔德圣母院

读罢此信，崧荎呆坐在那里，一言不发。

“此事，令尊不知道也好。”

“我觉着，家父已经猜到了，就是不明说。”

“此事重大，务必保密。对所有人，包括家人，都不要说起。”

“明白。”

“今天太晚了。明天还是这个时间再继续，可以吗？”

“没问题，我一准到。”

“不，还是派车去接你。”

道别时，刘叔紧握崧荎手，悄悄说此事已惊动了国务院领导，要严格保密。

一石激起千层浪，国宝古砚波澜再起，让崧荎既兴奋，又不安。这件国宝还能找回来吗？

第二十章

向不可能的挑战精神

•

1984—1987　底特律　北京　成都

慈父慈母在九天之上团聚了。兄弟姐妹却觉得无限孤单，没了主心骨。老人在一天，家就在一天。如今，家不成家，没着没落。三年前，崧荃和玉英商量好，崧荃单身闯美，玉英带着大卫和晓雷留守在家，照顾多病父亲。好媳妇加好闺女，玉英尽职尽责。两个孙子成了老人不可或缺的安慰和精神寄托。老人走了，崧荃一家该团聚了。1985年1月15日，崧荃一家启程飞去美国。

还是泛美航空。三年前崧荃一个人，坐的经济舱，心里七上八下。如今是四个人，坐的头等舱，心里还是不踏实。这一走真的就不回来了吗？

美国公司常规，新雇员搬家费用全由聘用公司支付。按照崧荃的级别，全家坐头等舱不说，公司还负责托运两个特大木箱家具衣物。虽说通用公司财大气粗不在乎，崧荃和玉英可绝不占便宜。他们就是想留个念想。父亲用过的小书桌，母亲用过的明代书案，还有玉英特意定制的一套中式睡房床柜都装箱起运。三十多年了，至今还在美国家里，要代代传下去。

玉英、大卫、晓雷第一次坐头等舱，又兴奋，又紧张。那时头等舱两边座位中间有张大桌，摆满各种高级食品、饮料、酒类。干看着，都不敢动。还是崧荃领着他们，边介绍，边推荐，边挑选。大卫晓雷开始用小盘子，后来干脆用大盘子装满各色巧克力和蛋糕，撑得连主菜都吃不下去。在能平躺的大椅上，孩子们早就进入梦乡。崧荃和玉英怎么也睡不着。崧荃一个人在美国打拼，总觉着还有回国回家的指望。现在，北京的家没了，也许再也找不回来了。玉英老问，真的要在异国他乡过一辈子吗？过去，那么羡慕海外华人，洋房汽车，灯红酒绿，自在逍遥。如今，自己成了海外华人，反倒觉得真没什么可羡慕的。这些实实在在的感受，只有自己知道，也就崧荃和玉英两个人说说。要是说给国内朋友听，客气点会说你装洋腔唱高调，不客气的会说你站着说话不腰疼，骂你个狗血喷头。崧荃心里清楚，内心痛楚感受只是刚刚开始。“苦”日子还长着呢！

飞机停靠纽约肯尼迪国际机场。入关时，让崧荃陪同玉英、大卫、晓雷去照相。照相？崧荃直纳闷儿。到那儿一问才明白，原来是给母子三人拍照绿卡相片。晓雷才14岁，照片附在玉英中国护照上，到了美国一下就有了自己的绿卡。轻工部同事们欢送玉英，用出厂价给玉英定做了裘皮大衣和裘皮帽。一身打扮跟贵妇人似的。就是裘皮帽把新烫的头发压平了。俊脸、裘衣、贴头平发的绿卡照片陪了玉英好多年。

转机到达底特律，瑞雪飘飘，一路顺风。下飞机来到停车场，半个汽车埋在皑皑白雪里。小子不吃十年闲饭，大卫晓雷戴上手套刨开积雪，装好行李，大家坐进车，崧荃一打火，停了有十多天的卡普里斯大轿车轰的一声就启动了。崧荃得意扬扬地边开车，边介绍沿途风景，边夸赞通用各种名牌车，没一会儿就到家了。看着独栋洋房，玉英简直不敢相信这就是自己的家。一按遥控，车库门轰隆升起，大卫晓雷惊奇得合不拢嘴，这不是天方夜谭芝麻开门吗？车库前积满厚雪，坡又陡，行李又沉，车怎么也开不上去。踩着厚雪，崧荃和大卫搬行李，晓雷背着玉英进了门。都惊呆了，半晌说不出话来。

“干吗买这么大的房子啊，得花多少钱哪！”玉英直掉眼泪。

过惯苦日子的大卫和晓雷也觉着有些离谱。

大卫说：“用不着那么多卧室。我和晓雷住一间就成。”

晓雷说：“再说，上厕所，也用不着三个卫生间啊？”

“挣钱不就是为了你们嘛。以前想都不敢想。如今，我一年的工资就能买下这房子。只要有本事，只要卖力气，过日子甭发愁！”

不知不觉，来美国给儿子们的第一堂课就这么开始了。晚上去牛排店吃晚饭时还在继续。没有长篇大论，只有现身说法。说者无心，听者有意。孩子们心里明白，如今一份牛排花费够父亲当年吃一个月的。后来才知道，这样的随意对话有多重要。榜样力量，从苦到甜，须知来之不易。

托运来的两个大集装箱，老家当不多，新添置的家具不少。玉英在轻工部二轻局家具处干了多年，还兼任全国家具协会秘书长，人缘儿特好。听说她要出国，同事们和朋友们全张罗开了。整套的书房写字桌椅，客厅沙发，客房床柜，全是出厂价。大家说得好，一定让国外朋友开开眼。还别说，空荡荡的新家有了这些新家具，立时就有了生气。就在这个家，崧荃和玉英招待至亲好友之外，还宴请过驻华大使伍德科克先生和夫人。玉英一手操持，做了一桌子中国菜。伍德科克先生临走时握着玉英的手说，这是他吃过的最好中国家常菜。乐得嘴都合不拢的玉英送别客人后惊叫一声赶紧跑进厨房，拉开烤箱一看烤鸭忘了上桌，都烧成炭了。

家安顿好了，活儿还没完。大家动手，拆开托运特大木箱。玉英带头，用一条条木板做成杂物木架，长板凳，小椅子。刷上漆，甭提多美多实用了。三十多年了，一直使用保留至今，成了陈家不同于美国其他富户人家的传家宝。国内困难时期，玉英设计，崧荃自己打家具。全家搬到美国前还都送给亲戚朋友接着用。如今到了美国，绝不能好了伤疤忘了疼。勤俭节约老传统可是多少钱也买不来，换不到的。

大卫晓雷上学安排是大事。已经高中毕业的大卫，刚上初三的晓雷，在国内学习成绩都不错。到了美国，那点英文可就跟不上趟了。听，听不懂；说，说不出来；写和读更跟不上。崧荃给他们报了英文补习班。从来美国到暑期后开学，先专心补习英文。班上都是刚来美国有绿卡的中学生。补习了六个多月，一分钱不花，中午还管饭。崧荃上班送他们去，下班接他们回。严格要求在家里也不许说中文，每天晚上看英文原版电影和电视剧。不管看懂看不懂，都得看。从1978年开播的电视连续剧《达拉斯》正在热播，几乎家家看，陈家当然不例外。到1991年，在全国电视台连播了357集，响遍全国，蜚声海外。毫不夸张，陈家是最忠实观众，最大受益者。暑期后开学前，按照居家就近就学规定，崧荃带着儿子们去早已选好的安得鸥文中学注册。全部手续一小时就办完了。老师和在校生带着大卫晓雷参观教学楼和各种设施，乐得他们合不拢嘴。虽是中学，真不亚于国内一些大学。晓雷上初三，崧荃做主让大卫再上一年高三。学校一流，完全免费，校车接送，绝对安全，周末还有不少活动。每天都生活在英语环境里，两个孩子英语突飞猛进。直到今天，全家还都感激这所中学，怀念那段平静美好的日子。

随着国内改革开放提速，对外引资加大力度，陈崧荃有了更广泛的用武之地。除了抓紧通用中国项目可行性研究外，针对国外对陌生的中国普遍存在犹豫观望态度，崧荃以北京吉普为范例，以通用开发中国项目为契机，现身说法，应邀四处演讲。《底特律日报》还对他和全家做了专门采访，头版头条做了报道。STEPHEN CHEN顿时成了广受关注的公众人物。一直保持淡定心态的他心里清楚，这只不过是借祖国开放的东风，自己哪有那么大本事。出乎意料，通用公司总部推荐，世界汽车年会邀请，他竟然登上世界汽车界最高讲坛。

世界各大汽车公司头脑贵宾云集底特律文艺复兴中心大饭店出席第十届世界汽车年会。会上，世界主要汽车公司各自宣扬近来成就和远景规划。登上最高讲坛的都是各国汽车界领袖人物。龙头老大，通用汽车公司却单单选中名不见经传的陈崧荃发表演说。

他的演讲题目是：《向不可能的挑战精神》（*Challenging Spirit against Impossibilities*）。

连续五天演讲会，能容千人的大饭店剧场并非场场座满。1985年8月26日，陈崧荃演讲那天下午却座无虚席。当主持人高声念到他的名字，请他上台时，曾经中学演话剧、大学唱京戏功底的他，面对如此盛大场面还能沉住气。他站起身向台上走去时，天幕刷地一下亮出他的名字：

Stephen S.Chen

General Motors Corporation

Chen字足有两米多高，晃得他双眼眩晕，震得他心怦怦跳。谢过主持人，涨足调门，他那洪钟般的嗓音，标准地道的英文响彻全场。

女士们，先生们：

今晚，非常荣幸能和美国以及世界汽车业领导、专家、新闻媒体一起探讨一个非常具有挑战性的问题：和中国做生意。

过去一些年，我一直在参与创建美国和中国经济合作项目。最难忘的是历经三年多艰苦努力，中美第一家汽车合资企业，北京吉普公司成立了。现在，我们又在开发通用汽车公司和中国的重大合作。在这里，我愿意和大家分享我和我的美国以及中国朋友们学到的重要一课。概括说就是：和开放的中国开展经济合作其实并无秘密可谈。因为伟大古老的中国正在迅速走上世界经济舞台。

和中国打交道的确也无秘密可谈。成功秘诀就是面对看似不可能的挑战，要有坚持不懈的顽强挑战精神。

谁曾想到，1971年，尼克松总统和基辛格博士竟能访问中国？

谁曾想到，1979年，美国和中国竟能恢复正常外交关系？谁曾想到，1985年，美国竟成为中国第三大贸易合作伙伴？

谁曾想到，1985年，美国将与中国计划建立一百家合资合作企业，领先于世界其他各国？

谁曾想到，今年1月至5月，中国竟接待了91500位美国客人？

这些奇迹归功于无数不懈挑战者的挑战精神。

今天，我们，包括我自己，需要的首先是向自己挑战的精神。挑战自己对中国的真知，挑战自己对和中国合作的深入思考，挑战自己对面前和未来重重困难的不懈挑战精神！

台下响起阵阵热烈掌声。接下来，陈崧茔详细解说了中国改革开放的飞速进展，邓小平“不管黑猫白猫，能捉老鼠的就是好猫”和“摸着石头过河”的新理论。特别介绍了中国当前真实状况。他有理有据反驳“中国投资环境已经恶化”的看法，指出这只是经济增长的阵痛。重点说明中国年7.2%的增长率是铁的事实，巨大的成功。对许多听众，他的话多是第一次听到，备感新鲜。最后，陈崧茔做了精彩总结。

面对世界的挑战是：世界再也离不开中国。面对中国的挑战是：中国再也离不开世界。和中国做生意，谈合作，确非易事。如果那么容易，每个人都能做，何必还需要你？何必还需要我？

最后我想说：

困难中才有机遇。

胜利属于向着不可能挑战的勇士！

暴风雨般掌声经久不息。不少听众涌上台和他握手致意，提出问题。陈崧茔心里清楚，这是在为改革开放的中国鼓掌，为向着不可能的挑战精神鼓掌。

二十五天前，他刚过了四十六岁生日。三十而立，他没立起来。十六年后的今天，站在高高讲台上，他恍惚觉得真的立起来了。立，到底是什么意思？过去根本说不清楚。如今，回首走过来的路，他有些明白了。对在美国的他来说，“立”就是：立锥，立足，立身，立家，立业，立志。初到亚利桑那大学，算是立锥。进入博士进修，算是立足。弃文从商，加入美国汽车公司，算是立身。如今，算是立家。今后，就要往立业、立志奔了。时势造英雄，英雄造时势。前面的路还很长，很远，很艰难。

那天晚上回到家，他只字没提会场盛况。美美地和家人坐在一起，端着玉英做的打卤面，一连吃了三大碗。

打响这一炮，连密执安州政府也惊动了。为促进和大陆友好省市合作关系，密执安州长访华团聘请陈崧茎担任布兰查州长翻译兼对华顾问。不仅让通用公司露脸，更让陈崧茎高兴，他又能免费回国了。

代表团顺路在日本东京短暂停留。眼看工业实力雄厚，通用、福特、克莱斯勒世界三大汽车公司所在地的密执安州要和中国加强合作，日本有关方面把日程安排得满满的。第一次去日本的陈崧茎乐得个清闲，好好地看了看日本。八年抗战，陈家不少人死于日本人的屠刀下。深仇大恨，崧茎确实是戴着有色眼镜观察日本。说实话，确有不少让他出乎意料之处。尤其是待人和善的日本百姓，做事认真，低声细语，面带笑容，老是鞠躬，鞠得你头都晕了。接风盛大晚宴更让崧茎大开眼界。从晚八时吃到深夜，至少上了二十道菜。主人都跪在矮桌前，客人们可没这功夫，都坐在垫子上。身穿漂亮和服侍女端着食盒款款走来，跪在你面前上菜。端去特大食盒盒盖，再撤去下面的内盒盖，露出精美装饰一道餐。一份小得可怜的和食，崧茎一口能吃仨。可是得就着酒慢慢吃。名酒，类似低度白干，挺上口。精美和食，什么滋味也没吃出来。三个多钟头，实在坐不住了，只好半坐半歪。喝得晕乎乎，肚里空荡荡。好容易挨到宴会结束，崧茎还得带布兰查州长的随从去饭馆吃夜宵。锅贴饺子加汤面，吃得大伙儿甭提多美了。

到了北京，万里副委员长接见布兰查州长和代表团全体人员。接着飞去成都，签署四川省和密执安州友好省州协议书。在四川大学，由十多位著名工商界人士组成的商务随行团团长伍德科克先生公开演讲。陈崧茎当仁不让做翻译。讲得精彩，翻得出色，上千人会场掌声不断。随后，四川省和密执安州签署了多份经贸文化合作意向书。不少项目确实见到成果。可惜的是四川农场引进美国火鸡项目中途夭折。没辙，中国人不爱吃火鸡肉。高兴的是双方互派访问学者项目备受欢迎，成果显著，一直在坚持。

第二十一章

辞通用　奥的斯　上大学　百人会

•

1987—1990　底特律　康涅狄格州首府哈特福德市　爱旺小镇　纽约

陈崧荃在世界汽车年会演讲引起出乎意料的轰动，在通用总部也引起强烈反响。奥康诺副总裁要求他尽快完成一项重大任务，把对华合作项目300多页可行性研究文件浓缩为20分钟的口头报告，10分钟的问答。准备向通用总部董事会汇报。

五人工作小组日夜加班，写了改，改了写。陈崧荃背了说，说了背。口头报告可以看稿，10分钟问答可就没谱了。大小列出了50多个问题，又缩减为10多个关键问题。在会议室演练时，奥康诺副总裁亲自提问，陈崧荃一一作答。让他紧张冒汗的是竟没有一个回答满意通过。

“司谛文，你的回答过于生硬。要知道，提问的各位董事对中国实情了解很少。”

“是不是要少说一些数字？”

“关键数字要说，更要突出要点：通用必须尽快进入中国。”

“要抢在西德大众、日本丰田等对手前面。”

“对！这才是关键所在。”

崧荃和助手们又是连夜加班。到了向董事会报告那天，奥康诺副总裁带领崧荃等六位高管提前来到通用大楼14层，在董事会会议室侧屋静候。在此关键时刻，崧荃反倒平静下来。说实话，这是他演话剧唱京戏练出的本事。左等右等，一位中年男子推门走进来。

“下一个就是中国议题报告。请准备。”

崧荃又一次检查投影报告要点次序，准备登场亮相。

等了许久，那位中年男子又走进来。

"报告和问答总体时间需从30分钟减少到15分钟。请准备。"

时间少了一半。崧荃匆忙再整理报告，奥康诺副总裁又逐页用粗笔划掉不少章节。崧荃直冒汗，心怦怦跳。等了又等，那位中年男子终于走进来。

"对不起，中国议题报告取消了。"

陈崧荃脑子嗡的一声，不知所措，惘然若失。看样子，他轰动世界汽车年会的演讲并没能打动通用总部董事会。大家失望地又从14楼下到4楼。第二天，奥康诺副总裁单独告知崧荃，董事会不认为公司眼前黄金机会在中国，史密斯董事长也无能为力。只有耐心等待。谁能想到，这一等就等了10年！

1997年，通用汽车公司才在上海建立第一个合资企业。

至今，通用中国在华有12家合资企业，2家研发中心，员工58000人。

仅2012年，通用中国在华就销售了2836128辆汽车。

可是，2009年，美国通用汽车公司经营不善正式向美国政府申请破产保护。

2013年到2014年，新通用公司重组，中国通用业务纳入新通用公司。美国政府放弃在通用最后股份。

从某种意义说，中国通用救了新美国通用！

说来有意思，20年后，陈崧荃在纽约肯尼迪机场贵宾休息室巧遇史密斯董事长。出于对这位在通用公司工作了41年老领导的尊重，崧荃主动上前打招呼。

"史密斯先生，您好！"

发福的通用老董事长记忆力绝佳，"你是司谛文？"

"是。您还是那么精神。"

"老了，不中用了。"

"看您说的，您比我只年长一岁。"

"哦？你可比我精神多了。很可惜，你那么早就离开了通用。"

“当时就是急于为中美合作实实在在做些事？”

“不怪你。当时通用压力很大，面临严重财务危机。中国项目只好推迟了。”

“当时不清楚公司难处。不过，您力排众议，后来还是决定对华投资15亿美元。如今中国通用的辉煌业绩，您是奠基人。”

“过奖了。有眼光的还是你。”

“过奖，过奖。实不敢当。”

“当年你给董事会的报告，后来我都仔细看过了。很受启发。看来，我们的眼光跟不上中国的飞快发展。我们落后了。”

两人会心一笑。

服务小姐走来告知史密斯先生该准备登机了。老先生一如既往，轻装简从，自己拉着箱子和崧荃亲切道别。

后来听说一代传奇的史密斯先生准备回老家马萨诸塞州伍斯特市养老。他儿子在那儿有家杂货店，老人想去那里帮把手。风光五十年的大名人竟如此安排自己的晚年。崧荃深深敬佩之余，又回想起老父亲何尝不是如此？慈父，北平豪富，但他的心愿不在陈家豪宅，却想回老家河南济源雁门办学，自己当个山村教师。只不过是后来风云变幻，不能如愿以偿罢了。

通用总部董事会对待如此紧要中国项目所持冷淡态度，冷了陈崧荃一片火热的心。一向乐观向上的他如同坠入无底深渊。不好和同事们说，不敢和玉英说，自己一个人坐卧不安，苦苦思索。上级和同事们，对他只有同情，没人责怪。年终奖评，他还是一如既往，再得优奖。按照优、良、中、差四个级别，优，得工资50%年奖；良，25%；中，0%；差，警告，严重者降级。随着崧荃基本工资提升，50%年终奖可不是小数，足够他过去几年挣的。绝大多数中上层骨干进了通用这个保险箱，都是一直工作到退休，没有半途而废的。但是，陈崧荃却胆大包天，萌生了挂印封金，辞退通用的念头。不是老板辞员工，是员工辞老板！

三十而立，到了四十他也没立起来。五十知天命，再有两年他就五十了。难道天命就是和通用一起耗下去？何时是个头？国内那边如何交代？心中抱负何时实现？一连串问号让他无言答对。没钱时的难处，他受过。有了钱还犯难，还是头一回。

犯难归犯难，大卫眼看上大学的事可不能有半点疏忽。底特律周围有不少大学，崧荃却特别看重GMI，通用工艺学院。位于密执安州弗林特市的这所学院是通用汽车公司创建的。最早只招收通用公司员工子女，后来逐渐对外开放。该学院的CO-OP（互助教学方式）独出一格，最著名专业是制造系统工程和工业系统工程。报考学生，除了要通过入学考试，还必须有一家“赞助”公司。学制五年，除极短的寒暑假外，三个月在校读书，三个月在“赞助”公司工厂实习，直到毕业。家长支付学杂费和住宿费。“赞助”公司负责安排实习并支付工资。毕业后，“赞助”公司负责安排该赞助生工作。这对大卫太合适了。不仅学知识，练英文，在实习中还能直接接触社会，认知美国实情。崧荃带全家去GMI实地考察，特别满意。意外遇见当年GMI学生，如今身为GMI校董的克拉派克先生，更是重大收获。

“您是司谛文·陈先生?”

“是我。请问您是?”

“卡尔·克拉派克。这是我的名片。”

美国奥的斯电梯公司总裁。

“这是我的名片，请多指教。”

“我读过许多有关您的报道。可否去校董室谈谈?”

玉英带着大卫和晓雷继续参观校园。崧荃随着克拉派克先生走进校董室，其实就是GMI的校史博物馆。赞助公司几十家（目前已有数百家）。原是这里的学生，后成为校董的名人有数十位。

“我原来也在通用公司工作，担任过庞蒂克汽车装配厂厂长。”

“冒昧问，您为何离开通用?”

“当然是为了更好发展。”

“一直在奥的斯电梯公司?”

“是。不会离开奥的斯，更不会离开美国联合技术公司了。”

“为什么?”

“奥的斯电梯始终位居世界第一。联合技术公司多方面经营，前途无量。”

“真是羡慕。”

“有空到公司看看。天津奥的斯合资公司建立快三年了，要有更大发展。”

“感谢您的好意。我一定去。”

“提前告知航班，我派车去接您。今天全家出动，有意让孩子考GMI?”

“是。想让老大试试。”

“那个又高又帅的小伙儿?”

“就是他，大卫。”

“太好了。如果确实有意，我们奥的斯公司可以赞助他。”

“真的?”

“当然。一言为定。”

吉人自有天相。这次意外会面，简短交谈，深深打动崧荃的心。就算真的离开通用，也得有个下家接着啊！和玉英商量后，崧荃利用假期时间飞去康涅狄格州首府哈特福德市。举牌接他的司机立即送他到奥的斯电梯公司总部。电梯界世界老大，拥有近五万员工的总部，不大的三层楼，简朴的办公区，很是不显眼。

“欢迎，欢迎。”克拉派克总裁把崧荃让进他的办公室。“这是有关公司的一些材料，你回去细读。今天主要谈中国项目。”天津奥的斯合资企业目前面临极大挑战。中国电梯市场规模不大。高楼盖得少，电梯用量自然少。至于扶梯，对绝大多数用户还是见所未见的新鲜事。但是，未来潜力很大，必须早作准备。由于合资中方占大股，出任董事长。奥的斯委任的外方总经理几乎有职无权，举步艰难。覆盖全国的业务扩展，急需一位深知国内情况，能协调双方的得力人选。

“说实话，我早就想专程拜访你。没想到我们在GMI见面了。”

“您怎么就看中了我？”

“你协调中美双方创立北京吉普的经验和能力。你所说的向不可能挑战精神。”

“我的具体工作？”

“出任外方任命的天津奥的斯公司副董事长。”

崧荃心里暗暗一惊。

“需要我常驻天津？”

“不需常驻，但需经常出差。”

“我的具体任务？”

“协调好和天津市政府关系。协调好合资公司董事长和总经理关系。领头策划合资公司覆盖沿海大城市十处以上办事处和维修点。”

“何时就职？”

“越快越好。”

崧荃稍稍停顿，“我会认真考虑。”

克拉派克总裁推了推眼镜，“怎么？你就不问问具体待遇？”

“您说的是熬份儿（OFFER）？”

“难道这不是你最关心的？”

崧荃微微一笑，“关心，但不是最主要的。”

“好！请稍等。”

不一会儿，克拉派克总裁陪同一位高身材男士走了进来。

“我来介绍，这位是奥的斯公司董事长，乔治·大卫先生。”

“司谛文，非常高兴见到你。”握手分量相当重，“特别是把工资待遇看作第二位的高人。”

董事长都惊动了？崧荃暗暗一惊。

“不过，作为公司总裁，我还是要负责任说明，你在公司职务是公司总部副总裁-亚太中国事务，在总部工作。兼任天津奥的斯合资公司董事会副董事长。”

接着，他明确以下几点：

年基本工资：高达六位数（比他在通用工资+奖金还高）。

股票期权（STOCK OPTION）：作为公司高层人员特殊待遇。

配车，医疗保险，三星期年休假（逐年增加，最多年休假四星期，可分开用）。

公司负责全部搬迁费用，提供临时住房直到买房安家。

长期出差中国补贴，及其他。

董事长亲切地嘱咐，“有何其他要求，尽管提。关键是要尽快。下月中天津奥的斯合资公司要开董事会。希望你能和我一起出席。”

接着，乔治·大卫董事长认真详尽说了他的想法和对陈崧荃的期望。直到崧荃航班起飞前30分钟，他和克拉派克总裁才亲自送崧荃下楼上车赶往飞机场。一路狂奔赶到机场，崧荃是最后登机的乘客。到了家，崧荃兴奋地向玉英和两个儿子说明情况。在美国汽车公司，他只是参与创建北京吉普公司。在通用公司，至今都是纸上谈兵，而且会拖得很久。在奥的斯，他终于能有施展他的抱负实战机会。不是空谈，是实干。

全家都支持他，二话不说开始准备搬迁。难点是他向厚待他的通用总部提出辞呈。出乎意料，领导、同事、下属却都非常理解。好说好散。

1987年8月，陈崧荃离开了通用汽车公司，正式加入美国奥的斯电梯公司。来搬家的特大号卡车，不仅搬走了所有家具衣物，还把他们自己的一辆别克轿车也装上了车。他们的住房也很快出手，还赚了三万美元。让玉英安心的是由奥的斯公司赞助，大卫被GMI制造工程系录取，暑期后就去报到。离奥的斯总部不远的一所著名中学也录取了晓雷。全家在临时住所只住了一个多月，就在康涅狄格州爱旺镇老王路（OLD KINGS ROAD，AVON，CONNECTICUT）半山上买了新居。鸟枪换炮步步高，新居前高树鲜花大花园，新居后院就在属于自己的半坡山地脚下。圣诞节不用买圣诞树，上自己的山上刨棵松树就全齐了。当年康州不收州税，不少有钱人都往这儿奔，屋价节节攀高。这所房，五十多万美元，花光全家积蓄，还贷了不少款。

站在门前半山上，上看晴空万里，下看树草成荫，崧茬无限激动，感慨万分。这就是他向往的美好世界吗？

中国天津奥的斯电梯公司是最后一家冠名“中国”的合资企业。开业近三年，虽颇有发展，但两面受“敌”。一面是更早成立的北京建设部和瑞士迅达电梯公司的合资公司。一面是公司内部纠纷。美方委派的外籍总经理不大尊重中方董事长，和中方副总经理合作也欠默契，说白了就是独断专行。副董事长新官上任三把火，陈崧茬这第一把火就烧在外方总经理身上。可是，外方总经理是电梯界老人，有阅历，有能力。这把火烧得有分寸，让他心服口服。崧茬决定就从在沿海大城市设立“销售维修分公司”开始。上海，是第一站。

上海，创业经商绝非易事。陈崧茬安排的首件大事是安排奥的斯总部乔治·大卫董事长访问上海。为此，先下毛毛雨铺路造势。精心选择对奥的斯电梯和扶梯至关重要的有关部门和潜在客户，连续召开座谈会、咨询会、奥的斯产品介绍会。广交朋友，特别是举足轻重的关键朋友。大小会之前，陈崧茬总是先召开公司内部会议。中方董事长主持，他和外方总经理重点发言，中方副总经理再做补充。一下子，大家的劲儿使到一起，拧到一起了。以前开会都绷着脸，现在谈笑风生。会后再喝上几杯，过去的纠结烟消云散。化干戈为玉帛，内部纠纷很快就逐步化解了。

在所有介绍会上，陈崧茬突出强调以下几点：

奥的斯电梯公司是以世界电梯发明人奥的斯先生命名，于1853年在美国创立的，始终是世界电梯业老大。

接着，他放映用真实照片编辑的幻灯片。为了试验研究中的首部研制电梯可靠性，奥的斯先生亲自站在四面透空试验电梯里，从特意搭起木架的高台上落下来。周围众多观众以热烈掌声向他致敬。

1900年，奥的斯公司向上海大厦销售并安装了中国历史上第一部电梯。介绍会在上海大厦召开，就是想请大家乘坐这部老电梯，过把瘾。

奥的斯电梯、扶梯和人行走道产品遍布世界200多个国家和地区。我们正在洽谈在上海建立分公司，急切期盼为上海的飞速发展服务。

同时，陈崧荎通过有关渠道向上海市领导透露：即将升任美国联合技术公司总裁的奥的斯乔治·大卫董事长期待近期访问上海。

不久，上海市长接见了乔治·大卫和陈崧荎。

一通百通，一顺百顺。中国奥的斯在上海取得的成功，带动了在其他十多个大城市业务的迅速发展。至今已是遍布全国，业绩斐然。对陈崧荎个人来说，也是收获颇丰。

物质方面，他拿到了更多公司股票期权奖励。奥的斯公司发给他若干美国联合汽车公司股票，但由公司保管。两年内，他随时可以“出手”部分或全部股票。股票升值部分，扣除手续费，以现金支付给他。崧荎等到满两年“出手”，没有手续费，他的银行账户净得大于六位数存款。比他全年工资还多。

精神方面，陈崧荎悟出终身享用的理念：文化经商。企业要有企业文化。个人，要有文化个人。没有文化底蕴的企业，无法持续发展。没有文化底蕴的企业家，也许能赚点钱，但终将昙花一现，甚至遗憾终生。

比陈崧荎年轻三岁的乔治·大卫飞黄腾达，升任美国联合技术公司总裁后不久，又升任为总部董事长兼最高执行官，连续12年为公司创造了非凡业绩。退休前，仅“出手”股票期权就收入8000多万美元。但是，他结过三次婚，离过两次婚，领养过三个孩子，个人生活并不幸福。

第二十二章

家，高于一切

•

1988—1989　北京　康涅狄格州　底特律

有国才有家，那是说在自己的祖国。如今身居异国，家，高于一切。

事业有成，收入颇丰，但崧荃却乐不起来。一年得有大半年出差在外，驻扎天津。家里全由玉英支撑。他深深觉得对不起这位贤妻良母。

到1989年3月底，陈崧荃任职中国奥的斯电梯公司副董事长已有两年了。这段时间高楼大厦在国内沿海各大城市如雨后春笋。高写字楼、高住宅楼、大商场都急需电梯和扶梯。国内的老液压电梯早已跟不上新时代要求。奥的斯高速平稳新式电梯受到越来越多的客户青睐，供不应求。合资公司产量翻番，利润翻番，形势一片大好。一天他下班后回到天津水晶宫饭店住处，前台经理告诉他一位女士来访，留下封信。出乎意料，竟是多年未见的当年小伙伴袁丽芬的留言，还留下她在天津朋友家的地址和电话。崧荃立即叫出租车赶去她的住处。车开到一栋居民楼前，崧荃推开车门刚要下车，从楼上的一扇开启窗户里传出崧荃熟悉的声音。

“你别上来了，我下去。”

一会儿，穿着件红外衣的丽芬从楼上跑下来。大眼睛，俊俏瓜子脸一点没变，就是眼角添了些皱纹，显得有些疲惫。还是那么苗条，那么漂亮。

“今晚有事吗？”

“没事。我们去吃晚饭好吗？”崧荃拉开出租车车门，丽芬微笑着上了车。

出租车很快开到小白楼吉士林西餐厅。小时候，只要来天津玩儿，陈袁两家大人们总是带他们来吉士林。两人选了个偏静餐桌坐下来。

“想吃什么?”崧荃问。

“你点菜吧。你知道我喜欢吃什么。”丽芬投给崧荃又一个微笑。

崧荃点过菜，急忙问道:“真是意外惊喜。你是怎么找到我的?”

“你还不好找?都上《人民日报》头版头条，成了知名人物了!”

“别开玩笑。我们好多年没见了。”

“可不是嘛。你早就把我忘了。”

“看你说的。上次见面是在西单。”

“你还记得?”

“当然。”

“十年了。那是1979年3月17号，星期六。”

“你连日子都记得!”崧荃感慨万分。

“许多事都忘了。可有些事记一辈子。”

丽芬喜欢的土豆沙拉、泡菜、奶油鸡茸汤、炸猪排、奶油烤鱼端上桌。还是老样儿，丽芬把猪排切开，夹到崧荃盘子里。

“我们喝点酒好吗?”

“谈心比喝酒更有味道。”

“那你先说，这么多年你是怎么过的?”

丽芬简单地告诉崧荃她一直在外漂泊，回不到北京，后来去了香港。

“一直在香港?”

“把我母亲送回青岛老家，我就去了香港。已经好多年了。”

“梅阿姨好吗?”

“还好，就是不愿去香港。在青岛有亲戚照顾。你呢?”

“从1981年至今，总算拼出来了。我们一家四口都在美国。”

“我知道。”

“你怎么什么都知道?”

“当然。”丽芬露出一丝苦笑。

交谈戛然而止。两人默默吃完了饭。

“这里离我住的地方不远，走走好吗?”

“好。”

街上行人不多。不知为什么，两人似乎故意拉开距离，连手都不敢碰一下。

“她好吗?”

“谁?”

“就是那个特美特甜的女孩子。”

“好。我一个人在美国三年多，都是她支撑这个家，一直照顾我父亲。后来才带两个孩子去了美国。”

“真好。多亏了她。”

“你呢?”

“我，我离婚了。”

“离婚了?”

“早就离了。”

崧茎不敢再继续这个不愉快话题。

“你在香港定居了?”

“定居了。一直在香港和台湾教戏。”

不知不觉到了丽芬住所。丽芬问崧茎如果有时间，她非常想和崧茎一起去给崧茎父母扫墓。还想一起再去一次他们幼时常去的云冈石窟。崧茎欣然同意。

利用周末，崧茎陪丽芬去了北京。时值清明，来万安公墓扫墓的人很多。丽芬特意准备了素雅的花篮，跪拜在墓前，痛哭了好久。崧茎搀起丽芬，一步一回头地离开了墓地。赶往北京火车站的路上，两人默默无语，仍然沉浸在对如烟往事的追忆中。

火车到大同时，天已擦黑了。崧茎事先托人在唯一接待海外朋友的大同宾馆订了两间客房。丽芬觉得有些乏累，就在宾馆里吃了碗刀削面，两人分别回房歇息。

第二天一早，两人在街上小吃店吃了早餐，乘公共汽车去云冈石窟。这是崧茎和丽芬幼时常来的地方。想当年，在京剧界闯荡多年的袁叔叔和梅阿姨曾多次带他们来这里观摩千姿百态的石佛雕像，乐舞雕刻。民间乐舞艺术，表现佛界伎乐，优美飘逸。经袁叔叔和梅阿姨解说，更丰富了小丽芬和小崧茎对京剧一招一式的理解。这次旧地重游，丽芬和崧茎感慨良多。崧茎觉察丽芬体力似乎有些不支，二人在石佛前坐下来。一股迷茫又熟悉的清香又飘过来。

“这条红围巾，你一直留着？”

“就剩下这件信物了，一辈子都会跟着我。”

“那年我九岁，你十一。”

“北平围城，眼看大年就过不去了。陈伯母给我家送来救命粮食。你亲手给我围上这条红围巾。”

“还是这么鲜艳，多了一股香味儿。”

“一直放在祖传的樟木箱里。”

“怪不得你身上老是这么香。”

“往事如云，都是过去的事了。”

“要不是袁叔和梅阿姨劝阻，我兴许也进入京剧界了。”

“那就也跟我一起受罪了。”

两人静默良久。

“我有个女儿。”丽芬突然说道。

“女儿？多大了？”

“二十七。已经从美国大学进修回来了。”

“表演艺术专业？”

“不是。新闻专业。现在香港一家报业集团当记者。”

“在香港有女儿陪着你，多好。结婚了吗？”

“没有。她说不打算结婚了。”

“怎么？”

“怕了。我能把女儿托付给你吗？”丽芬仰视着高大佛像，仿佛在向佛爷祈祷。

“当然。怎么提起这事？”

“女儿是我唯一所有。你又是我唯一可托付的人。谁知道什么时候我们会再见。”丽芬脸色突然阴沉下来，眼睛也被泪水模糊了。

“你话里有话，有什么事瞒着我。”

“没有。”声音低得几乎听不到。

“你放心。”崧荃把自己名片递给丽芬，“让你女儿随时和我联系。”

“有你这话，我就放心了。该走了，要不赶不上火车了。”

丽芬没有告诉崧荃她在香港的住址和电话。崧荃也没好问。再也想不到，1989年4月1日，在云冈石窟，竟是他和丽芬最后一次会面。那股幽香，一直飘在他心里，隐隐约约，似乎又迎面飘来……

回到美国的家，崧荃大吃一惊！玉英脚上打着石膏，一瘸一拐地给快要下学的晓雷准备晚饭。猛地见崧荃从车库推门进来，一向刚强的她腿一软，扑到崧荃怀里，满腔热泪刷地掉下来。正巧，晓雷走进来。

“爸，”晓雷拿出快餐盒，“我嘱咐我妈别做饭，她就是不听。”

“哪儿能老吃快餐啊？”

“只要您脚快点好，吃什么都成。”

不一会儿，大卫不放心，又从GMI学校打来电话。这顿饭吃得实在堵心，崧荃心里更不是滋味。晚上，崧荃给玉英洗脚。受伤那只脚还淤着血，肿得老高。看在眼里，疼在心上。这过的叫什么日子？

等玉英睡踏实了，崧荃一人走出门外。坐在大门前石阶上，下面昏暗暗青松绿树，上面亮烁烁皓月繁星。清风吹来，头脑顿时清醒许多。再过一年，晓雷也要上大学了。难道他就忍心把玉英一个人撇在家里？难道他就愿意大半年两地分居的日子？就算钱挣得再多，房子住得再大，职位升得再高，有什么意义？有什么奔头？他眼前顿时闪过慈父单身去南洋创业又中途折返那段经历。北平沦陷，大学都挂上日本膏药旗。父亲愤然辞去所有教授职务，只身南下。千辛万苦到了香港，突然得知母亲摔伤，左臂骨折。父亲断然中途折返，冒着更大风险返回北平。一心就是为了母亲，为了这个家。崧茬心里拿定了主意。明月穿过云端，清风透彻清新。崧茬心里朦朦胧胧出现个大胆新想法。

就在这节骨眼，崧茬意外接到封信。一石激起千层浪，他周末立即飞去底特律。

来信者是只有数面之缘的老赛门先生。两人初次意外见面还是几年前，在底特律活塞队篮球馆，通用公司长期包厢。包厢为的是招待公司贵宾来客，大多时间都没什么人。空着也是空着，崧茬他们奖金级人员成了填空候补，得了大便宜。公司贵宾包厢只要有闲座，经办人就会四处打电话拉客。这样的贵宾票，少说也得几百美元，蹭票一分钱不花。一开始，崧茬还有点不好意思。后来和管票人熟了，成了豪华包厢常客。能容二十来人的包厢位于球场正席上层。三排座后面还有酒吧台，美酒带小吃，一律免费。这么好的事，蹭票的还真不多。一来，热衷篮球的人远低于橄榄球和棒球。二来，拉家带口的下班都往家赶，没那个闲空。崧茬常来填空，管票的还感谢不尽呢。包厢酒吧台每次都准备名酒小吃。喝不完的酒还可以收起来，剩下的小吃都得扔掉。值班黑大叔心疼，拉住崧茬求助。

“司谛文，有件事求你。”

“您说。”

“剩下的点心，我都送给养老院。今天剩得太多了，你带走点吧？”

“那怎么行？”

“怎么不行？”

“您带走吧。”

“那可不行。你带，可以。我带，不允许。”

“连吃带拿，多不好意思。”

“有什么不好意思的？总比扔了好。”

连吃带拿，还是人家求他。真是稀罕事。崧荃早点不发愁了。按英文发音，甜圈叫“都拿”，松饼叫“卧佛”，松糕叫“马粪”，面包圈叫“白狗”，他的冰箱里应有尽有。好吃是好吃，老吃也受不了，吃得他满脸长疙瘩。后来一见这老四样，他就躲得远远的，没吃就饱了。

所好的是老去看球赛，又把崧荃篮球瘾勾起来了。一米八个头，投篮又准，从中学到大学，他不是校队就是系队。打了那么多年球，看了那么多场球赛，再看底特律活塞队，算是长了见识开了眼。号称谁见谁怵的“坏小子”，在戴利教练打造下，打一场进一步，打进季后赛，直逼总冠军。外行看热闹，内行看门道。活塞队苦等41年后，连拿两届总冠军。秘诀是不只靠进攻投篮，关键靠铁血防守。名将乔丹，大鸟伯德所在球队都败在他们手下。蹭票看球，白吃白喝，算是蹭点小便宜。更大的便宜是在这里崧荃认识了许多人，结交了不少朋友。这是从家去公司上班下班，两点一线的生活得不到的。在家靠父母，出外靠朋友。就是在这个包厢，他巧遇老赛门先生。这位前辈挚友在他人生路上起到了意想不到的作用。

“你也喜欢活塞队?”文质彬彬的老赛门问道。

“铁杆球迷。”

“见到你好几次了。认识你很高兴。”

“我也是。”

两人互换名片。乔治·赛门，美国设备公司董事长。

“中国专家?”

“不敢当。”

“客气。很希望我们尽快再见面。”

还真巧，作为密执安州长访华团成员，两人很快就又见了面。老赛门董事长是商务代表团成员，很想更多了解市场潜力极大的中国。两人成了忘年交，好朋友。

万没想到，这次来底特律，老赛门董事长不仅亲自到机场接机，而且请崧荃去他家里做客。在美国请客人来办公室，常见；请来家里，很少见；让崧茎在家里客房过夜，更少见。按照美国待客习惯，老赛门先生先带领崧茎参观他的豪宅。不看不知道，一看吓一跳。三栋楼，九洞高尔夫球场，游泳池，网球场，一圈转下来半个多小时。边走边聊，老赛门先生轻描淡写地向崧茎介绍了他贫苦起家经历。

只念过高中，“二战”中作为海军航空兵打过多次硬仗，战后退役在设备修理厂当学徒，一干就是6年。一般人就会傻干活儿，他就喜欢刨根问底长知识。美国投入“二战”，不知道要打多少年。为了做好准备，机械设备设计使用年限大大加长。本应10年报废的，延长到20年。等“二战”结束，大多设备还是好好的。机会人人都有，能否抓住就看谁能先走一步。赛门先生不是先走了一步，而是先走了好几步、好几十步，才有了今天。

“现在市场习惯变了。新建工厂，除特别必需的，一般都先去二手设备市场。USED EQUIPMENT.”

“用过的设备。”

“对，又不对。有的旧设备根本没用过。”

“还有这事儿?”

“有，多了。眼下就有一整套四缸发动机流水生产线，许多设备还没开箱呢。”

“那为什么要出手?”

“四缸发动机生产过剩，市场需求下降。”

“中国市场可是急需。”

“绝佳机会。当年购置这套设备花了两个多亿美元。现在要价，你猜猜多少?”

“不好说。”

“要价才二千多万美元。”

“才是原价的十分之一!”

“设备闲置一天，损坏一天。卖家急于出手，价钱还可商量。”

“对我这个外行，简直不可想象。”

“中国市场，你可是内行。请你来，就是商量此事。”

“谁家的设备？”

“你的老东家，通用汽车公司。”

“啊？在什么地方？”

“就在弗林特。通用那家发动机厂要关门了。”

崧荃一惊。离开通用公司前，他还陪中方代表团去那家工厂考察过。

“二手设备可不是仅此一家。我们公司目前有线索的还有三千吨大型锻压设备，新式医疗扫描设备等等。中国市场可能都需要。”

“肯定需要。中国大市场刚刚起步，潜力很大。”

“好！晚餐在家吃烤肉。咱们边吃边谈。”

户外凉棚下，老赛门先生的夫人和两个儿子也来了。吃得那叫香，聊得那叫痛快。两个儿子就在老赛门的美国设备公司工作。家族公司有其特有优势。心连心，心掏心。大事一起商量，小事自己做主。正所谓：打架亲兄弟，上阵父子兵。开拓中国和亚洲市场是他们一致定下来的急办大事。父子三人一再向崧荃敬酒，虽没明说，都期待和他长期合作。对崧荃说，真是恰逢其时，求之不得。他的下步打算，有眉目，有盼头了。

在美国，拿绿卡的还有中国护照，还是中国人。在美国联合技术公司，由于介入一些保密项目，陈崧荃不得不由绿卡变为美国籍，成了“假洋鬼子”。无法挽回的苦涩滋味，只有他自己知道。在异国他乡，对于没了“根”的他，家，就是一切。家，高于一切！

第二十三章

择高处立　就平处坐　向宽处行

•

1989—1995　康涅狄格州　纽约　底特律　俄亥俄州首府哥伦布

回到家里，又遇上一桩他由衷想做的事。通用汽车公司唯一华人副总裁杨雪兰女士给他来电话，请他去纽约她的住所和几位朋友相聚，有要事相商。陈崧茔意外见到了鼎鼎大名的贝聿铭先生、吴健雄女士、大提琴家马友友等名人。大家谈论议题就是建立“百人会（THE COMMITTEE OF 100）”。旨在团结在美华人，促进中美理解与合作。只有被两位成员邀请才能参加的“百人会”，于1990年5月成立。开始只有近四十位会员。作为发起人之一，唯一来自大陆的陈崧茔出任首届董事会董事。

不久，长得比崧茔还高的大卫大学毕业，被奥的斯聘为助理工程师，在总部技术部工作。一家团聚，崧茔也能充分利用业余时间筹划他心里的下一步。还是那句话，“凡事预则立，不预则废。”崧茔先把他在奥的斯负责的大事办妥，理顺。再逐步放风，一年得有半年多出差在外，驻扎天津，家里无法照顾难题着实不好解决。再说，天津奥的斯已步入正轨，他的任务已告完成。1991年，他离开了奥的斯公司。

放弃高职高薪，独自一人下海谋求属于自己，属于陈家的一片新天地，谈何容易。先后离开吉普、通用、奥的斯，一向有依有靠的他一下子放了风筝。过去，每到月底，他的银行账户就会打进工资，心里有底。如今，花一块少一块，只有出，没有进，心里真有些发慌。一向支持他的玉英，嘴里不说，心里也在打鼓。去超市哪怕花几块钱，也得左琢磨右琢磨。按说，崧茔满可以提前着手在国内寻找四缸发动机生产线买主。他却一直等到正式离开奥的斯，才开始和国内有关方面联系。不做亏心事，活得踏实。

国内方面一听是二手设备，卖破烂？根本不理睬。陈崧茬不仅磨破嘴皮，更重要的是寄去译成中文的关键技术材料，还有几十张设备现状照片。国内考察团终于答应来美国考察。老赛门、小赛门、陈崧茬陪同考察团来到已经关门歇业的弗林特工厂。

“陈先生，要是没有你介入，我们还真不敢来。”考察团负责人说。

“您过奖。”

“实话实说嘛。洽谈北京吉普期间，我们见过你。”

“这套设备正是生产吉普需要的四缸发动机。”

“全套设备真的花了两个多亿美元？”

“给你们发去的订货合同写得很清楚。”

“怎么有些设备还没开箱？”

“陆续到货期间，工厂就因四缸机过剩决定倒闭了。”

“美国过剩，中国市场供不应求。”

“大好时机。”

“价钱方面，还请你大力帮忙。”

“放心。设备调整为国内电压频率所需费用，全部运费，由卖方承担。”

“定了？”

“定了。”

“好！”

对中国市场首次试水的老赛门非常尊重信任陈崧茬，建议崧茬酬劳以税前售价10%计算，其间个人发生所有费用自付。成交付款，没成交白干。正式协议经双方签字，各自一份。朋友归朋友，生意归生意，必须分清楚。最后，全套设备以原价的8%成交。拿着老赛门付给他那张大支票，崧茬心里百感交集。挣了钱，当然高兴。可这是挣国内的钱，心里还真不是滋味。要挣就挣美国的钱，那才算真本事！

无依无靠，一个人出来挣蹦，为难事一桩连一桩。由于康州开始征收州所得税，来的人少了，房价暴跌。卖掉康州爱旺镇住房，赔了十多万。到底搬到何处再安家？举棋不定。崧茎和玉英左商量，右商量，最后选定俄亥俄州首府哥伦布。地点居中，便于今后和客户联系。四季分明，和北京几乎一模一样。崧茎开玩笑说，在哥伦布打个洞，从地球这面跳下去，那面就是北京。更重要的是房价适中，比旧金山和洛杉矶便宜多得多。最后，在哥伦布郊区买了栋正面看二层，后面看三层住房。底层地下室有窗有门，走出去就是绿草茵茵的后院。崧茎心里早就想好了，这就是将来起步的自家公司办公室。

立下雄心志，要挣美国钱。崧茎一直在琢磨慈父常和他说的三句话：择高处立，就平处坐，向宽处行。想来想去，他在三句话后面又写了几句。

择高处立：从最高点展现他的特殊才能。瞄准美国五百强公司，主打对华投资咨询业务，创新只属于他的“AD-MANAGE”咨询管理体系。

就平处坐：独创圣诞佳品国内出口美国业务。让中国造圣诞礼品行销到年年都要过圣诞节的美国千家万户。

向宽处行：必须成立自己的公司，不能单打一，要全面拓展。

不是痴人说梦，他有充分根据：

1993年，粮票不再使用。国内生产总值接连翻番。外商投资急速上升。海外公司在中国投资设厂得到法律保护。

1979年，1美元兑换1.47元人民币，1989年1美元兑换3.76元人民币，1991年1美元兑换5.32元人民币，中国出口美国业务快步伐，大幅度攀升。

他万没想到，1994年1美元竟兑换8.61元人民币。那几年，他的美华公司美美地赚了美国大笔的钱。试想，出口美国100万美元货物，在国内兑换所得就是860万人民币。他的合资工厂还享受两免三减半，前两年免交所得税，后三年减半征收所得税。要不是早走这一步，大好机会可就错过了。他心里清楚，挣美国钱，必须得有国内支持。这就是在美创业的独有优势，这也是他的公司为什么命名为“美华公司”。

在美国注册公司再方便不过，可是也有学问。陈崧茔去俄亥俄州务卿办公室，填写一份“创建公司（START A BUSINESS）”表格，他的“美华公司”就算注册成立了。重要的是他先详细看了美国国税局有关材料，又向老赛门先生和他的财务主管咨询，注册的是S-公司（S Corporation），崧茔和玉英作为公司合伙人，崧茔任董事长，玉英任总经理。这样，美华公司就不作为公司征税，而是纳入合伙人个人所得一并征税。既能少缴税，又方便。为了稳妥，崧茔还特请史密斯公司报税。一直到现在，没出过任何问题。在美国，按法纳税，合理避税，天经地义。走进国税局可以坦然询问如何减税，工作人员都认真解答。但有一样，万不可耍小聪明逃税。美国国税局可不是好惹的。一旦被AUDIT（审计查账），麻烦可就大了，一辈子背黑锅。

按照崧茔和玉英既定方针的第一步，动员大卫和晓雷加入公司。是动员，不是命令。不出所料，两个儿子欣然同意。大卫不得不辞去奥的斯工作。由于表现出色，奥的斯工程部领导对他说，什么时候回来都欢迎。晓雷正好大学毕业，结束在通用汽车公司实习，立即就加入了美华公司。上阵父子兵，千真万确。两个比父亲都高的儿子把家里地下室装修成宽阔豁亮办公区。上楼吃饭，下楼实干。一家其乐融融。

一个篱笆三个桩，一个好汉三个帮。陈崧茔咨询管理业务得以迅速起步，一是靠他建立起的声誉，二是靠老朋友推荐。离开吉普公司后，老朋友瑞恩加入著名的A.O.史密斯公司，任财务副总裁。公司急于拓展对华合作，瑞恩先生力荐陈崧茔出任公司高级顾问。老朋友再度联手合作，知根知底，融洽高效。有两个大儿子帮忙，崧茔再也不用耍单杆儿了。最可心的是大卫和晓雷，在国内一个高中毕业，一个初中毕业，都打下坚实中文基础。那时崧茔去贺兰山劳改，开家长会玉英忙得去不了，都是爷爷去。对两个宝贝孙子，爷爷管得可严了。尤其是中文，做好作业后，还得写大字，背唐诗三百首。这都成了他们的宝贵财富。到了美国，大学毕业，英文也呱呱叫。再加上实实在在的专业知识，工作实习经历，大卫和晓雷上了岗就立即叫响。可不像不会中文的华人子女，只能“一条腿”创业，吃大亏了。不是他们家长不搁心，每周一天去华人学校学中文，回到家又说起英文，怎么能成啊？这就是为什么陈家两个孙子，陈力弘和陈力扬，一个上高中，一个上初中，至今还都在国内就读。

有美华公司全面摸底，前期调查，A.O.史密斯公司在国内很快就有了动静。汽车底盘、输油管道，特别是热水器项目，都成立了合资企业。陈崧荃独创的“AD-MANAGE”咨询加管理模式一下叫响了。“AD-ADVISE（咨询）”，“MANAGE（管理）”，合起来“AD-MANAGE”。弥补了只是咨询建议，只是敲边鼓的弱点。陈崧荃在所有外方合资企业里，都兼任董事会秘书，参与董事会大事讨论决断过程。当然，首先是外方要同意。老朋友瑞恩当然赞同，可是还要董事长同意。一次短兵相接较量，不仅说服了美方董事长，也说服了中方负责人。那是在长春汽车制造厂洽谈汽车底盘合资项目的一场关键谈判。

A.O.史密斯董事长有些不大耐烦，“我再说一句，双方就关键议题都已达成协议。律师们就不要再纠缠文字细节了。”

中方董事长连连点头，“完全同意。余下议题我们就不参加讨论了。”

说罢，两位董事长离席而去。余下双方谈判人员和律师非常尴尬。

陈崧荃咳嗽一声，“我提个建议。咱们来个倒计时完成双方最后谈判。明天下午五时前，双方董事长签字文件必须定稿。”

瑞恩副总裁首先同意，“后天机票，我们已订好。再拖下去，谁也负不了这个责任。”

“只好请双方律师连夜加班了。”中方总经理当然不愿担责任。

陈崧荃站起身，“好。我们就在隔壁房间，随叫随到。”

在隔壁房间，陈崧荃也没闲着。就合同文本敏感问题，他既做翻译，又出主意，协调中方总经理和瑞恩副总裁逐一达成协议。陈崧荃当即草拟中英文本，请二位审定。忙归忙，崧荃可没忘了请中方总经理给隔壁房间的律师们送夜宵。

转天，陈崧苼协同中方安排两位董事长在长春参观伪满皇宫，游览南湖公园。自己又和双方律师再议合同最后定稿。结果，中外双方董事长签字仪式在下午就圆满举行。晚上举行盛大宴会，既是庆功会，又是告别晚宴。双方头头们都和陈崧苼干了好几杯，一再感谢他。其实，崧苼心里直打鼓。没留神，宴会上了道长春名菜，炖狗肉。崧苼紧忙关照中方翻译别出声。他心里直犯嘀咕，可美国朋友吃得还挺香。

有了自己的公司，自然还得有自己的企业。凭陈崧苼那点名气，慕名而来的还真不少。可他都婉言谢绝。他的原则是：不参股，不入伙，不求大，美华公司起步，必须得单打独斗，他和玉英好做主。顾问咨询再好，也是给别人干的，总不如给自己干。家底儿不厚，手里没那么多钱，虽说只能小打小闹，但必须兢兢业业。陈崧苼看准了依托国内传统手工艺，生产圣诞佳品，出口美国。

第一步是深入了解美国圣诞品市场，广泛收集样品，结识中美这方面的行家。天下无难事，只怕有心人。崧苼和玉英的艰苦努力，开始得到回报。没想到，美华公司国内企业竟起步在江苏省扬州市的小官庄镇。

天黑得像锅底，雨下得如泼水，一辆旧伏尔加轿车陷在小河边泥土路上。几位当地人打着伞拉开车门。

“车陷住了，我们几个怎么也推不动。只好请二位下车步行吧。”

“没问题。”

崧苼搀着玉英下车，一下陷到泥水坑里。脚拔出来，鞋不见了。

“没关系。光脚更好走。”

风雨中，走了半个小时，远远望见不少人迎面走来。

“陈董事长，孟总经理，真对不起，对不起。”领头的中年壮汉操着独有的宝应县江苏话，一再道歉。

“老天要下雨，您有什么对不起的？”

“唉，耗了好几年，这条路就是修不起来。委屈您了。”

“有什么可委屈的？倒是长了见识。”

走进小工厂，来到仅有的一间办公室。热乎乎姜汤早已备好了。桌子上摆满各种手工艺品，琳琅满目。中央工艺美术学院五年制毕业的孟玉英眼睛一亮。

“都是厂里做的？”

“也有少量外加工的。小官庄镇里都是干这个的，好久了。”

“有多久？”

“不清楚。反正我爷爷的爷爷的爷爷，就是干这行的。”

“卖给谁？”

“我们走不出去，有人来收购。”

“能行？”

“过去只是混个温饱。现在有外贸公司订货。”

崧荃抬起头，“订什么的最多？”

“大多是玻璃挂件，来图加工。这不，最近又下了订单。”

崧荃一看，都是美国市场最低档挂件，竞争激烈，没什么钱赚。

“太晚了，休息吧。明天再谈。”

办公室旁有一间临时整理的小卧室。新被褥，新床单，就是没有卫生间。好在厕所离得不远，只有蹲坑，没有马桶。吃过苦的崧荃和玉英根本不在乎，美美地睡了个好觉。

第二天，在小工厂转了又转，真开了眼。挂件毛坯都是师傅们对着燃灯用嘴吹出来的。挂件衬银都是师傅们戴着手套在衬银池一件件衬出来的，挂件彩绘都是一笔一笔画出来的，从头包到尾。镇上几百户人家，差不多都是干这个的。辛辛苦苦，这点钱挣得实在太难了。

在小厂考察多日，照了无数照片，又和小官庄镇领导、宝应县领导谈了两天。这里的人，从领导到工人，太淳朴，太实在了。留下一些图纸照片，请小厂做样品。崧荃和玉英急忙赶回美国。

再回小官庄镇，崧荃请来一位美国专家，山姆。不是美国招贴画上的那位山姆大叔，是圣诞礼品老专家山姆。个子和崧荃差不多高，说话低声细语，脸上总带微笑。二人在朋友聚会上偶然相识，这次意外机会又把他俩聚在一起。亲眼见到工人师傅手工彩绘玻璃挂件深厚功夫，山姆大吃一惊。认真观察生产流程的极不合理，又让他唏嘘不止。这次来，厂方把镇上祖全中学旧址教室，临时改成了卧房。排排砖房，行行绿树，只有他们二人。清晨，清新空气透人肺腑。夜晚，万籁俱寂正好谈心。两人在绿荫下，沿着红砖甬道走来走去，倾心而谈。

“这里老工人绝佳的彩绘手艺，绝不亚于欧洲匠人。”

“真的？”

“不可思议。”

“可能都因为是祖传。设计方面，这里土点，那边洋点。”

“不只是设计，一人包到底的老式彩绘流程，必须彻底改进。”

“怎么改？”

“老艺人只负责最难的工序，只彩绘人物的眼、眉、鼻、嘴等，其他容易的大面积彩绘，由徒弟们画。”

“让老师傅带徒弟。”

“对！逐步建成彩绘流水线。”

崧茎高兴万分，“这样，质量有保证，产量也上去了！”

二人会心大笑，各自回屋睡觉。

第二天一早起来，二人对视又笑个不止。一夜睡得挺香，就是早上起来洗脸，因为多年不用，水管流出的水都是黄的。没法刷牙，只擦把脸。结果，倒不是黄脸婆，都成了黄脸汉了。

长话短说，扬州美瑞华圣诞礼品有限公司，作为宝应县第一家外资企业，于1995年正式成立。小厂变大厂，占地近百亩，职工数百人。工厂车间安全生产达标，大集装箱卡车下高速公路直达工厂装货车间。陈崧茎还被授予“宝应县荣誉市民”称号。

2015年，公司二十周年大庆。会场设在包装发货大车间。已担任公司总经理多年的陈晓雷主持大会，崧茎和玉英到会祝贺。陈崧茎以“当第一家，创第一流”为题向公司全体员工和到会领导致贺词。

当第一家！扬州美瑞华公司一马当先进入圣诞礼品和花园产品出口市场。产品已行销到美国数十家顶尖大连锁公司，进入近千万美国家庭。尽管后来的同行奋力拼夺市场，我们始终保持领先地位。

创第一流！美国客户和美国家庭对公司质好价低产品非常满意。第一流的产品和服务，让公司在竞争激烈的出口市场站稳脚跟，不断发展。

正是他的理念：当第一家，创第一流，得以确保公司在无比激烈残酷竞争中没有倒下，安然度过多次经济危机、出口萎缩挑战。公司始终保持年年盈利，职工工作有保证，退休员工有照顾。

扬州美瑞华还捐助小官庄镇中小学，捐书给宝应县。

他感谢大儿子，美国美瑞华总部陈大卫副总裁，长年累月奔走美国各地促销扬州美瑞华产品。

他感谢二儿子，扬州美瑞华公司总经理陈晓雷，撇下在北京的家，长年累月精心管理扬州美瑞华公司。

他更感谢数百位员工，和公司同甘苦，共成长，功不可没。

在暴风雨般热烈掌声中，崧茔和玉英都许下承诺，2025年，公司成立三十周年，他们还会来。那时，他们都将八十六岁高龄。公司更多更大成就会让他们更高兴，更幸福，更长寿！

第二十四章

激流勇退　弃商从文

•

1995—1999　俄亥俄州首府哥伦布　北京　宁夏贺兰山

孔子曰:“吾十有五，而志于学。三十而立。四十而不惑。五十而知天命。六十而耳顺。七十而从心所欲，不逾矩。”

陈崧荃曰，吾十有五很好学。三十劳改没立起来。四十不惑离家闯美没犹豫。五十拼搏不知天命意为何？不知不觉快六十，心里开始细琢磨。

事业有成，初具规模。美华公司从家里地下室搬到自己买的写字套间。业务重心除了保住蒸蒸日上的圣诞佳品，开始向高科技领域拓展。不知不觉，陈崧荃已经年近六十了。人家都说七十三八十四是个坎儿。崧荃心里跟明镜似的，人到六十，特别男人到六十，才真是个坎儿，而且是个大坎儿。

崧荃这个信念，还得从河南济源下雁门祖上说起。爷爷陈法元，又矮又瘦，貌不惊人，话不出众，却聪明过人，敢作敢为。跟着父亲从山西洪洞县逃荒到下雁门，先是在荒山野岭上一小片，一小片开荒，后来却有了大发迹。那就是爷爷六十大寿那年。

那年河南大旱。雁门临近一家财主为了还赌债，急于把几十亩棉花地出手。陈法元看准了这个机会，深夜从大树底下挖出了所有积蓄的银元，第二天带着父亲陈怀臻，由中间人领着奔去这家财主大院。中间人也姓陈，算是远房本家。他一路嘱咐可得小心。卖主急于出手，要价虽不高，可地里棉花苗禁不住大旱枯萎无收，那可就赔大发了。陈法元低头赶路，一句不吭。进了院门，到了西屋。那个瘦骨嶙峋的财主正躺在罗汉床上托着根大长烟袋，对着盏油灯，一口一口抽大烟。

“大爷，我把买主给您带来了。”

“钱带来了吗?”

“带来了，都带来了。买主还有个小请求。”

“怎么？还外带条件？我这价可不能再低了。”

陈法元紧忙说：“全按您的价。就是想请您再搭上您在下雁门那小片地。”

“哪片地呀?”

中间人赶忙呈上张手画图纸，“就是这小片地。不大，离您府上也太远。”

“您要是答应，我当下交钱，一分不少。”陈法元一点不含糊。

“看在咱们乡里乡亲分上，就这么办吧。师爷，让他们签字画押，交钱。”

师爷把陈法元一行人带到账房，修改了字据，交给陈法元。大字不识的法元又交给怀臻。

怀臻对师爷说：“师爷，字据改得都对。能否再加上一条：卖主同意在售价内含有下雁门小片地，详情见所附图纸。”

“好，把图纸附上，买卖双方都清楚。你还有另一张图纸吗?”

“早就准备好了，一式两份。”

“你这小伙子真精明。”

“我爹不识字，我代我爹签字，再由我爹画押按手印，如何?”

“倒是有此先例，就这么办。”

买卖双方就这么成交了。谁也没想到，几个月后那六十多亩棉花地不仅得了大好收成，陈家还在下雁门那小片荒地上打出口甜水井，挖了五孔窑洞，建起了陈家窑院。别人以为这是陈法元走运撞上了，只有怀臻知道，父亲领着他翻沟过坡，请当地老人抽旱烟，喝老酒，一扯就是大半天。敢情那一个来月的奔跑都是在做深入谨慎调查研究。原来这就是私塾陈法培老师教导他的“凡事预则立，不预则废”。后来爷爷对父亲说，他深信那年棉花地能有好收成，而且早就看上下雁门这小片荒地，知道在这儿准能打出井来。老人还说，安家要看风水，家后要挡风，家前要有水，全家才能兴旺。算是应着了这句话，从此以后，下雁门陈家还真兴旺了起来。喝水不忘挖井人。后来河南大旱，死了几百万人。多亏有了陈家窑院这口井，下雁门乡亲和陈家后人才算活过来。

父亲六十岁那年，可就大不相同了。二十一岁，离开下雁门，步行三千里进京赶考。北京大学法文系毕业，成了五个大学的布衣教授。日寇侵华，愤然辞去教职。弃文从商，竟成了京城豪富、暗助北平地下党的红色资本家。新中国成立后，献出120间房的陈家豪宅给全国供销合作总社做办公地点。抗美援朝捐了架飞机。接着响应号召又投资工商业。但是，天有不测风云，人有旦夕祸福。1957年，父亲年到六十，在他自己的工厂劳改，烧了五年锅炉。从此，陈家一头栽下去，再也没爬起来。那些年，父亲结核病复发，瘦了，可还提起精神看书写字。父亲特意给崧茬写下陆游的一首《卜算子》词。“文革”时连同四旧文物都烧了，可崧茬一直记在脑里，化在心中。

驿外断桥边，寂寞开无主。
已是黄昏独自愁，更著风和雨。
无意苦争春，一任群芳妒。
零落成泥碾作尘，只有香如故。

崧茬四十一岁来美国，拼搏到如今，竟也快六十了。简直不敢信，可不信也得信。再看大卫，已过三十。晓雷，年近三十。“三十而立”，自己没立起来，可绝不能再耽误两个儿子。

那些日子，崧茬和玉英常回国，但都忙于工作，很少有别的消遣。这次回国，忙完了高科技项目投资建厂大事后，出乎玉英意料，崧茬竟拉着她去了宁夏银川。

在火车上，崧茬一路没闲着。从1971年玉英送他去贺兰山说起，把他在贺兰山那两年受的苦，用汗和血炼出来的本事，全实实在在告诉了玉英。许多细节，玉英还是第一次听到。到了银川火车站，接站朋友早已候在那里。

“郝队长，您还认识我吗?”

鬓发花白的大汉紧忙戴上眼镜，“陈崧莛？崧莛！我真不敢认你了。”

“二十多年了，变了，都变了。这是我夫人，孟玉英。”

“常听他说起你。欢迎，欢迎你们来。快上车吧。”

银川变了，大变了。再也不是“一条大街两个楼，一个警察守两头”的老银川了。车到市中心，在一家富丽堂皇的高级酒店门口停下来。

“这是刚刚开业的宁夏凯达大酒店。房间订好了。”

“郝队长，时间还早，要不咱们开车先转转。”

“也好。你一准都不认识了。”

开车转来转去，真的都不认识了，都是新建的。连崧莛当年坐卡车一个月来一次的百货大楼也重建了。

“这儿离当年咱们农场还远吧?”

“远着哩，明天去。还是回饭店休息吧。”

“离那家羊肉泡馍馆近吗?”

“哪家?”

“就是1972年我临走前咱们去的那家。”

“在，还在。可火了。”

“咱们就去那家。”

小泡馍馆成了能容百十来人的大饭店。掰着馍，就着凉菜喝老酒，连司机一起四个人聊得那叫痛快。郝队长早就退休了。司机是他儿子，开了家小汽车修理厂。老人常去帮把手。好人得好报，日子过得挺美。

“常听我爸说起你。人好，京戏唱得也好。”

“当年，你爸老是照顾我们这些劳改的。农场咋样?”

“早就不在了。树倒猢狲散，今非昔比啦!”

羊肉泡馍端上来了，热气腾腾，那叫香!

第二天开着车翻岭过沟，终于找到了当年的农场。乌鸦成群，杂草丛生，一片荒地，一片凄凉。当年的大食堂兼会场已被烧成废墟。残垣断壁上当年的标语仍依稀可见。

“当年你们住的帐篷就在这儿。”郝队长指着一片黄土地。

“应该是。离大食堂不远。”崧荃拉着玉英走过来。

“照张相吧。”郝队长儿子建议。

“对，留个纪念。”

“忘不了哇，”郝队长感叹万分，“夏收前，你们一大早去地里给拖拉机开道。蒙着头，扎紧衣裤，拿着镰刀猛干一早晨。小咬儿把你们咬得遍体鳞伤！”

“小咬儿？”玉英不解。

“这儿夏天特有的毒蚊子，扎堆，见谁咬谁，打死都不飞。”

“我最惨。皮肤过敏不说，小咬儿专咬我。全身都烂了。”

“你还让我往你身上抹酒精。疼得眼泪哗哗掉，一声不吭。”

那时候，崧荃眼泪哗哗掉。这时候，玉英眼泪哗哗掉。

晚上，崧荃做东把能请到的农场老人都请来了，在凯达大酒店宴请大家。这些农场老人都是老实巴交的好人，对崧荃他们格外照顾。大家边喝边吃边聊，亲如一家。知道崧荃一家在美国闯得挺好，特高兴，都嘱咐崧荃常回来看看。

宁夏，银川，贺兰山，崧荃永远忘不了。在这儿，他吃了苦，也转了运。1971年，“九一三”事件后，他才得以回到北京。再说，在这里入死出生的历练，书生变成能经风雨的铁人。知恩须报，后来崧荃应聘兼任宁夏大学客座教授，还应邀举办了多次对美合作讲座。

回北京还是坐火车。崧荃和玉英聊了一路。没说别的，全是他把儿子们推上去，自己激流勇退的打算。玉英一百个赞成，一再说该歇歇了。

歇歇？崧荃可没这么想，有太多事要做了，都是以前想做没法儿做，后来想做没空儿做的那些心里事。

一向不大喜欢商务活动的陈崧茳之所以在商海拼搏那么多年，一是得养家，供两个儿子上大学。二是不服气，他就不信不能出头。至于钱，他和父亲一样，看得很轻。挣多少钱算够？一个人一个想法，一个人一个主意。但从他耳闻目睹的活生生事例中，他逐渐明白了，钱越多越受罪，钱越多越不是自己的。有些积蓄存款，可不是为发财，为的是心里安稳。常说“知足者常乐，能忍者自安”。崧茳改了个字，“知足者常乐，能稳者自安”。

但是，“知足者常乐”，崧茳却没做到。他不能等什么都明白了再常乐。如今，无“官”一身轻，他得抓紧干些自己最喜欢的事，赶紧偷个乐儿。不用说，第一个乐儿当然是京戏。

在许多老朋友帮助下，用小半年时间，中国唱片公司为他录制了四盒京剧录音带，一盘CD，两盘VCD。四盒录音带包括了陈崧茳演唱的五十多段裘派唱段，几乎包括裘盛戎先生所有主要唱段。平时是唱着玩儿，这次进录音棚，在专业乐队伴奏下录音，完全不一样。光是那段集二黄导板、回龙、原板、碰板、散板之大成的《探阴山》，崧茳在家反复听裘盛戎先生各个年代录音，反复琢磨，反复推敲，半个月没出门。自己觉着没什么问题了，可进了录音棚，对着麦克风一张嘴就冒调了。平安里附近的录音棚曾经给裘盛戎先生和其他京剧大师录过音，特专业。崧茳站在密闭录音间麦克风前。文场（京胡、京二胡、月琴、三弦、大阮、中阮、唢呐、笛子、海笛子等），武场（大锣、小锣、铙钹等），乐队指挥（俗称打鼓佬，兼打堂鼓）在另个房间，都得听录音调控盘旁录音监制指挥。崧茳戴着耳机，听着伴奏，指挥一挥手，开唱。总监制很内行，改变了原来计划，先从短唱段录。崧茳渐渐适应后，才开始录制《坐寨盗马》《赵氏孤儿》《探阴山》。有了录音经验，陈崧茳开始录制裘派名剧《姚期》。

全剧录音录像过程，让崧茳身受一次深刻教育和全新经历。为了确保录音和录像质量，必须先录音，后录像，不能同时进行。《姚期》的前期录音是全剧所有演员聚齐，分段录。不但录唱段，还要录念白。

导演必须掌握好节奏，以备和后期的录像同步。例如，《万花亭·姚期见驾》那场，平时是伴奏跟着演员节奏。现在是要求崧荃上台阶、转身、抖袖动作必须在十八锣伴奏中完成。集体录音更费事。好容易唱念都满意，不知哪位不留神咳嗽一声，那段录制就得作废重来。多亏崧荃从小儿打下的功底，不但板眼瓷实，而且韵味十足。配合崧荃的所有专业演员不停叫好。可是到后期录像，崧荃欠缺身段基本功，让他遇到极大挑战。另外，一米八个头，没处找这么长行头。崧荃只好请专业做戏装的老师傅给他做了三身蟒袍：白蟒，黑蟒，蓝蟒。当时还允许用金线绣戏装。绣蟒袍的两位老师傅非常珍惜这个机会，用了几个月时间，精工细作完成了他们最后的心愿。

现场录像是在北京戏校排练场大舞台上进行的。梅兰芳京剧团众多演员助演。崧荃勾脸，穿好戏装和厚底靴，再戴上盔头，得有两米高。出演大太监的朱锦华先生是裘盛戎先生亲外甥。他不断赞叹，真比当年金三爷（著名京剧花脸金少山先生）还高出半头。后期录像和实况演出完全不同。在舞台上，一边播放前期录好的录音，演员们一边跟着节奏完成所有动作。但是只走身段，只张嘴，不出声。要不是崧荃从小就受到京剧熏陶，真不敢想象一天时间就把后期录像完成了。就说那十八锣上台阶身段，崧荃在家里至少练了三十多遍，才在正式录像时一蹴而就。有了录制《姚期》的经验，陈崧荃特请京剧大家谭元寿先生合录《将相和》。完全按照当年谭富英大师和裘盛戎大师的路数。诚惶诚恐，崧荃只觉得还算说得过去。没想到谭元寿先生对他的唱段做工称赞不已。崧荃心里明白，这只是对他的鼓励。真正让崧荃感激难忘的是这几部录音和录像既是他送给京剧爱好者的礼物，又是传给后人的纪念。同样难得的是那三件金丝刺绣的蟒袍，永远那么精致，那么鲜艳，永久，永远。

《陈崧荃京剧录音录像选集》出版发行后，崧荃应邀参与各地京剧活动日益频繁。他尤其喜欢参加北京京剧票房的活动。票友界能人太多了，演唱水平堪比乃至超过目前专业水准。有一天，他应好友、前门大碗茶创始人尹胜喜先生邀请，去前门老舍茶馆参加票友的一次大型聚会。上了二楼，刚走进茶馆就见一位淑女背影，高个儿，细腰长腿，黑底儿红花旗袍，眼前一亮。接着一阵熟悉的香风扑来，清新，迷惑，又那么熟悉。

“梅乐笛？”

“啊？司谛文。等候多时了。”

“真是巧遇。”

“无巧不成书嘛。我是今天晚会主持人。请问，您准备唱哪段？”

“今天纯为欣赏各位名家演唱而来。”

“那可不行。今天受邀嘉宾都要助兴，您务必要捧场。”

“好，恭敬不如从命。那我就唱《将相和》廉颇在府中那段二黄导碰原吧。”导碰原，就是导板、碰板、原板的简称。

“好。您请坐。”淑女一阵风似的飘走了。

晚会不仅有专业名家，还有来自香港和台湾的名票。气氛非常热烈。陈崧荃尤其欣赏一位盲人票友唱的那段《审潘洪》。地地道道金少山先生的金派。一如演出身段，坐在地毯上，一句导板就引来暴风雨般掌声。在公开场合下，陈崧荃经常演唱《将相和》。廉颇老将负荆请罪，不仅传为佳话，也给后代树立了榜样。回到后台，梅乐笛悄悄递给他张纸条，“请等我。”

持续近两个小时的晚会尽情而散。崧荃还没走出老舍茶馆大门，就见梅乐笛一阵风似的跑下楼来。

“你住在哪儿？”

“香格里拉饭店。”

“太巧了，我也住那儿。”

“我开车来了，一起走吧。”

在车上梅乐笛告诉崧荃她读过许多报刊对他的采访，特别是《人民日报》头版刊登的《有酸才会有甜》和《中国企业报》刊登的《选准跃入世界经济大循环的突破口》。说着，很快就下了西三环紫竹桥。

梅乐笛请崧茎到饭店咖啡厅接着聊。

“要点什么？”

“随你。”

“饱吹饿唱。您一定没吃晚饭。”

猜得真准。

“要不要一份三明治？”

太好不过了。

“别只顾我，你要些什么？”崧茎好容易找到机会发问了。

“就要红茶。”

合着全是给崧茎点的。小坐片刻成了促膝长谈。

“早就想联系您。”

“怎么等到今天？”

“您可是大名人，怎么好打搅您。”

“这话就说远了吧？”

“还有……”欲说又止。

“什么？”

“我母亲身体不好。我心情也不好。”

“有什么能帮忙的？”

梅乐笛沉默良久，双眼湿润，“太晚了。”

“那也要想尽一切办法。”

“该做的都做了，能做的也都做了。我妈说，这是天意。”

两人沉默半晌。

“凡是我能做的，一定打电话给我。这是我的名片。”

“早就自己干了。”

“真好。”

两人似乎都有话要说，可又都欲言又止。

两人各自回房间。崧茎久久不能入睡，梅乐笛的眼神和声音更让他觉得那么熟悉。特别是她身上飘出来的独特香风，更是让他觉得困惑。他的思绪渐渐远去，不停地追思以往岁月。似乎在梦中，可竟然又清醒地想起他和袁丽芬在大同云冈石窟那次相会……

崧茬年满六十，正式退隐。不是退休，因为他“休”不了，还有很多事要做。美华公司，他只任名誉董事长，玉英只任名誉总经理。任副总经理的大卫和晓雷分工负责公司在美国业务和中国业务，让他们放手去干。家都交给能干的玉英管。他自己开始构思他的第一本英文自传文学小说：《RED CIRCLE》（《红圈》）。他写了首诗，作为激励和纪念：

花甲心志

遥念京都魂天界，
背井离乡生死别。
壮志未酬终生憾，
跪祭高堂泪泣噎。
立身何求荣华贵，
创业全为心气谐。
弃商从文豪情在，
日过中天笑耄耋。

第二十五章

新世纪　新挑战

•

2000—2001　北京　哥伦布　百慕大

新世纪之初，2000年5月1日，二儿子陈晓雷和胡薇薇在北京香格里拉饭店举行了盛大婚礼。如此隆重场面，在陈家还是第一次。回想陈家人的婚礼，足可以写一部真人真事的历史小说，还可以拍部电影和电视连续剧。崧荏连名字都想好了：《九婚九重天》。

慈父慈母的婚礼是1923年在北京办的，而且办了两场。正式婚礼前，先在他们住的马圈胡同大杂院办了几桌席，答谢一直照顾他们的街坊邻居。慈母事先告知大家只是答谢聚会，不收份子钱。那天都是从德胜斋叫的饭菜。大家伙儿吃着又习惯，又可口，又亲热，又高兴。

正式婚礼是在宽街亮果厂饭庄办的，既简单又隆重。慈父身着长袍马褂，慈母一身紫红衣裙，绾起的长发上扎着红彩带。一位是北京大学法文系高才生，一位就读于北平女子师范。郎才女貌，天配良缘。婚后，父亲主外，毕业后在五所大学教书。母亲主内，带孩子理家。夫妻恩爱，子孙满堂，后来成就了一番大事业。

崧荏大哥大嫂婚礼是在新中国成立前陈家发迹时办的。大哥是黄埔军校十四期毕业生。抗战有功，晋升为少将副师长。大嫂是清华大学历史系毕业生，吴晗先生的学生。婚礼在南长街欧美同学会举行。数百位客人左等右等喜车还没到，只好先坐席上菜吃喜宴。几百人西式大餐刚上了罗宋汤，喜车到了。客人们一窝蜂似的跑出门一睹新郎新娘风采。接着举办新婚仪式，然后重新上汤上菜摆喜宴。那排场在陈家算是头一份。

崧荏三哥婚礼是北平围城前办的，在中山公园来今雨轩。三哥在上海交通大学航空系毕业后返回北平，还带回来个未婚妻。没过门的儿媳妇娘家姓姚，药铺买卖可大了。专卖自制的小儿“平热散”和“一粒丹”。姚家全都从上海去台湾，就这位姑娘不去，硬是跟着三哥来了动荡不安的北平。虽说国军节节败退，陈家是走是留还在犹豫，婚礼必须办，还要办好。来今雨轩高搭凉棚，迎来百多位来宾，婚礼婚宴颇够排场。

崧荃大姐结婚是在北平解放后，正赶上陈家从原贝勒府豪宅搬到东四炒面胡同小院。大军进城，不骚扰百姓，大冬天的都睡在街上。北平改名为北京。没了恶霸，没了小偷，没了妓女。多了为人民服务的新干部，新举措，新气象。陈家看在眼里，喜在心头。崧荃大姐和大姐夫都是北京农业大学学生，响应勤俭节约号召，婚礼就在家办的。简单，可都挺高兴，也挺有意义。

崧荃二姐婚礼是在东安市场森隆饭店办的。二姐毕业于北京医学院。二姐夫毕业于河北农业大学。那时陈家正享受新中国成立后最好的那几年。社会稳定，万象更新。身为北京优抚工作委员会副主任的父亲创建了“永泰工具厂”，身为工商联妇女委员的母亲创建了“大生牛奶厂”。婚礼那天办了五桌席，连菜带酒算在一起才用了不到二百元。那时物价不但便宜，而且没假货。全家给父亲在东单饭店过生日，两桌席，才花了二十多元。崧荃正在灯市口育英中学上初中，午饭一碗鸡汤馄饨，两套香喷喷烧饼夹肉，一共才两毛五。那几年的日子过得太美了。

崧荃和玉英婚礼是“文革”前在萃华楼办的，两桌菜，只是两家亲人。崧荃毕业于北京外国语学院英文系，玉英毕业于中央工艺美术学院建筑装饰系，都是五年制。时过境迁，那时可大不如以前了。全国大炼钢铁，炼出的都是废渣。三年自然灾害。父亲已经在自己的工厂烧锅炉。崧荃和玉英的新婚衣服，都是在旧货店买的，可都是没穿过身的。崧荃那套中山装，原是体育运动员出国服装，至今还保存在美国，留个念想。崧荃一直觉着对不起玉英，连婚纱都没穿过。他们六十岁那年，他和玉英在北京补了张结婚照。穿着白纱婚服，玉英哪是半老徐娘，还像当年那么漂亮。

崧茬妹妹结婚时陈家可就惨了。正是“文革”抄家后第三年。所谓的婚礼就在父母从家里被赶到的那间小南屋里办的，至今都是全家最大遗憾。崧茬被关在牛棚，没能参加。父母最疼爱的妹妹和妹夫是北京第二医学院同学。刚结了婚，就被分配到甘肃合水农村卫生院。干了8年，吃了8年粗粮加咸菜。两人一年到头攒钱，为的就是探亲回京看望老人。

从新中国成立前，到21世纪初，陈家的这些婚礼，包括陈大卫在北京的隆重婚礼，似乎画成了一个圈，转来转去，又转回来了。时代和内容不同，路走得坎坎坷坷，可越转越红火。就如同个红圈，对，红圈！

还别说，有了红圈这个念想，心里的劲头和以前大不相同。虽身在美国，心却越来越想生他养他的北京。崧茬和玉英在北京首家允许外国人购房的西三环华澳中心买了两套单元。一套自己住，一套作为美华公司北京办事处。一共300平米，花了40多万美元，美元付款。真是鸟枪换炮，今非昔比了。在美国哥伦布，40多万美元能买一栋比这还大，带花园车库的漂亮大洋房。

可也别说，中国确实有了大发展。2000年国民生产总值相当于1980年的6倍。私营企业的贡献占中国工业总产值的三分之一，占消费品零售总额的三分之二。中国和美国2001年贸易额达到805亿美元，是1979年的32倍。美华公司开发的中美合作贸易项目，取得了惊人的好业绩。崧茬开创的从美国向中国进口二手设备，除了工业设备，还有核磁共振等医疗设备。原来国内朋友们脑子里的“破烂货”，成了市场抢手的热销设备。不仅省了钱，还顶了大用。但是，也有不尽如人意之处。失业持续增加，假冒伪劣商品充斥市场，贪污腐败，一切向“钱”看。人与人之间真情少了，传统美德少了。面对铁的事实，有好有坏，有得有失。到底是怎么回子事，前景是喜是忧，陈崧茬也直犯糊涂。

就在这节骨眼，崧茬突然接到刘叔（刘师长）助手周秘书电话，问他是否在北京，如在，速去北京医院。不去那幢小楼，去北京医院？

崧荃立即赶到北京医院。早已等在那里的助手领他去后楼单间病房。刘叔坐在沙发上正看报。

“刘叔，您怎么住院了？”

“例行检查，没什么大事。你近况如何？”

“正要告诉您，我已经退下来了。”

“退下来？多大你就退了？”

“不小啦，我都六十了。”

“你都六十了？岁月不饶人。我怎么能不老呢。”

“您是老当益壮。”

“壮不起来喽。周秘书，今天能不能破个例，我和崧荃少喝点？”

“医生可不让您喝酒。”

“就喝一点，总行吧？”

周秘书无奈走了出去。

“几句要紧话，你听好。”

刘叔低声说道，虽多方努力，那件国宝仍下落不明。但是，几经周折，“文革”中抄陈家，拿走国宝的那个王队长找到了。崧荃大吃一惊。正要往下说，周秘书端个盘子走进来。几小盘下酒菜，一瓶红酒。

“怎么，连瓶五粮液都不给？”

“这就算破例照顾您了。”

“一起喝点？”

“您二位好久没在一起喝酒聊天了。我就在外面，有事叫我。”

说着，周秘书走了出去。崧荃给刘叔倒酒，手都有点发抖。

“没想到吧。来，先干一杯。”

二人举杯，一饮而尽。

“没想到，完全没想到。”

“谁都没想到。这小子本不姓王，他姓董。”

“啊？”

“更没想到，他竟是京城姓董的儿子。”

“啊！号称京城董爷之子？不都烧死了吗？”

“没有。他和他妈先溜了。”

“溜了？”

“姓董的一手安排。他知道形势不妙，要出事。董府大火之前，他就让他媳妇带着这个独生子离家出走，去了包头。”

“后又改姓王？”

“对。最后叫王汝贞。”

“最后？”

“改了好几个名字。为了钻到北京，还和北京姑娘结了婚。”

刘叔话语有些犹豫。

“还有了个女儿。‘文革’前又离了婚。”

“怎么找到的他？”

“说来话长。来，再喝一杯。”

接着，刘叔细说整个过程。就是这个王汝贞，从他妈那里得知了东厂胡同家被焚，他父亲被杀的细节。也知道了和童掌柜童家的世代冤仇，屡次败给陈家的经过。凭他心计和钻营，“文革”早期成了红卫兵“联动”组织得力成员。后又钻进总后勤部，成了邱会作一伙亲信。查抄陈家就是他一手策划的。

“您是怎么知道的？”

“四人帮倒了，黄（永胜）吴（法宪）叶（群）李（作鹏）邱（邱会作）垮了，他这个死党帮凶也被隔离审查。”

“他就都招了？”

“没有。一言不发，耗了几年。后来，这小子疯了。”

“装疯卖傻。”

“开始装疯，想蒙混过关。后来真疯了。”

“真疯了？”

“真疯了。以前他逼着受迫害人写认罪书。在精神病院，他自己写起认罪书来了。天天写，写了一大摞。”

“真坦白交代了?”

“这小子怕死。反复核实，交代的基本是实情。”

“有关于抄我们家的事?”

“有。还有关于你的。”

“关于我的?”

“美国FBI找过你吧?”

“找过，还准备让我上测谎椅。”

“他匿名告的密。”

“啊?”

“他还向多处邮寄匿名告发信。”

“啊!”

“包括美国通用公司、美国联合技术公司等等。”

“我都不知道。”

“说明人家相信你。记得那张画像吗?”

“在您那小楼里，记得。”

“还真起了作用。他交代了抄你们家，偷国宝罪行。”

“国宝有了下落?”

“没有。这小子偷国宝，不是为钱，是泄私愤。”

“图报复。”

“这件宝物在他手里倒成了累赘。不敢走私出境，更不敢卖给下家。他把国宝埋在了潭柘寺笔架山一棵松树下面。”

“怎么就找不到?”

“按照他交代的路径，画的图，在笔架山找到了他说的那棵松树。周围掘地三尺，什么也没有。”

“他说谎?”

“不像。找到国宝，他还盼着减轻罪罚。”

“国宝真就石沉大海了。”

“不在海里，还在山上。真是对不起陈教授，对不起国家。”

谈话戛然而止，酒也没再喝下去。失望心情溢于言表。

想不到，这竟是崧茳最后一次见到刘师长。久经沙场，久立战功，又久经折磨的刘师长早已身患心脏病。去世后，按他嘱咐，不通知朋友，骨灰都撒在东北老家旁的镜泊湖中。

这些事，崧茳没敢告诉家里人，更没敢告诉玉英。往事不堪回首，心里空空的，沉沉的。玉英见他总是孤言寡语，拉着他出去走走，乘游轮去久负盛名的百慕大。这倒正是他想去之处。他忘不了马克·吐温那句名言："你如愿意，可以去天堂。我则情愿去百慕大。"

他俩精心计划了一次驾车加游轮长途旅游。驾车从哥伦布出发，游沿途国家公园、古战场、乡村小镇。优哉游哉到了纽约，把车停在曼哈顿哈德逊河畔停车码头。登上NORWEGIAN大游轮，开始两夜一天的航程。

能容几千人的巨大游轮，应有尽有，富丽堂皇。他们的单间卧室在第六层。面向大海，大卧床、大电视、大沙发，还有宽绰洗澡间。盛大接风晚宴后，剧场还有百老汇歌舞团盛大演出。一夜好睡，第二天已是2001年9月11日。

早餐点的是送到房间的双人套餐。边吃，边看电视新闻早播。都是老一套，崧茳去阳台欣赏海景。突然，新闻早播停了。

"崧茳，你看这是什么？"

"什么？"

"快来，怎么飞机直在大楼顶上转？"

崧茳走进卧室，"插播电影广告吧？"

"怎么还在转？"

"准是007电影预告。"

"那怎么没声音？"

"啊！大楼冒烟，冒烟了！"

"炸了！"

说着，砰的一声，节目断了，电视一片漆黑。下意识地看了看表：

凌晨八时四十八分。突然，响起紧急广播。通知大家原地别动，等候通知。接着又告知，没在卧室的游客迅速去大剧场。游轮还在前行，时间似乎倒退。大楼冒烟被炸画面一直盘旋在脑海里。静默无言，不知说什么好。

又响起通知，想得知初步信息的游客，请到大剧场。崧茎和玉英来到大剧场，已座无虚席。站在那里等了许久，船长沉痛地向大家报告。

纽约世界贸易中心110层双子大厦被两架民航客机撞塌了！

华盛顿五角大楼一角被一架民航客机撞塌了！

另一架民航客机在距离华盛顿特区仅20分钟飞行途中坠毁！

后来得知，本·拉登基地组织策划的这次恐怖活动，三架被劫客机均得逞，只有一架被劫客机因乘客舍命反抗，于途中坠毁。

大剧场哭声一片，人声嘈杂。大部分游客都来自纽约附近地区，心急如焚，不断提问如何和家人取得联系，如何返程赶回家中。那时还不知道，已有2996人遇难，6291人受伤。这是美国有史以来受到的最严重的恐怖袭击。给美国造成两千亿美元损失，给世界造成损失达一万亿美元。

说起来也神了。就在事发当天下午，游轮前面突然出现巨大沙柱，急剧扭旋，冲天而上。沙柱越来越粗，越来越高，直冲天际。崧茎和玉英摇摇晃晃站在甲板上，抬头凝视全过程，足有十五分钟。忽觉游轮离沙柱渐渐远去。后来听广播通知才知道，这就是龙卷风。为避险，游轮改变了航道。这是崧茎和玉英第一次，也是至今最后一次亲眼看到龙卷风。看来，对9·11惨案，老天也在发怒了！

大游轮变成了大难民营。除了供应餐饮，停止一切娱乐活动。大剧场的新闻发布会带来的都是更揪心的坏消息。到了风景美不胜收，以“避税天堂”闻名，离岸金融资产仅次于伦敦和纽约的百慕大，崧茎和玉英这些没受直接牵连的游客还按计划游览，那些身受牵连的游客就待在饭店，想方设法赶回纽约。

说实话，崧荎和玉英就算是参加事先安排好的岛上游，也是心不在焉，但还是被这小岛的美妙神奇打动了。面积53.2平方公里，人口只有6万多，GDP却接近60亿美元，人均值全球最高的地区之一。每年游客约有50万人。世界文化遗产圣乔治城、博物馆、水族馆、水晶洞、教堂湾（Church Bay），都去了，可又都忘了。唯一存留脑海的是湛蓝的海水、红色的沙滩。似乎大海也在流泪，沙滩也在流血。

游轮返航，没去纽约，却去了波士顿。船长亲自解释，纽约一直戒严，只能如此。会有大巴车免费送游客去纽约。崧荎和玉英到了纽约港口他们停车所在码头，车都不见了，却停靠着一艘挂十字旗的大军舰。周围都是持枪士兵。一位军官过来解释，此处已作为紧急抢救码头。所有停的车都被移到另一码头，会有车送他们过去。好家伙！得有多少吊车把那么多车移走啊。

在另一码头找到车，完好无损。跟着指示牌，崧荎开车进入市区。车开得很慢，玉英瞪大眼睛观看周围情况。人少，车少，大多商店和饭店都关门歇业，静悄悄的，秩序井然。通往贸易中心所有路都封闭了。连口饭都没吃，连口水都没喝，崧荎和玉英离开了纽约。一向繁华喧闹的纽约，如今像个死城。崧荎心里一阵阵发紧，今天算是熬过来了，明天呢？这次算是熬过来了，下次呢？

第二十六章

安度危机 《红圈》获奖

•

2002—2009 俄亥俄州哥伦布 北京 底特律

2002年4月26日，久盼之中，崧茔和玉英的大孙子在哥伦布降生。崧茔给他起名为力弘。早就想好了，而且都排好了队：力弘，力扬，力中，力华。弘、扬、中、华，中间都是“力”字。要想有出息，必须都得以“力”为先。就从这天开始，陈崧茔开始构思他的第一部著作，自传文学小说《RED CIRCLE》(《红圈》)。

为了陈家有个安稳舒适的窝儿，也为了迎接陈家后人，崧茔和玉英已经买了处大新居。绝不是为排场，是为了全家老少都能住进去。说起排场，陈家是有教训的。那还是新中国成立前。

在河南济源下雁门窑洞里出生的陈怀臻教授，说是为“陈家房产”再树块大招牌，实际上就是为争这口气。用了两年时间，动用大量人力物力，花了不知多少钱，硬是把住着乞丐群、流浪汉、大烟鬼的破烂不堪的贝勒府，翻建成响遍北平的陈家豪宅。六进院落，一百二十多间房，五亩多地的大花园和菜园。连同济源老家来人，最多也就住了陈家三十多口人。多余房间或让好友白住，或租给他人。说真的，从1942年到解放初，陈家真是没过过几天舒心日子。白天应酬宾客，夜里防盗防贼。大黄狗和小黑子一叫，一宿都睡不踏实。崧茔在这座豪宅住了七年，往事如烟，就记住了菜园那口井，还有从郎家园移到花园那七棵大枣树。按照父亲规定，陈家孩子都得去菜园摇辘辘从井里打水种菜、种麦子。嘴里还需背唐诗：“锄禾日当午，汗滴禾下土。谁知盘中餐，粒粒皆辛苦。”小崧茔不做作业爬树摘枣儿，大人们可就不知道了。那枣儿，酥脆甜香，掉地上就碎。

在陈家豪宅，孩子们难得和父亲母亲一起说说乐乐。可是“文革”

后期，除夕过大年，全家倒有了聚在一起的机会。父母家都抄了，二十多口只能团聚在崧茬在北京三里河的单元房里，苦难中求个乐儿。大家动手包饺子，准备下酒菜。慈母和的馅儿，慈父捏的饺子，大家吃个没够。除夕夜，都轮流到小阳台上放二踢脚，到楼下放烟花。年夜饭吃过后，孩子们困了，都在地上打地铺。大人们轮流上庄打麻将。在另外一间屋，一群半大小子和姑娘席地而坐，听崧茬说书讲故事。最爱听的是《基督山恩仇记》。一讲就是一夜，这些孩子听入了迷，憋着尿，连厕所都不去。也难怪，就一个小厕所，哪儿够这么多人用的。

在美国，自己说了算，谁也管不着。大体说，在美国买房有几种人。

极少数人为的是讲排场，结果差不多都遭了罪。因为他们买房不是为住的，是为看的。俗话说，“人前显贵，背地里受罪”。一点不假。老是揪着心，怕偷盗，怕抢劫，更怕丢命。再说，能有多少人去他们家看阔气呢？那不是吃饱了撑的吗？

多数人买房是为了安家过日子。务求地区安稳，让孩子们就近上好学校。钱宽裕些，买套大的。不宽裕，买套中型住房，也过得挺美。崧茬和玉英就属于这类人。

大多数人买房就是为了有个住所。什么都好说，价钱必须便宜。小房子里也是一应俱全，虽说挤了点，住得也挺舒服。

少数外国人，特别是国人，近年来到美国买房投资拿绿卡之风颇盛。撇开那些外逃贪官奸商不说，差不多都上了当。不会英文，两眼一抹黑。难上加难，一环套一环，无底洞。纯粹是花钱找罪受。

说也巧了，崧茬和玉英买的这处新居，原是美国一位篮球明星在建新居。号称小乔丹的这位球员身高近两米。屋子高高大大，特宽敞。特别是高屋顶，正合崧茬心意。过去受压那么多年，压得透不过气。这次，可得痛痛快快透口气了。底层宽大豁亮，几扇大镜子前是练功场地。壁炉前全套沙发，外带宽银幕放映设施。还有会议桌、圆饭桌、烤箱冰箱吧台、蒸汽浴、桑拿，一应俱全。二楼，三楼，大客厅，大餐厅，大厨房，大卧室，总之按照原主人要求，什么都又高又大。唯一有些奢华的是竟有六个洗澡间两个卫生间，太多了。再说有蒸汽浴就够了，何必还要有桑拿？崧荃唯一得意的是他那间书房。高顶，宽敞，上下十二扇窗户，还有一整套电视录像录音播放设施。挂上慈父慈母相片，摆上从北京带来的老物件，心里那叫踏实。

要说真是天意。这位篮球明星在芝加哥公牛队打得挺好，为了多赚钱，又换到七六人队，又换到更差的二流队。最后，干脆去欧洲打球去了。这所房子紧忙完工后，急于出手，没要太高价。帮崧荃买房的中介，借口有些地方还未彻底完工，又压了价。双方立即成交。至今，崧荃和玉英还住在这儿，而且要世世代代传下去。这儿就是陈家在美国的根。

过去没钱不用说，现在有些钱了，崧荃还是始终不忘慈父常说的那句话："人怕出名猪怕壮。"曹雪芹在《红楼梦》里引用的这句话，知道的人不少，引用的人很多。用意多是警惕出了名会招惹是非。其实"猪怕壮"的含义更为准确精辟：猪壮了，离挨宰就不远了。

崧荃和他的企业大为受益的是陈家还有个规矩：不借债，不差钱。说起来简单，做起来真不易。崧荃在美国受难时，身无分文。下顿饭没着落。找老朋友借几块钱，不算什么。可崧荃就是不借，饿着肚子去打工，挣了钱再吃饭。这饭吃得才踏实。有了钱，崧荃和公司开始借债了。但从不向个人和公司借债，只向银行借债。不为那些贷款，为的是银行贷款利息可以减税。何乐不为？

不差钱，崧荃还真拿不准分寸。老陈家产业都是母亲管账。家里和"陈家房产"不差钱，可是父亲老差钱。因为父亲兜里都是母亲装的钱。一次父亲换衣服，母亲忘了装钱。父亲请友人吃饭，结果是友人付账。更有意思的是一次父亲坐公共汽车兜里没钱，左摸右摸从要发的信封上撕下一张邮票递给了售票员。没坐到站就下了车。回到家，还非让孩子们找到那辆车去补票。母亲小时候穷怕了，后来有了钱也不乱花，老自己攒着，不存银行。用母亲的话说，银行也有倒闭的，还是自己的保险柜踏实。“陈家房产”和父亲需用钱，随要随有。钱不够了，多紧急的事也得分期付款往后拖。不差钱，崧�在美国实实在在地做到了。美国这个陈家从始至今，可以自豪地说：没差过任何人和任何公司一分钱。唯一不同的是崧茎家里没那么大保险柜，还是把钱存在银行。美国有FDIC（联邦存款保险公司）。

除了不借债，不差钱，崧茎又加了一条：不上市。不上市，公司是自己的，自己给自己干，一切自己说了算。上了市，公司是所有股东的，自己给别人干，一切董事会说了算。国内国外，陈家多少好朋友就因为上了市，人出了名，猪也壮起来，百病缠身，一命呜呼。图的是什么？

不借债，不差钱，不上市。就是这“三不”，得以让崧茎全家和所有公司闯过接之而来的大危机，大动荡，大挑战。

受“9·11”事件影响，欧元得势，国际资金加速撤离美国，美国政府发动伊拉克战争。同时，次级贷款（次贷）危机也浮出水面。

从2006年开始，没什么钱，没什么信用的人家开始买房，而且买大房。五十万美元的房，预交五万元至十万元首付就可入住。不过，房贷利率不是5%，而是10%。买主指望几年后房价涨到七十万美元，把房子卖了，还银行本利五十万，还有二十万赚头。买卖房人家高兴，可银行却承担着全部风险。一旦房价下跌，那就全泡汤了。

果然不出所料，房地产次贷危机很快引发金融大危机。美国这三年危险历程和惨痛历史，触目惊心，值得世界各国，特别是中国，引以为鉴，引以为戒。

永远忘不了：

2008年9月21日，华尔街投资银行宣告破产，解散。

2008年10月3日，布什政府签署高达7000亿美元金融救市方案。

通用、福特、克莱斯勒汽车公司等实体经济危在旦夕。

美国金融海啸危及全球。

连年累月惊涛险浪中，不借债，不差钱，不上市的陈崧茎一家和所属公司却安然无恙，优哉游哉，稳坐钓鱼台，而且还赚了一笔。就在美国通用汽车公司宣告破产前一年，通用股票只跌不涨。崧茎觉得势头不对，紧忙给通用老朋友打电话。大多数人虽有担心，但仍持乐观态度。可是崧茎还是把手里所有通用股票全都抛出，每股近五十元。比他原来购进价高二十元。不久通用宣告破产。

不少人着急，崧茎却如在世外桃源，一心一意收集材料，动笔开始写《RED CIRCLE》（《红圈》）。这是崧茎第一次写长篇自传文学小说，而且是英文，在美国出版。所用之心血，所动之脑筋，所付之劳累，可想而知。但是，崧茎没有强迫自己。构思不难，都是真人真事。动笔颇难，写小说可不如同写报告。玉英陪着崧茎一起构思。见他实在累了，就拉着他乘游轮去欧洲旅游散心。他俩都喜欢游轮。住在船上，吃在船上，每天晚上看专业表演也在船上。每到一站，旅游日程和交通工具早有安排，跟着导游尽情享受就是了。

崧茎七十岁那年，以真人真事写中国1949—2009年六十年的《RED CIRCLE》（《红圈》），作为对祖国成立六十周年献礼，于2009年在美国出版。万没想到，竟连续获得四项美国新书大奖。多次接受全国电视台采访。有关细节，请看陈崧茎和孟玉英应邀参加的一次读者见面会实况。

美国，密执安州，底特律市，世界久享盛名的汽车城。

底特律市区73层文艺复兴中心大楼还耸立在那里。破产重建的通用汽车公司（GM）总部还屹立在那里。时过境迁，当年辉煌已不复存在。底特律市开美国有史以来之先例，不久前申请了破产。大城市，竟也破产！旧地重游，时过境迁，心情沉重。

当年，陈崧茎在第十届世界汽车年会发表了《Challenging Spirit against Impossibilities, The Road to China》（《向着不可能的挑战精神，通向中国之路》）主题演讲。会场就设在底特律文艺复兴中心威斯汀酒店大剧场。今天，旧地重游，应约参加文艺复兴会议中心为陈崧茎获奖作品举办的读者见面会。陈崧茎身着黑色西服，蓝条白衬衫，没打领带。孟玉英身穿浅蓝色套装，稍施粉黛，衬出她引人注目的雍容丽质。在外等候的会议主持人热情迎接崧荃和玉英，一起走进波比安会议厅。

主席台背后幕墙上挂着大幅彩绘：《RED CIRCLE》（《红圈》）封面和荣获四项文学大奖的奖状。百多位与会者陆续入座。陈崧荃走上讲台，用英文开始了他的演说。

“《红圈》是我用了七年时间写成的一本英文自传文学小说。我一直想把我们陈家故事写成文字，留给后人。万没想到竟获得四项文学大奖。我想大概是因为美国读者第一次通过真人真事了解了中国六十年的变迁。1918年，我父亲从河南山沟里，徒步进京考取了北京大学。后来成了著名法文教授，又不情愿地弃文从商，成了京城豪富大房商。后来，他虽遭受了不白之冤，却始终无怨无悔。我受到牵连，从牛棚和劳改农场出来后，于1981年来到美国。继承父母艰苦奋斗精神，屡经磨难，我也是弃文从商，开拓自己的事业，都称呼我是红色资本家。弃文从商，是我父亲的终生遗憾，我不愿再遗憾终生。三十多年漂泊海外的历程，让我深思，促我猛醒。激流勇退，我毅然回归文学。以《红圈》为起点，我又在撰写中文历史小说《大红儒商》。我觉得我一直在走着父亲没走完的路，追随父亲没实现的梦。从小处说，这是陈家梦。从大处说，这是中国梦。我希望我的书能有助于促进各国、各民族间的了解。只有了解我们的过去，才会认知我们的现在，才会共同开创我们的未来。不只是为了中国和美国，更是为了全世界。”

在热烈的掌声中，听众们开始和作者直接交流。

“您的书，为什么叫《红圈》?”

“大家可能以为‘红’表示红色中国，其实不尽然。在中国，‘红’表示吉祥和喜庆，还有驱除邪恶的意思。我用‘圈’表示六十年的轮回，当然也有回归的含义。”“您的书我读了三遍，很喜欢。”一位美国中年妇女说，“如书中所说，中国发生了大变迁、大动荡、大觉醒、大变革、大发展、大希望。像您这样真人真事的书，为什么这么少?”

“因为对文化认知还远远不够。文化常常被金钱埋没了，被低级趣味取代了。这是世界的悲哀。”

“您敢于如此写您和陈家的真人真事，有没有风险?”

“没有。我不是好好的吗?”

哄堂大笑。

“您书中的父与子给我留下极为深刻印象。我开始把这些故事说给孩子们听。”

“谢谢您的鼓励。‘励志求学路，登峰追梦时’应该是年轻人，特别是穷困孩子们的动力和楷模。”

“从您的书里第一次听说牛棚。对那段岁月，您仍然耿耿于怀吗?”

“耿耿于怀? 太轻了。我一直愤愤不平。最痛苦的是红卫兵用带铁扣的皮带抽打我的父母，一辈子也忘不了。”

“这也是我们美国读者难以理解的。这样的情绪持续很久吗?”

“很久，心里的创伤很难愈合。可是，自从开始写《红圈》，我变了。我既是那段岁月的受害者，更是改革开放的幸运儿。请允许我说个笑话，是真事。”

陈崧荃喝了口水，“信不信由您，我在北京的住家就在关我牛棚的旧址。”

听众哗然。

“我夫人，”陈崧荃向孟玉英投去挚爱目光，“劝我买下那套房。站在阳台上，隔着一条河，远处是我父母的墓地。下面就曾是我受难之处。我觉得我是最后的胜者。”沉重而又快慰的掌声。

“换个话题。您来美国三十多年，看来是一帆风顺。有什么诀窍?”

“其实是坎坎坷坷。枪顶着我的脑门遭抢劫，没有医保得了病不敢去医院，险些得了败血症。来美国不是淘金，是受罪，是磨炼。”

“一定会有您独到的心得?”

“我觉得自尊、自律、自信、自强（Self respect，Self discipline，

Self confidence，Self ambition），最重要。”

不少人在作笔记。

“您夫妇真不像七十多岁老人。有什么秘方？”

“我们相濡以沫，艰难中不放弃，日子好了仍然依旧。低调为人，看淡钱财，继续追随我们心中的梦。”

“就美中之间文化和文学交流，能否提些建议？”

“每提到中美两国交流，立即就会想到经济贸易交流。两国真正的文化和文学交流，早已被打入冷宫了。”

“什么意思？”

“BANISHED！”崧荎话语低沉，“文化兴邦，文学育人。这才是一切的基础，基石。”

全体听众起立鼓掌，经久不息。

主持人走上台，“请陈先生给我们题词。”

陈崧荎在题词簿上用中英文写下他为《红圈》写的诗。

红　圈

无为不惑命自谋，落雁浮萍闯独舟。
家世兴衰说真谛，花甲轮回顺潮流。
魂系中华千秋业，情归故里钟鼓楼。
莫道他乡宜做客，梦入阳关通燕幽。

当写到最后两句，他当场做了修改。原是“莫道他乡易做客”，他把“易”字，改成了“宜”字。一字之差，天壤之别。甜酸苦辣，尽在不言中。

第二十七章

大红儒商　大输赢

•

2010—2013　哥伦布　拉斯维加斯　北京　河南济源

挣多少钱算多，
攒多少钱算够，
过什么日子算美，
俗称“多够美”。

这一直是崧茬和玉英思考的问题，估计也是许多人家关心的问题。说实话，牵扯因素太多，还真没有一致的答案。简单笼统回答“越多越好”，就跟没说一样。认真考虑全家八人情况，两个孙子要来美国上大学，结合美国和国内实情和走势，反复衡量，崧茬心里逐渐有了底。简单说，就是有了住房，充分警备时局变化前提下，保底的“三五方针”。

在美国，三十万美元存款（包括人寿保险和稳妥理财）。

在国内，五十万人民币存款（包括人寿保险和稳妥理财）。

这是底线。少点，别太少。多点，也别太多。“鸟为食亡”，没错儿。“人为财死”，则是大错特错。多少亿万富翁不就是死在财上。顺便说一句，这可是那些年的底线。目前的底线，美国还是三十万美元（约合二百万元人民币），国内底线升至八十万元人民币。为何国内底线涨了，大家心里有数。

“底线”有了，如何实施？崧茬和玉英的原则是：确保底线，为自己大着胆花钱。都这岁数了，此时不花，还等什么时候花？崧茬和玉英花钱首选是旅游，多是出国游。至今，崧茬占了在大公司工作常出国便宜，已经去了八十多个国家。玉英也去了五十多个国家。花的钱其实多是存款所得利息，没伤着筋骨。但有一则，绝不再投资，绝不炒股票。

实话实说，崧荃和玉英早就超过上述底线了，但他们始终不把自己视为富户人家。钱，该花的花，不该花的绝不花。飞机必坐公务舱或头等舱，乘游轮必选最好舱位，俄罗斯十五天火车游，就算花三万多美元，也得是头等舱。其实，这算什么。跟他们挣的钱比，这才哪儿到哪儿啊？可玉英就有些舍不得了。其实，他们平日饮食起居特简单。十多年前，俩人从不再买衣服，只是捐衣服。最多也就买双走路舒服的鞋。崧荃每天都得吃棒子面，俩人都爱吃美国快餐，特别是赛百味和阿比斯（国内还没有）牛肉汉堡。到了国内准得去护国寺小吃店，喝豆汁，吃卤煮。去烤肉宛、东来顺、鸿宾楼，几个人也就花几百元，就算吃大餐了。不摆阔，图实在，祖传。够是足够了，他俩心里有数。辛辛苦苦挣的这些钱，他们自己这辈子指定花不完。得留给儿子，特别是俩孙子。绝不是供他们肆意挥霍，当公子哥儿。而是供他们上学，特别是上大学深造。只要俩孙子争气，花多少钱都行。陈家得靠他们传宗接代，继承家风呢！

过什么日子算美？最难回答，最难有定论。不在乎钱多钱少，和年龄段有很大关系。参照国内和国际新说法，陈崧荃觉着人生有“童、青、壮、成、老”五个年龄段。

出生到十五为童年；

十六到三十为青年；

三十到六十为壮年；

六十到八十为成年；

人过八十才算步入老年。

过去，因为孔子七十三仙逝，孟子八十四寿终，故有“七十三”和“八十四”寿坎儿之说。这都早已成为过去。过去人人说“人生七十古来稀”，现代人说“人活百岁不足奇”。甭管怎么说，自己心里要有谱儿。

步入老年的陈崧茎和孟玉英，有过去吃苦受难的摔打，有东山再起的锤炼，更有阖家欢乐的宽慰，心宽体壮，还真不显老。他们既不愿人前显贵，又不愿碌碌无为，更不愿坐吃等死。说来说去，要想老年过上美日子，还得自己想辙。好在崧茎继承父母心志，一向把钱财看得极淡，摆脱了最烦心的那些事。而且有玉英的深切理解和全力支持，这就有了至关重要的前提，有了广阔的空间。说白了，夫唱妇随，妇唱夫随，自己解放自己。

对陈崧茎来说最美、最实在的日子其实很简单，就是写书和京戏。不用破费钱财不说，都特别简单易行。乐在其中的最大乐趣和收获，只有崧茎和玉英知道。

京戏对他来说不仅是消遣，更是修身养性，跟了他大半辈子。过去专唱铜锤段子，既唱小时候最迷的金少山先生的金派，又唱后来最迷的裘盛戎先生的裘派。内行专家对陈崧茎的评价是：融金派和裘派为一体，难得。后来又开始唱老生段子，既唱谭富英先生的谭派，又唱李少春先生的李派。特别是《野猪林》中林冲的那段“大雪飘”，把崧茎算是迷住了。不仅唱得好，词写得可说是当下最佳篇。在休斯敦国剧社，崧茎算是把这段反二黄唱红了。唱到崧茎这火候，丹田运气的功夫算是很深了。说白了，就是鼓小肚子收气，瘪小肚子气归丹田发声。不是用嗓子喊，而是从脑门儿以字带韵，才得以声情并茂。崧茎这点功夫绝不敢说练到家，可已是受益匪浅。不只是唱戏，还练气功。既享受，又健身，还不花钱。您说美不美?

写作，不只是爱好，更是崧茎始终挂在心上的终极目标。继英文版《红圈》之后，他又开始写两部中文自传文学小说《大红儒商：从窑洞到王府三十年》和《大红儒商：大输赢》这两部书。第一本书写父亲，第二本书写儿子，合起来就是《父与子》。崧茎心里默默在想，至今，除了俄国文豪屠格涅夫名著《父与子》外，他的《父与子》也许是世上第二部。不为出名，就是想把父子俩从民国到新中国成立后，从中国到美国近百十年的真人、真事、真情写出来，献给当下，留给后人。

陈崧茔的写作节奏和安排很有特点。构思最长，收集核实素材次之，动笔写作则很快。集中全力写作一段后，一准和玉英出去旅游，散心。这不，《大红儒商》写完父亲在六国饭店赈灾豪赌，大败京城董爷那段后，写不下去了。俩人去了赌城拉斯维加斯。他们俩常去拉斯维加斯。好多人去为的就是赌，他们则主要是看秀（SHOW）。实在是太精彩了。音乐会、马戏团，全套机关布景大型真人秀，看得你如醉如痴。最有意思的是越来越多的秀都包含了中国元素。这次住在WYNN大酒店，欣赏《水之梦》必不可少。没想到，崧茔竟摊上了一场豪赌，来美国这么多年仅有一次的大豪赌。

崧茔意外接到大酒店总经理送来的一封邀请信，请他参加“名流联谊扑克会”。三天后在酒店顶层豪华间举行。崧茔心动了。到那天晚上，崧茔陪玉英照例到楼下赌场消遣。玉英爱玩角子机和二十一点。崧茔没去他常去的德州扑克台，去了顶层豪华间。饭店总经理亲自迎接来宾。只有一张牌桌，八位座席。招待人员却有十多位。玩儿的是五张牌的“SHOU HAND（梭哈）”，赌资下注不设限，直到最后一家获胜为止。换筹码和最后结账款项都记到各位来宾酒店住房账户，一起结账。

崧茔一惊，当年慈父和京城姓董的那场赈灾豪赌不就是这样吗？

牌桌上八位嘉宾，个个都是好手。崧茔虽功底扎实，久未临阵还是有些生疏。几轮初战，崧茔连连告负。他沉住气，接连五战，他都下注、接牌、弃战。不管牌好不好，宁愿赔钱，全都弃战。静静观察那七位牌友的招数和习惯。快输到底，他开始赢牌了。

豪赌走向尾声，牌桌上只剩下陈崧茔，一位年纪相仿的华人，还有一白一黑两位外国人。四位面前的筹码都不少，可是500美元的红筹码，就数陈崧茔和那位华人多。又过了半个时辰，一白一黑两位洋人玩家也出了局，净光净，一个筹码也没剩。大决斗开始了，陈崧茔要了杯白兰地，那位华人点起了大烟斗，都提起了精神。互有输赢后，豪赌大结局场面出现了。陈崧茳是一色黑桃的大顺面，大烟斗华人三张亮牌是三张A。

大烟斗叫牌，“一万！”随即下注20个红筹码。

陈崧茳应对，“Call（跟注）！”随即也下注20个红筹码。

庄家先给大烟斗发第四张牌，又是一张A！全场哗然。

大烟斗亮在明面的四张牌竟是四个A！梭哈赌牌排行第二大的四头，而且是最大的四头！

庄家强作镇定，把第四张牌发给陈崧茳。全场又是一片哗然。最后一张竟是黑桃9。亮在明面的四张牌：黑桃K，黑桃Q，黑桃J，黑桃9。

也就是说，陈崧茳的顺牌很可能是居梭哈排行首位的同花顺。但则一件，陈崧茳要想战胜四头A，底牌暗牌，别人无从知晓的那张暗牌，必须是，只能是黑桃10。

“总经理先生，请问我下注，除我所有筹码外，是否可以再兑换新筹码，都押上？”

“可以。”总经理毫不迟疑，“事先宣布，本次豪赌不设限。”

猛然间，那熟悉的场面，当年慈父身影猛地闪现在崧茳眼前……

……

“北平赈灾义捐豪赌”大字标幅横挂在六国饭店顶楼大厅上方。

只见陈怀臻站起身，“总经理先生，请问我下注，除了我所有筹码外，可不可以再兑换新筹码，都押上？”

“可以。”总经理毫不迟疑，“事先宣布，本次豪赌不设限。”

陈怀臻点头示意。只见柜台前后忙成一团，全场静得让人窒息。陈怀臻把新换来的筹码，连同现有筹码，一起推到牌桌中间。

京城董爷依旧抽着大烟斗，袅袅烟云散漫大厅。“请庄家点点，总共多少？”

庄家细心清点后报告，“共九万八千大洋。”

“多少？”董爷低声问道。

“九万八千大洋。”

“陈教授，您真打算下此大注？”

“何出此问？”

“如今银元黑市价格飞涨，那可是不少钱哪！”

“既来之，则安之。不劳您操心。”

“好！容我稍做准备。”

陈怀臻微微一笑，“请便。”

接下来，柜台又是一场忙乱。

“回董爷，您现有筹码十万四千大洋。比陈教授的多出六千大洋。”

“陈教授，真够麻烦的。我看就算了吧。您也别下注，我也别跟注。桌面上筹码咱们二一添作五，如何？”

“怎么？您胆怯了？”

“胆怯？明摆着四头A，我干吗胆怯？怕是您那儿有诈吧？”

“有诈？那何不比试比试？”

“可您还差着六千大洋？”

话音还没落地，只听傅佑君高声应道：“六千大洋已经准备好了。”

语惊四座。所有人都站起身，紧围在牌桌四周。

“是福不是祸，是祸躲不过。董爷，我下注了。”

全场窒息，只听见庄家清点筹码声音。

“不错，下注筹码总计十万四千整。”

“诈，诈，一定是诈，绝对是诈！”董爷低着头，眯着眼，额头上渗出点点汗珠，自言自语。随着劈了嗓子最后那声“诈”，他把面前一大堆筹码猛地推到庄家面前。

庄家高声报告，“董爷共计筹码十万四千大洋。”

董爷唰地站起身，不眨眼地盯着陈怀臻双手。令陈怀臻无法理解，万分惊奇的是还没等他翻亮底牌，就见董爷扑通一声跌坐在椅子上，抱着头，闭着眼，动也不动，根本不看陈怀臻翻亮的牌：黑桃K！

全场掌声雷动！真的是黑桃K，千真万确的黑桃K。加上陈怀臻手里的黑桃Q，J，10，9，真的是一手战胜四头A的同花顺。千真万确梭哈大排行第一的大同花顺！

……

崧荃写张字条签了字，交给总经理，“请如数兑换筹码，记到我账上。”

“好，立即办。”

陈崧荃把所有筹码慢慢地推到庄家面前。

大烟斗脑门儿上渗出汗珠，两眼紧盯着崧荃。先是点头，后是摇头，一皱眉，一瞪眼，把一大堆筹码推到摆桌中间，“CALL！”

万万没想到，竟和六十多年前情景一模一样！

大烟斗唰地站起身，不眨眼盯着崧荃双手。令崧荃无法理解，万分惊奇的是还没等他翻亮底牌，就见大烟斗扑通一声跌坐在椅子上，抱着头，闭着眼，动也不动，根本不看陈崧荃翻亮的牌：黑桃10！

全场掌声雷动！真的是黑桃10。加上崧荃手里的黑桃K，Q，J，9，真的是一手同花顺。千真万确梭哈大排行第一的大同花顺！

陈崧荃站起身向大烟斗微微点头告别，向总经理等致意。所赢得筹码，他连数也没数，留下巨额小费，默默走出大厅。

这件事，陈崧荃一直没和家里人说。他把豪赌所有款项，连同他的本钱，全都捐助给了聋哑残疾儿童学校。从此之后，陈崧荃再也没赌过。

一场豪赌，一场大输赢，更勾起他对过去的回忆和思念。父亲讲的那些往事，涌上心头，历历在目。翻开他来美国后写的日记和追记，反复构思，他早就筹划的第一部中文小说《大红儒商：从窑洞到王府三十年》轮廓日益清晰。就连第二部书《大红儒商：大输赢》，在崧荃脑里也有了眉目。

《大红儒商：从窑洞到王府三十年》于2013年由作家出版社出版。接着，在“全民阅读”的呼唤声中，以“有国才有家，有家才有国”中国梦为主线，以“励志求学路，登峰追梦时”真实故事为内涵的《大红儒商》千人送书会在河南济源举行。陈崧荃向与会者送书，并讲了话。

“我们陈家祖辈从山西洪洞逃荒到河南济源雁门。过年赶集，爷爷不舍得买年货。听老先生解说了“忠厚传家久，诗书继世长”的含义，就买了这副对联贴在自家窑洞门上。凭着这信念，全家省吃俭用供我父亲上了私塾。1918年，不顾家人反对，我父亲离家出走，进京赶考。爷爷等在半路上，把半辈子积蓄的十块大洋给了他。步行三千里，父亲硬是考取了北京大学法文系。一个王屋山下穷苦山村后生，追梦京城，竟成了闻名的布衣教授，掩护地下党的大红儒商。

“励志求学路，登峰追梦时”是父亲一生的追求，也是留给我们的家训。父亲后半生蒙受不白之冤，他把中断了的梦留给了我们。1981年，我抛下妻儿老小，远渡重洋，求学追梦异国他乡。艰苦拼搏三十余年，竟成了海外红色资本家、美国获奖作家。在国内出版了《大红儒商》后，我正在写续集《大输赢》，以完成《父与子》之夙愿。

外国梦不是我追求的中国梦。在河南老家济源新居，我恭恭敬敬写下“励志求学路，登峰追梦时”家训激励自己，传给后人。没有知识，就没有前途。没有攀登，就没有进取。没有幻梦的心，就没有追梦的路。求学路，永无终点。追梦时，永无止境。家风家教既是对家人品德的修炼，对社会进步的正能量，也是对伟大复兴“中国梦”的诠释和参与。有家风，才有国风。国民素质提高之日，当是伟大中国更为强大之时！”

在家乡人热烈掌声中，既兴奋，又惭愧，陈崧茬的感觉和以往大不相同。千言万语一个字，他终于找到“根”了。源头的根，深深的根，久经沧桑却仍长出繁枝绿叶的根。心里流着泪，又燃着火，他在济源安家了。

想在下雁门重修陈家窑院已不可能。亲人们带着他和玉英四处奔走，终于在桃园溪岸小区买了套房。不为别的，就因为溪岸边河里的水是从雁门流过来的。人有根，水有源。站在宽阔阳台上远远望去，就是雁门，就是北京，就是美国，就是全世界……

第二十八章

《红圈》心梦路

•

2013—2015　休斯敦　北京　河南济源

《红圈》出版后，应接不暇报告座谈之外，陈崧茎竟成为美国“FOX新闻”等全国电视台的中国问题专家，经常接受现场采访。就算他在中国，也常常通过SKYPE采访他。黄金时间采访一般是纽约时间下午六点。崧茎身在北京，一早五点就得起床，洗脸梳头穿上西服，早饭顾不上吃，采访视频就开始现场播出了。当场所提问题都非常尖锐，“你怎么看中国当前投资环境?”“外商来华投资设厂为何越来越难了?”“腐败和雾霾难题真的能解决吗?”……崧茎现身说法，有理有据，逐一应对。最多也就是十分钟采访，崧茎累得筋疲力尽，嗓子都哑了。稍有欣慰的是每次采访，主持人必先打出《红圈》书封面，郑重介绍陈崧茎就是本书作者。也算是给他的《红圈》做宣传了。

崧茎名声在外，自然也惊动了亚利桑那大学的老同学。又是梅乐笛牵头，提议六位老同学圆当年重聚的梦，在北京聚会。六人1982年分手时约定的承诺终于实现了。

老家就在北京的老同学张向龙抢了先机，在他宽敞的家里隆重招待大家。全家出动，夫人和女儿负责采购，张向龙亲自下厨，大显身手。大家对他拿手的俄式大餐早有耳闻，可还是没料到竟如此专业。沙拉、红菜汤、煎鱼、牛排、甜点，真比莫斯科餐厅的菜肴还好吃。再配上红酒和伏特加，大家边吃边聊，无话不谈，亲如一家。

梅乐笛感慨万分，“大嫂，看来张大哥提早回国这条路走对了。真羡慕你们。”

向龙夫人笑得合不拢嘴，“算他撞上了，走运。”

崧茎摆了摆手，“还是向龙心里有数，当机立断。”

“其实，当时决心也不好下。都争着去美国，我到了美国又往家奔。不少人都说我是傻帽儿。”

“没比你再聪明的了。”吴大珍插话，“与其在美国苦拼，回国发展何乐不为?”

“算是我走运，正赶上对外开放快速起步。有我专业底子，加上在美国练的半拉子英文，回国不久就在美国公司驻京办事处找到了工作。”

苏小妹笑着问：“说说，挣多少钱?”

“那阵儿？还是后来?”

“都说说。”

向龙夫人抢着回答：“还是我说吧，我比他清楚。刚回来那阵儿每月工资人民币一千二。”

“您一月工资多少?”

“一百二。”

“您二位是大学同学?”

“对。”

“他工资比您翻了十倍?”

“后来他提升为办事处副主任，差得就更多了。”

“还能差多少?”

“一百倍，一万二!”

大伙儿全愣了。

向龙抢着说：“还给我配了车。我要是留在美国，想都甭想。”

向龙夫妇一五一十向大家汇报全家的巨大变化。

有了点钱，头件事是偷偷地把他们的二室一厅小单元装修一新。干吗非得偷偷的？可不敢露富，不敢让街坊邻居知道。墙，都包装上木板。地，都铺上地毯。床，木板床屉上都加了软垫。座椅，都换成了沙发。电视，都加大了尺寸。最得意的是彻底装修了带淋浴的卫生间。

向龙跷着二郎腿，“要不是我坚持，他们还得去集体浴池洗澡。哪儿能享这个福？”

“装修完，我们可都累垮了。”

“心里美！”

“你们说了半天，不是这儿吧？”

“不是，那套单元早就卖了。”

崧苼解释，“那套单元只有我来过。既漂亮，又温馨。卖了，怪可惜的。”

“旧的不去，新的不来。让你嫂子再说说我们怎么发的家吧。”

向龙夫人接下来说的这番话，完全出乎大家意料。向龙虽然挣了大钱，全家还是勤俭过日子，得为父母、儿子和女儿着想。私房市场刚启动，他们就在孩子们学校附近先买了一套房，接着又买了一套房。还是按照向龙的主意，请装修公司彻底大装修。再不用偷偷摸摸自己干了。接着，又把双方老人的单元房也买到手，彻底翻新。加上向龙夫妇这套房，共总拥有五套房。他们什么都想到了，就是没想到儿子大学毕业去了美国，双方老人先后离世。除了女儿结婚搬进一套房，他们自住一套房，五套房空着三套。闲着也是闲着，都租出去了。

向龙放低声音，“你们猜猜，这五套房现在什么价儿？”

苏小妹和美国丈夫一直做房地产买卖。只见她皱着眉头算了半天。

“一千五百万。”

“不对。”

吴大珍说：“一千八百万。”

“不对。”

梅乐笛好像心里有数，“两千万。”

“靠谱儿，可还是不对。”

一口流利汉语的斯丹芬尼着急地问：“到底多少？”

“少说两千三百万。靠近重点学校那两套房，价格翻了好几番。”

大伙儿全呆了！

苏小妹唉声叹气地说：“这钱比我们在美国可好挣多了！”

斯丹芬尼笑着问："让给我一套吧？"

"怎么？你们不准备在敦煌长住了？"

"想在北京也安个家，两头跑。"

"好说。租出去那三套房，你们什么时候要，早打招呼。减价让给你们。"

"是得减价。不像你们，我们搞敦煌艺术的可没那么多钱。"

向龙紧忙说："郑重说明，我们可没掉进钱眼儿里。也没想到房市能疯得像今天这样。我们就是为后代人着想。"

"没错儿。要是没我们支持，儿子去不了美国，女儿结了婚也买不起房。"

梅乐笛叹口气，"可是，有你们这样父母的儿女可不多啊。"

崧茳点头，"是啊，贫富悬殊，大难题，社会大难题。"

兴奋的交谈，突然冷清下来。

崧茳打破寂静，"向龙一家所说，既是咱们这些游子真实经历，又涉及当今国内社会难题。机会难得。咱们就各抒己见，说说心里话吧。"

"好！"大家一致赞同。

苏小妹首先说话，"在家里，我一个人对付他们父子女三个，说话不算数。要不，我真想回国。"

"在美国好好的，回来干吗？"

"好什么好？也就算混得过去。我们俩父母都在。他父母就在身边，随时见得着。我只能是思念父母泪双流了。"说着，眼窝儿都红了。

"没想过接你父母过去？"

"想过，也试过。他们待不惯。"

"不能在父母身边尽孝。美飘国人都有这个难题。"

"这不，崧茳正帮我们在国内设个办事处。这样，就能常回来了。"

"也做房产生意？"

"对。国内房产做不起，也不会做。只做国内客户去美国买房业务。"

“赚大钱了吧？”

“大钱谈不上，还凑合。就是摊上些麻烦事。”

“怎么？”

“国内客户冒名顶替，给外逃人员在美国置产。”

“这又不是你们的问题。”

“可是得配合调查，挺烦人的。”

“看来，美国人来华赚中国钱也不容易。”

“没错儿。”

“听起来，你老公对你挺好。”

“还行。在美国，国内女的嫁美国男的，多半儿守得住。国内男的娶美国女的，多半儿离婚。”

“这是怎么个理儿？”

“挺复杂的。我正想写本书呢。”

崧�鼓掌叫好，“我给你联系出版社。准比我的书抢手。”

斯丹芬尼急着问：“在国内，美国女的嫁中国男的呢？”

“先说说你和老公处得怎么样？”

“挺好。他是画家，比我年长许多，心特善。”

“这就对了。在中国，美国女的嫁中国男的，尤其是岁数大些的，多半儿守得住。”

“就是没孩子。”

“谁的问题？”

“查过了，都没问题。”

“那是怎么回事儿？”

“他整天写生画画，我整天研究指导敦煌飞天舞。忙得顾不上。”

“你俩都快成仙了，这是天意。你们就知足吧。”

“我们日子过得挺充实。等我做东，请大家来敦煌做客，眼见为实。”

吴大珍咳嗽一声，“该我说说了。离婚后，我面临大问题是在哪儿安度晚年。终于有结局了。”

“真的？”

“我还留着休斯敦那处小房，租出去了。作为美国公民，照样领取退休金，享受老人医疗保险。无后顾之忧，就用在美国打拼攒的钱，在北京买了处房。”

“一准也赚了。”

“还真说对了。八年后，房价翻了三番。但有一则，不变现，还是水中捞月，看得见，摸不着。”

“变现？”斯丹芬尼听不懂。

“就是把房卖了得现钱。”向龙解释。

“北京雾霾越来越重，车越来越堵，人越来越多。我是真烦了。四处旅游摄影之余，我到处考察。最后，决定离开北京去雅安。”

“雅安？”

“四川雅安市，原来是西康省省会，大熊猫老家。”

“准是好地方。”

“太美了。素有雅女，雅雨，雅鱼，雅酒美称。”

“怎么讲？”

“雅女，皮肤特好，特漂亮，特贤惠。”

“你想娶雅安媳妇？”

“不想了，还是一个人自在。雅雨，一会儿细雨飘飘，一会儿又是蓝天白云。”

“还有雅鱼？”

“对，仅此一处。用雅安的水和调料清炖雅鱼。就着清香雅酒吃罢后，剥开鱼头，竟有一支剑藏在其中。”

“真的？”

“等大家来雅安聚会，我会让你们逐一欣赏品尝。”

“你在雅安安居了？”

“好多年了。只用北京卖房钱三分之一，在雅安青衣江边买了处三室两厅观景房。”

“真够大的。”

“站在二十六楼阳台上，上望蓝天白云，下看湛蓝青衣江。混到这岁数，算是找到家了。”

崧茎动情地说：“大珍新家我去过。清晨江边漫步，午晚在近边鲜鱼面馆就餐。喝着云顶茶，听着他的黑管独奏，太美了。”

“更美的是我可以自由自在去各地拍照。为拍雪山日出，我特请当地导游，在那儿蹲了好几天，终于如愿。这个乐儿，哪儿找去？”

“更放心的是，大珍把多余钱做了稳妥的理财。利息就足够花销。”崧茎补充。

“大伙儿一准要问，我一个人晚年日子怎么安排？”

大家聚精会神地等待下文。

“先是居家养老。在自己家里，请人来照料。真动不了，就去养老院。我已经预交了定金。”

“想得远，安排得真好。”梅乐笛感慨地说。

“更美的是我坚持江边走步锻炼，糖尿病全好了。”

“身体好，最要紧。”

“口说为虚，眼见为实。期待大家来雅安聚会，咱们好好乐乐。”

向龙高兴地说：“真为你高兴。最初我回国，孤单一人。如今，你们也都回来了。真和崧茎写的《红圈》一样，转来转去，又转回来了。”

大家异口同声，“还真是这样。”

崧茎语重心长地说：“说来也巧，我和玉英在北京的新家，竟然就建在当年关我的牛棚所在地。”

梅乐笛不敢相信，“真的？”

“真的。心中创伤犹在，但我有种难以形容的感觉。”

“什么感觉？”

“我和玉英是最后的胜利者。”

梅乐笛向崧茎投来赞羡目光。大家深情地鼓掌。

梅乐笛掏出手帕擦了擦眼，“聊了半天，该轻松轻松了。我在什刹海租了船，咱们边游湖边聊如何？”

大家一致赞同。来到什刹海，登上带船舱的古雅小船。老船夫撑船，举重若轻，荡荡悠悠。大家在船舱吃小吃品茶。边喝边聊，另是一番情趣。

梅乐笛动情地说：“这是我最爱来的地方。我就出生在这儿。”

“是吗？太巧了。”

“怎么？”

“我们原来的家就在地安门外，很近。”

“是吗？”梅乐笛暗吃一惊。“‘文革’开始前，我父母离异。‘文革’开始后，我们家被抄。红卫兵打断了我外公双腿。听外婆说，外公就在这儿投湖自尽了。”

崧茳暗吃一惊。大家默默无语。

“那时，我母亲还在外地。外婆说，她孤零零一个人抱住我在湖边哭了一夜。”

苏小妹和斯丹芬尼早已黯然泪下。三位男士皱起眉头，默默无言。

“我去美国，又回香港，都为了我母亲。老天对她太不公了。”

大家都在静静地听。

“之所以选择新闻专业，做新闻记者，我就是想把这些不公事告诉大家。我们都是幸运者，更多的人还在挣扎。”

向龙点头，“说得好。赶上浪头，我们有了点钱。心里却是沉甸甸的。”

“更多的人还在受苦，孩子们上不了学。工作之外，我就是一个心思照顾好我母亲。”

“没成家？”斯丹芬尼轻声问。

“没有。”

苏小妹劝道：“身边还是有个人好。”

“母亲也是这么对我说。可惜没合适的。”

船过银锭桥，进什刹海后海。天色渐晚，华灯初上，皓月东升。

船上依然静悄悄的。

崧茎环视周边，低声说：“我儿时小朋友就住在这儿。”

梅乐笛问，“哪儿？”

崧茎指指岸北，“那条胡同里。”

“那儿？”

“对。我们两家常来往。记得，北平和平解放过元宵节，我俩还一起演《霸王别姬》，慰问解放军。”

“她叫什么名字？”

“袁丽芬。”

“什么？”

“袁丽芬。”

梅乐笛身体一颤，猛地用手帕堵住嘴，轻声说：“对不起，我们回去吧。”

“怎么了？”

“心口疼。怕是老毛病又犯了。”

苏小妹搂住梅乐笛，“送你去医院？”

“不用。回饭店躺躺就好了。对不起，扫大家兴了。”

这一幕，既让大家担心，又让崧茎惊诧。更没想到的结局，还在后面。

六友会后，崧茎一直给梅乐笛打电话，一直关机。后来接到她短信，告知她母亲身体欠佳，她已返回香港。为了加强六位老友联系，崧茎特意建立了“六友会”微信群聊，并发去了他写的第一封微信。

六友相会情意深，离多聚少送丹心。

切记老有六六顺，身体力行又一春。

老本儿，切保自己身心康健。

老伴儿，也要老伴相伴终身。

老底儿，需有二老自己存款。

老窝儿，务必要有自己的家。

老友，知心老友互动交流。

老爱好，要有自己的消遣爱好。

此乃“老有六六顺”，和大家共勉。

第二十九章

红心救赎

•

2016　北京

老友共游什刹海，崧茳提起了袁丽芬，不由让他顿时想起忘不了的童年往事。那还是北平刚刚和平解放初期。

1949年1月31日，解放军进入北平。围城炮声听不见了，可是物价飞涨，日子越来越艰难。再难，陈家老传统也不变。尽其所有，佑君开始给各家亲友送年货：救急粮食和菜肉。当然少不了小崧茳，特别是去袁家。袁家有个像朵花似的小女儿，袁丽芬，比小崧茳大两岁。虽然玩不到一起，可都喜欢看戏、学戏、唱戏。到了什刹海后海北官房胡同袁家，只见大门紧闭。敲了半天门才有人应声。

“陈太太，小崧茳，真对不起，快请进。”袁先生直道歉。

袁太太也赶忙招呼，“哎哟，怎么送这么多东西，怎么敢当啊！”

佑君说：“就是点心意，再难也得过年。丽芬，这是崧茳给你的。”

小崧茳把手里的红布袋递给小丽芬，“给！”

“什么呀？”

“打开不就知道了。”

小丽芬打开红布袋，原来是条鲜艳的红围巾。乐得小丽芬笑开了花。

佑君接着说道：“咱们过年，可不能忘了住在我们花园的刘师长师部官兵。”

“那可是，”袁叔说，“真没见过这么好的子弟兵。”

小丽芬抢着说：“他们可好了，还给我们编草人儿呢。”

小崧茳接着说：“还给我们讲故事。”

“你们俩合演一场《霸王别姬》，慰问他们，好不好？”

“好！”二人齐口同声。

袁叔紧忙说："就这么办。我抓紧给他俩再过过戏。"

正赶上正月十五元宵节。七十多位解放军官兵和陈家上上下下欢聚一堂。包饺子，煮元宵，热闹非凡。

晚餐后，《霸王别姬》演出开始。陈家老少陪客人和官兵们坐在戏台前面和两边。开场锣鼓后，小崧茬扮演的霸王，身穿战袍，足蹬高靴，挥动马鞭上场。几句高昂凄凉的西皮散板，赢得满堂喝彩。小丽芬扮演的虞姬迎上前来，帐中备酒，为霸王分忧解愁。小崧茬一边饮酒，一边欣赏小丽芬精彩唱段。在"夜深沉"曲调中，小丽芬载歌载舞的剑舞，令人叫绝。小崧茬第一次觉察到小丽芬是那么甜，那么美。要不是扮演霸王，他早就给小丽芬鼓掌了。最后，虞姬为了不拖累霸王，决然自刎。看着小丽芬的泪水，又担心她摔倒在台上，小崧茬猛地把小丽芬紧抱在怀里。台下顿时响起雷鸣般掌声。小丽芬微睁双眼，蒙眬盯着小崧茬。在小崧茬托扶下，小丽芬才缓缓直起身来，只觉得身子软软的。多次谢幕中，她一直紧紧靠在他身上。

更难以忘怀的是崧茬陪丽芬报考中国戏曲学校那段往事。闷热的夏天，袁叔和梅婶儿（新中国成立后，女方都恢复原娘家姓）带着小丽芬和小崧茬早早赶到西城赵登禹路的学校考场。里里外外挤满了人。监考员跑前跑后，一个个呼叫考生名字。终于轮到了小丽芬。

"袁丽芬。"一位监考员高声叫道。

"我是。"

"跟我来。"

小丽芬在前面走，小崧茬后面跟。

"他是谁？"监考员指着小崧茬问道。

"跟包的。"小丽芬急中生智，用了一句京剧界行话。所谓"跟包"是指给名角儿拿戏装，沏茶倒水的后勤人员。

"嗬？还没成角儿就有跟包的了？"

小丽芬一点不慌，"您看，他不是给我端着茶杯吗？"

进了考场，长桌后坐着多位考官，都绷着脸。

“你叫袁丽芬?”

“是。”

“唱段什么?”

“《凤还巢》。”小丽芬早有准备。

胡琴响起，小丽芬有板有眼地唱了那段西皮原板。考官们绷着的脸都成了笑脸。

“能再唱段二黄吗?”

“能。《二进宫》。”

小丽芬这段二黄慢三眼可把所有考官都镇住了。一位上了年纪考官带头鼓掌。

“好，好！这段太长，就此打住吧。能给我们走走身段吗?”

“能，《霸王别姬》。”

“不得了，全能!”

“能让他陪我演霸王吗?”小丽芬指着小崧茬。

“怎么着，跟包的改霸王啦?”老考官把大家都说笑了。“欢迎，欢迎。”

随着吹腔伴奏，小崧茬一句“力拔山兮气盖世”把全场都惊动了。这么小的孩子能有这么洪亮、高昂、浑厚的嗓子，考场内外一片叫好声。

老考官激动地站起身来，“真地道!”

“就是调门矮了点。”小崧茬低声说。

老考官大笑，“这就很好。咱们真不能小看‘跟包’的。”

大家哄堂大笑。

“你也是来报考的吗?”一位男考官问小崧茬。

“陪她来的。”

“想报考吗?”

“想，可得和我爸妈商量。”

“好。”老考官发话，“你随时来，我们等着你。袁丽芬，回家等通知吧。”

回家路上，又兴奋，又有点惋惜。袁叔和梅婶儿心里清楚，这碗“开口饭”小丽芬是吃定了。至于小崧荎，“一净难求”，真是好材料。可他们决不愿意小崧荎也走这条路。不是看不起唱戏的，是希望小崧荎继续上中学，上大学，有大出息。

“袁叔，梅婶儿，和我爸妈说说情，让我考戏曲学校吧。”小崧荎还是不死心。

袁叔还是那句话，“连我们都不同意，怎么跟你爸妈说？”

“那你们干吗让丽芬考戏校？”

“命里注定。谁让她爸妈是唱戏的呢。”

“只知人前显贵，不知背地受罪。”梅婶儿接着说，“小崧荎，干这行太苦了。还是听你爸妈话，好吗？”

崧荎后来才明白，袁叔和梅婶儿挡住了他这条路，真是救了他。

过了几个月，崧荎又来北京，和志同道合朋友们继续策划把他这几部书改编为电影和电视剧的大事。书，源远流长，可读者越来越少。电影电视剧，虽多是昙花一现，却能赢得更多观众。再配上英文字幕，美国朋友和各国友人都能通过陈家两代真人真事，了解中国这一百年的历史沧桑和巨大变化。崧荎不仅愿意参与制作，也准备投资。翘首期盼正气歌，作为制片人之一，投入明知不会赚钱的《黄克功案件》影片制作就是他有意义的尝试。

九年，四十五天，一秒钟。《黄克功案件》剧本写了九年，影片摄制用了四十五天，陈崧荎只用一秒钟就决定投资这部电影。

接到《黄克功案件》简介时陈崧荎正在美国。他当机立断，在发给星际红缘国际传媒合资公司同仁邮件中，他只写了四个字：投，一定投！只用了一秒钟。这一秒钟，他可是等了不少年。

《黄克功案件》给了他很大启示。这就是他一直追求的正气歌。支持主旋律影片的人越来越多，希望看到基于真实故事剧情片的观众也越来越多。在国外，期盼反映中国真实情况影片的外国朋友也越来越多。都希望中国电影电视剧的发展能赶上中国经济发展的巨人脚步。

为了这个心愿，崧茬心里明白，他要耐得住寂寞，忍得住赔钱，受得住褒贬，只求得心安。在《大输赢（暂定名）》电影情节构思和《不了情仇（暂定名）》电视剧情节构思笔记本上，他作了首小诗。

心怀忐忑举步艰，
豪情泪洒壮志片。
正气歌盼及时雨，
春风已度玉门关。

连续几天和各界朋友细商此事，突然接到梅乐笛电话。

"好久没联系。我在北京。见个面，方便吗?"声音有些嘶哑。

"随时都可以。"

"下星期三上午十点，好吗?"

"好。"

"在你家楼下等我，我去接你。"

到了那天，崧茬准时来到楼下。一辆灰色轿车停在他身边，梅乐笛按下车窗摇手招呼。崧茬拉开车门，猛地看到梅乐笛戴着黑纱，一脸憔悴。

"我妈去世了。"声音低得不能再低。

"啊!"

"两个月前，在青岛家里。"

崧茬不知说什么好，"我来开车，你指路。"

两人换过座位，向西开去，一路话不多。

"我妈身体不好，好多年了。"

"香港医疗条件很好，就没办法?"

"尽力了。她早有预感，非要回青岛。走得很平静，没受罪。"

“后事办了？”

梅乐笛黯然泪下，“办了。就在我外公外婆墓旁，她早就安排好了。”

汽车沿蜿蜒山路上开了许久，在一座白色大理石桥前停下。前面红墙，拱门，仙气缭绕。

“你一定认识这个所在。”

“潭柘寺。”

“我去买门票。”

先有潭柘寺，后有北京城。建于公元307年，原名“嘉福寺”。清代康熙皇帝后赐名为“岫云寺”。因有龙潭和柘树，民间称为“潭柘寺”。梅乐笛带着崧茎一口气登上山顶，在观音堂前停下来。七百多年前，元朝第五任皇帝忽必烈的女儿妙严公主，为替父亲的暴行赎罪，在此削发为尼。妙严公主每日跪在菩萨前诵经直到去世，跪诵地上留下两个深深凹坑。

只见梅乐笛跪在深深凹坑，双眼紧闭，合掌祈祷。良久，慢慢站起身。崧茎上前搀扶乐笛，感到她全身都在颤抖。乐笛一双泪眼深情地看着崧茎。

“替我妈还愿。为他人赎罪。”

崧茎不敢细问，“坐下歇一会儿吧。”

“不歇了，还要赶远路。”

下山路上，乐笛突然停步，指着远远山峰，“你知道那座山吗？”

“不知道。”

“笔架山。”

笔架山？崧茎一惊，似乎听谁说起过。对，刘师长说过。回忆刘师长生前和他说过的话，远远望去，乌云笼罩，山峰显得如此神秘。

两人继续开车向西北驶去。开始路还算平坦。进了山区，土路崎岖不平。最后，在一处高墙院落前停下来，墙上还有铁丝网。梅乐笛向警卫出示证件，和崧茎走进大门。

梅乐笛平静地告知，“这里是精神病院。”

走到一座三层楼前，一位身穿白大褂的男护士接待他们。

男护士递给梅乐笛一个大信封，“对不起，我们已经尽力了。他的时日不多了。

梅乐笛递给男护士一个小信封，“谢谢你们。这是最近的住院费用。”

男护士接过信封，“能有你这样的好心人，他也该知足了。”

男护士开启楼门，在写着“重病护理”病房前停步。

“如果需要请叫我，我就在办公室。”

梅乐笛和崧�走进病房。昏暗灯光下，两张床。一张空着，一张床上躺着个瘦小老人。紧闭双眼，一息尚存。

梅乐笛低声说：“我父亲。”

崧�一惊，从未听梅乐笛说起她父亲。

“你见过他。”

崧茎大吃一惊，“我见过他？”

“是。”

“不认识，从未见过面。”

“见过面。”

“什么？”

“1966年8月底，你们被抄家。”

崧茎死盯着那个僵尸般的老人。

“红卫兵王队长。”

“他？”

“殴打你父母，焚烧宝贵文物，又偷走了国宝褚遂良砚台。”

“是他？”

“就是他，我父亲。”

晴天霹雳！惊得崧茎倒退几步，全身僵直。梅乐笛紧忙上前扶住崧茎。

“你父亲？！”

“生身之父。我，我替他赔罪。”

“什么话，你何罪之有？”

“心罪，扎在我心里，无法摆脱的心罪。”

崧茌摇摇头，摆摆手，弯下腰，端详那具“僵尸”。突然，“僵尸”微微睁开双眼。

梅乐笛走近一步，低下头。只见“僵尸”双眼圆睁，流出浑浊泪水，吃力地把余光投向病床旁的小桌。梅乐笛见桌上有张纸，纸上歪歪斜斜画着一座山峰，还有模糊可认两个字：笔……山。“僵尸”双眼又闭上，再也没睁开。

1966年到2016年，五十年了。万没想到仇人再次相遇，竟然在疯人院，竟然是如此场面，如此结局，而且还把梅乐笛卷了进来。梅乐笛的自责让崧茌伤心，但是他不明白为什么直到今天她才说出真相。

梅乐笛扶着崧茌，“走吧。”

梅乐笛开车，原路返回。

“我不到两岁，他就和我妈离婚了。”

“他真的是你父亲？”

“是，只是生了我。”

乐笛把男护士给她的大信封递给崧茌。

“拆开。”

崧茌拆开信封，厚厚一摞纸，歪歪扭扭写满了字。

“他的认罪书。”

“认罪书？”

“他是‘四人帮’余党。事发被审查，为免受牢狱之灾，他假装精神病，被送到精神病院。后来他真疯了，一直在写认罪书。他，他本不姓王。”

“什么？”

“他姓董，号称京城董爷的儿子。”

“啊？”崧茌脑子嗡的一声。他，他，他就是刘师长说起的，解放前夕被姓董的偷偷送走的那个儿子！

“精神病院一位医生是我的好友。认罪书开始都上交。后来，‘四人帮’和余党都判了刑，再交上去的认罪书都被退了回来。我的朋友在他的认罪书中，发现了我的名字。”

“他没疯？”

“一阵儿疯，一阵儿明白。”

梅乐笛静静地说起往事。自从知道那个人就是她生身之父，梅乐笛曾去看过他，还往精神病院不断寄钱。如此罪人，怎么能让国家养着？精神病院领导很感动。有了梅乐笛地址，认罪书没再扔掉，都寄给了梅乐笛。从这些认罪书中，梅乐笛知道了许多事，特别是关于崧茎全家遭难的事。

“你可知道，有人曾往美国写信，诬陷你。”

“知道些，FBI为此曾要我坐测谎椅。”

“信就是他写的。”

“啊？”此事，刘师长和崧茎说过。再也没想到，诬陷人竟是梅乐笛生身之父！

“他还曾往通用汽车公司总部写信，诬陷你。”

“也听说过，不知道就是他。”

梅乐笛猛地转过脸来，“你怎么不问国宝砚台的事？”

“你知道些什么吗？”

“从他的认罪书里得知的。实在对不起，始终没下落。简直没脸见你。”

崧茎心里清楚，刘师长就是如此告诉他的。

“再说一次，此事与你无关，无关。不要为他人背黑锅。”

太阳落山，天快黑了。梅乐笛开车到了什刹海后海。进了胡同，在一处老宅前停下。梅乐笛打开门，崧茎突然听见熟悉的《霸王别姬》唱段，声音如此熟悉。二人走进正厅。猛地，崧茎看到三幅披着黑纱的照片，上面两张是袁叔和梅婶儿，下面一张是袁丽芬！

“袁丽芬是我母亲。”

崧茎跌坐在沙发上，“什么?”

“我是袁丽芬独生女。这段《霸王别姬》就是我妈唱的。”

“你，你是袁叔和梅婶儿的外孙女?”

“是。”

“那你怎么姓梅?”

“我妈和姓王的离婚后，让我随了外婆的姓。”

“乐笛?”

“外婆和我妈的意思。只能吹笛消遣，不许唱戏为生。”

梅乐笛，MELODY。崧茎摘下眼镜，颤抖的双手捂住眼睛。

“《霸王别姬》，我和你在加拿大多伦多演过。”

“一辈子忘不了。”

“1962年，你外婆曾约我也演过。既是梅姨送给我大学毕业的贺礼，也是她告别京剧舞台最后一次演出。”

“真的吗?”

“还有，1949年，慰问驻扎在陈家花园刘师长官兵，你妈和我也演过。”

“祖孙三代，你都合演过!”

“三演别姬泪，永远的纪念。”

“我妈曾跟我说过，你们小时候很要好。真的吗?”

“真的。”

“也就是说，你有可能是我的父亲。”

崧茎哑口无言。

梅乐笛，“我妈最后留下封信，叮嘱让我转给你。”

梅乐笛把个褪色信封递给崧茎。崧茎打开信封，两张旧时大同云冈石窟门票。一面写着“1979年4月1日”，另一面写着“中文名梅乐笛，英文名Melody”。袁丽芬叮嘱崧茎照顾的女儿就是她。

崧茎起身，走到三幅遗像前，双膝跪倒，恭恭敬敬地磕了三个头。

身后的梅乐笛也磕了三个头。梅乐笛走进内室，端出个小樟木箱。

“这是我妈，还有我，留给你的。回到家再看吧。”

梅乐笛开车送崧茎去他在昆玉河旁北京的家，默默无言。此时无声胜有声，一切都在不言中。

回到家，崧茎默默打开小樟木箱。一阵那么熟悉的香风迎面扑来。崧茎猛地醒悟，那就是袁丽芬特有的香风，也是梅乐笛继承的香风。木箱里，只有一条红围巾、一封信。

红围巾，就是当年小崧茎送给小丽芬的那条红围巾。还是那么红红艳艳。

一封信，一张素雅信笺，只有两行中英文字。显然是梅乐笛写的。

> 失去之于爱如风之于火。她扑灭小火，却燃起大火熊熊。
>
> Absence is to love what wind is to fire.
>
> It puts out the small and inflames the great.

续篇

健步《红圈》路　续写心志篇

•

2017　北京　河南济源下雁门

春寒料峭，晨光熹微。北京西山脚下万安公墓园里，祥气缭绕，人迹稀疏。陈崧荎和孟玉英手捧白菊花缓步走进公墓大门。外甥巩怴从车厢里拿出白毛巾和塑料桶，紧随其后。

刚拐入左侧墓群第一排青石板路，突然看见个娟秀瘦高背影从小路尽头匆匆离去。走到慈父慈母墓地前，见形同一本开卷书的墓碑基石上摆着一束鲜花，也是白菊花。崧荎顺青石板路快步走去，只来得及看到那位女士身穿黑色风衣，一头蓬松秀发，戴着墨镜，低头疾步，瞬间消失在松柏林中。

巩怴提着桶清水走过来，大家一起清扫落叶，用湿毛巾擦拭墓碑和基石前右侧增设的素白金属碑牌。碑牌上刻有如下祭文。

百十年祭　百年祭

世纪苍生忠厚廉，坎坷磨难举步艰。
后辈勤搏弘先志，福荫佑肇盛桃源。

二〇〇七年是慈父一百一十周年诞辰、慈母一百周年诞辰。我们兄妹率国内和美国的孙辈和重孙辈，在碑前特树此碑牌，以表达我们对慈父和慈母的无比感恩和深切怀念。

二〇〇七年清明　立

崧荎和玉英把白菊花一瓣瓣撒在墓碑前基石上。白菊花瓣簇拥着那束盛开白菊花，洁白芬芳，清香四溢。

在墓碑前默立良久，崧茎从背包里拿出个素白纸盒，恭恭敬敬地摆放在基石上。大家默默祈祷，深深一鞠躬、二鞠躬、再鞠躬。崧茎拿起素白纸盒，放进背包。大家缓步离开墓地。

隔了些天，眼前仍闪现着墓地小路女郎背影，崧茎又去了什刹海后海梅乐笛住家。前几次造访，都是大门上锁。这次来，锁不见了。按门铃，一位中年妇女开了门。

“您好，打扰了。我是梅乐笛的朋友，她在家吗？”

“她搬走了。”

“搬走了？”

“是。房子卖给了我。”

“您知道她搬到何处吗？”

“不知道。”

“抱歉，打搅您了。”

崧茎转身离开，在什刹海边漫步很久，很久。

清明节快到了。新中国成立前后，不管是城里还是乡下，清明扫墓是家家户户纪念祖先，传承孝道老传统。后来清明扫墓就不再提倡了。庆幸的是改革开放以来，清明扫墓又得以恢复。每年四月初，全国各地扫墓人群拥挤不动。人心所向，中国人不能忘本，不能忘了自己祖宗。2008年，清明节更被定为中国法定节假日。

清明节前，外甥巩帆开车，陈崧茎和孟玉英特意从北京去了河南济源老家。全程八百公里，一路都是超国际标准高速公路。比美国公路新多了，宽多了，好多了。只用九小时就开到济源。这次回老家，崧茎要完成他一直挂在心头的未了心愿：重修陈法元爷爷墓碑。从下雁门徒步重走当年父亲走过的山路，一定要找到当年爷爷等在崎岖小路边，给父亲十块大洋的土坡。

夫唱妇随，妇唱夫随。说起崧茎和玉英这两口儿，可算是世上难求的一对恩爱夫妻。中学定情，大学成婚，煎熬年月不离不弃，创业岁月苦尽甜来。六十年来相濡以沫，相伴相随。崧荎心里明白，全家能有今天，老伴儿的功劳得占多一半。到老家第二天他们就去了下雁门。暖冬过后的早春比往年更为晴朗暖和。晨雾散去，红日升起，农村一片新气象亮在眼前。当年下雁门陈家窑院还在，可已是人去窑空。迎着朝阳，院外几棵柿子树却仍然生机勃勃，给荒山坡增添一丝生气。猛地，陈崧荎在中间窑洞门框上看到一副对联。红纸已褪色，字迹已模糊。可那两句话却如醍醐灌顶，让他精神一振，心动不止。

晨钟惊醒名利客
暮鼓敲回迷路人

和家人去下雁门地头爷爷墓地路上，崧荎一直默念着这两句寓意深远、振聋发聩的警言。他在美国拼搏第二十个年头，年已六十，对商海毫无兴趣的他决心弃商从文，回归文学。有了他不上市、不融资、不差钱的“三不方针”，有这些年创业基础，有年富力强的两个儿子打理，他可以安然而退。从2002年大孙子陈力弘出生那天起，他就开始动笔写长篇英文自传文学小说《RED CIRCLE》(《红圈》)。他把自己关在书房里，一直写了七年才把书写完。作为对祖国建国六十周年献礼，新书于2009年在美国出版发行。出乎意料，《红圈》在美国连续获得四项新书大奖。他没有飘飘然，心情既沉重，又释然。写书这七年，实际上是他再次聆听慈父慈母教诲，再次回顾自己坎坷复杂人生经历的七年。在美国，他又重走了父与子1918年至2009年漫长的路。没有怨天尤人，反而平静泰然。如今看来，这部回首潇洒走一回的《红圈》，岂不正是那“惊醒名利客”的“晨钟”，让他反思猛醒，在人生路又攀上一层高阶。“晨钟”会继续在他心中敲响。可是，“暮鼓”，那敲回迷路人的“暮鼓”，又在何方？

众多家人陪伴，仙气清风扑面，喜鹊枝头高唱，崧荎和玉英沿山坡路走到法元爷爷墓碑前。爷爷早先的坟头就在这块梯田地里，早已被犁平了。墓碑，是崧荃出资，老家人协助，于2009年树立的。这次回老家，他要重修爷爷墓碑，完成陈家家谱，继承家风，延传后人。

1941年，奶奶去世后，父亲接爷爷来到北平，实现了1918年离开老家时对爷爷的承诺。

爷爷做梦也没想到窑洞出来的儿子竟能买下清皇族后人的贝勒府，动工翻建成陈家大宅院。老爷子整天拉着小崧荃和老家来的小孙子瑞生，在贝勒府施工场地转悠。爷爷提着筐，孙子们捡钉子，拾刨花。旧钉子砸直送给工人们再用。刨花送到大伙房给工人们烧饭。饭做得了，老爷爷带着孙子们和瓦匠、木匠、小工们一起边吃饭边聊天。那个热乎，那个亲热。工人们哪儿知道这位老人就是大宅门主人的老太爷。在崧荃幼小心灵里，这就是爷爷慈祥勤劳的模样。又矮又瘦，一脸胡须，手上长着老茧，整天不闲着，见谁都是笑眯眯的。小崧荃特别爱听爷爷讲老家的故事。陈家窑院，甜水井，茶泡馍，王屋山，济渎庙，阳台宫，天坛山。永远说不完，永远听不够。

爷爷如此心系济源雁门老家，父亲也如是。解放初期，身为北京市优抚工作委员会副主任的父亲，忙于工作，回不去老家。“文革”期间受尽折磨，更不敢想回老家。1976年，唐山大地震，崧荃和玉英陪父亲母亲和家人离开余震不断的北京回到济源老家。那是新中国成立后父亲第一次回老家。崧荃亲眼看到，亲身感到父亲对老家的眷恋和亲情。回到雁门，父亲带着一大家人来到爷爷坟前痛哭一场。几十口家人一起吃了顿好久吃不到的豆汁儿浆面条。夜晚北京来的亲人都分散挤住在各家窑院里。只有父亲非要住在陈家老窑院的旧窑洞。多年没人住的老窑洞又湿又暗，还有蚊虫。点起艾蒿熏了熏，父亲硬是住了进去，而且一住就是两个月，直到依依不舍地返回北京。除了早期捐助建成雁门第一家窑洞小学，父亲只能把想念报答济源雁门老家的深情埋在心里。

如今，时过境迁，大不相同。陈崧荃不仅经常回老家，还继承慈父意愿在济源买房安了家。选在桃园溪岸，就因为小区河水来自雁门。

除了在济源当地大学中学义务讲学外，他的《大红儒商：从窑洞到王府三十年》出版发行后，在当地政府协助下，陈崧茳还在济源举办了千人送书会。默默思来想去，他深感为济源老家做的事还太少，还远远不够。崧茳心里明白，爷爷和父亲未了心愿就寄托在他身上。

离雁门陈家老窑院不远的蜿蜒土路上，走来一伙人。领头的是崧茳叔伯哥儿子横林。崧茳紧随其后。老家最年长的奉兰叔伯姐陪着玉英。奉兰姐儿子忠生和巩帆殿后。没走多远，崧茳已是气喘吁吁了。

“刚上路咋就累成这样？”年近九十的奉兰姐招呼崧茳。

“要不走大路吧，好走。这条小路很少有人走了。”横林建议。

“就走这条路，翻这道沟。当年你三伯咋走的，咱就咋走。”崧茳拿着毛巾不停擦汗。

玉英笑着说：“整天坐在书房里，动也不动。还不如我呢。”

在雁门，沟这边喊话，沟那边人应声。可要翻过沟，却要费大气力。下沟上沟，老家人无所谓，城里人没一会儿都是腿发软，上气不接下气。崧茳歇了三歇，才算翻上沟顶。环视济源农村新气象，旧貌新颜，美不胜收。当年窑洞窑院，早都换成了砖房和两层楼小院。山坡地阳面是农田。阴面种满当地特产中草药，久负盛名的冬凌草。山村早都有了电，有了水，而且通了高标准农村公路。平平坦坦，四通八达，是济源一大亮点。山村虽还不大富裕，可粮食足够吃，孩子有学上，老人月月发津贴，还有医保。

“还是上坡难啊！”崧茳颇有感慨。

“到了，叔。九十八年前，老祖就在这儿等到了三爷。”

“是这儿？”崧茳仔细端详路边土冈。

奉兰姐说：“你回来前，我带着几个后生实地查看。当年从咱下雁门去济源，就这一条土路，也只有这一道高土冈。就是这儿。”

光秃秃高土冈，前不着村，后不着店，一片荒凉。崧茳扶着玉英走上土坡，在土冈下背风角落站立良久。父亲描述的情景，历历在目。父亲说过的那番话，犹在耳边。父亲揣着爷爷给的黑皮烟荷包，一路打工走到北京。那十块大洋，一块没花。可到了“文革”初，父亲让崧荎夜里偷偷地把大洋扔进了故宫筒子河。那时候，凡藏有金子银子，那可是要变天的罪过啊。

九十八年前，爷爷送父亲进京赶考。

七十三年前，父亲和全家在北平给爷爷送终。

三十五年前，父亲送崧荎背井离乡，远走美国。

三十二年前，追随早逝的慈母，慈父仙逝。

今天，崧荎又返回济源老家故里。重走老路，落叶归根。

霎时，过去情景闪现在崧荎眼前。浩瀚天地间，昔日往事大多成了过眼烟云。可是逝去先人墓碑还在，老家土路土坡还在。在美国的“飘”是一时的，济源老家的“根”是永久的。老家黄土地结结实实地养育着一代又一代子孙。先人种树，后人乘凉。先人开路，后人攀登。先人心志，后人继承。世代传承的不是金钱，不是财产，是心志。永不泯灭的心志，世代传承的心志，万古流芳的心志，永有作为的心志。心志在，根就在，家就在，国就在！

崧荎扶着玉英登上土冈最高处。静立在蓝天白云下，沐浴在金色阳光里。他意外发现竟没有心酸流泪，内心竟是如此平静，如此释然。他特意笔录的陶渊明《归园田居》，油然涌上心头。

少无适俗韵，性本爱丘山。误落尘网中，一去三十年。
羁鸟恋旧林，池鱼思故渊。开荒南野际，守拙归园田。
方宅十余亩，草屋八九间。榆柳荫后檐，桃李罗堂前。
暧暧远人村，依依墟里烟。狗吠深巷中，鸡鸣桑树颠。
户庭无尘杂，虚室有余闲。久在樊笼里，复得返自然。

“久在樊笼里，复得返自然。”此时此刻心诵如此贴切佳句，崧荎心头又是一振。七十七载久在樊笼，回到老家复得自然。到了美国，自以为是“海阔凭鱼跃，天高任鸟飞”的陈崧荎，老了老了才醒悟到这么多年他依然困在“樊笼里”，还是个“迷路人”。在美国“飘”了三十五年，回到老家他明白了为什么他始终不把自己当成美国人。他的心在这里，他的根在这里。只有继承心志，回归自然，他才能得以解脱，才能为爷爷和父亲还愿，为自己和家人庆生。“暮鼓敲回迷路人”，敲回他这个迷路人的暮鼓，岂不正是老家济源！

回家路上，崧荃心头亮亮堂堂。应对《归园田居》，顿时成了首《回田园乐》。

回田园乐——济源老家行

处处喜鹊唱枝头，路路美景望眼收。
家家晚上来叙旧，厚厚亲情永保留。
顿顿乡食吃不够，山山小道走不丢。
年年回家乡土厚，天天乐在心里头。

据统计，2015年，中国流动人口2.47亿，每6人中就有1人漂在外头，像他这样“飘”在美国和国外的炎黄子孙还未计算在内。最让人心疼的是远离父母的空巢儿童竟有900多万。平心而论，背着落后贫穷帽子的故土家园，其实都有各自独到的优势。就以只有80多万人的济源而论，比起大城市来：

安逸多一倍，
空气鲜二倍，
郊游易三倍，
鲜食佳四倍，
宜居爽五倍。

可就是就业机会少，挣钱比较难。如果那些有历练，有些钱，有能力，有诚心的“漂”和“飘”人，能有一些人返回故土家园就职创业，对老家农家脱贫、乡村建设将是多大的贡献。

和以往回老家一样，崧荃和玉英再访坐落在王屋山主峰南麓的阳台宫。北有天坛山，南临九芝岭，国家文物保护单位阳台宫落成于唐开元十五年（公元727年），当时名为阳台观。唐玄宗亲书“寥阳宫”匾额，并令其妹玉真公主进山拜师学道，顿时道风大振。今日再拜阳台宫，崧荃心诵：“修之于身，其德乃真；修之于家，其德乃馀；修之于乡，其德乃长；修之于邦，其德乃丰”，有了更新领悟。“修之于乡”岂不是把他回家养老提升到更高境界。为济源老家新发展贡献一己之力，除了继续义务教学，资助济源贫困残障儿童，他还想尝试为在济源促进“老年回老家养老，游客出游农家游”贡献一己之力。

回到他在济源桃园溪岸的家，崧荃和老家亲人议定，就在雁门陈家窑院旁的旧宅院，为陈氏先人举行祭奠。祭奠前夜，崧荃辗转反侧，父亲常对他说起的“心志”二字又在他耳边响起。在一直带在身边的“不忘本”小本子上，他郑重地写下几行大字：

金钱只是数字，
命运就是拼搏。
文化确是底蕴，
心志才是人生。

到了祭奠那天，济源、雁门、外地、国外的陈氏家人和亲朋好友都来了。来华“红圈行”的美国朋友也来了。土路垫黄土，宅院大清理。为陈氏故去先人摆牌位，设祭桌，献花圈。摆好长凳，点亮红灯，备足鞭炮。祭桌上摆着祭酒、点心、鲜果。祭桌后还是陈家祖传的那副对联：

忠厚传家久

诗书继世长

祭火映红老宅院，映亮崧荃深沉目光。陈家年轻人打开酒瓶，把祭桌上的大碗全都倒满。最年长的奉兰姐和崧荃排头，所有人一起面对陈氏祖先牌位叩首，叩首，再叩首，鞠躬，鞠躬，再鞠躬。把酒碗举过头顶，把酒洒在黄土地上。

崧荃拿出他自写的祭文，低声念道：

生于书香家，长在红旗下。欲加冤狱罪，亲痛恶人骂。
荒滩劳改苦，命悬一线差。地震风云变，孽种脚下踏。
异地再追梦，穷苦死不怕。弃文从商路，艰险吞苦辣。
立身再立业，拼搏风险化。三演别姬泪，两代资本家。
一方宝砚谜，淑女救赎傢。落叶盼归根，洒泪祭白发。
回归文学乐，心境美如画。心志父与子，承继传佳话。
一笑泯恩仇，输赢非心挂。夕阳映晚霞，浴火凤凰飒。

“一笑泯恩仇，输赢非心挂”是他昨夜才补加的。几十年，他无法忘记被关在牛棚和劳改场饱受的侮辱折磨，一直憋着这口气咽不下去。自认是一败涂地，一输到底。只身一人只带200美元闯去美国，赌的就是这口气。再险再苦再难，就是想赢回来。可什么是赢？他一直说不清楚。当公司高管，他没觉着赢。出名挣大钱，他也没觉着赢。昨夜他至少觉悟到：赢，绝不是地位和金钱能诠释和满足的。多少地位显赫、腰缠万贯的人结局不是赢，是输，而且输得很惨。美飘三十五年，今日再回老家济源，他脚踏实地地有了新认知。过去所谓的大输，岂不正是他当年“苦其心志，劳其筋骨”，不就是为他后半生“困于心，衡于虑，而后作”的大赢铺路。所谓的大赢，不是别的，岂不正是他继承父亲励志登峰路，完成久久酝酿的心志，回归故土，报效家园。如果说父亲的大输赢是“输了家业，赢了人生”，他，陈崧荃的大输赢则是“输了过去，赢了今天，有了未来”。

崧茔低声对玉英说：“是时候了。”

崧茔从背包里拿出那个白纸盒，缓步走到祭火前。打开纸盒，默默取出件陈旧血迹斑斑的内衣，就是慈父当年被毒打时身穿的那件土布衣。时光久远，斑斑血迹已成铁锈色。映着祭火，崧茔无限深情用血衣擦干满脸泪水，双手举起血衣，连同祭文，毅然决然投进熊熊祭火中。

化成碎片的血衣在红红烈火中燃烧，腾飞，盘旋，回转，升空……

红色火焰吞噬了血衣和祭文，在燃烧，在腾飞，犹如烈火凤凰，呼啸而下，盘旋而上。陈崧茔似乎看到那回转飞腾的烈火就像个红圈，巨大的红圈。

一个火艳的红圈！

一个喜庆的红圈！

一个向往美好未来的红圈！

全书完

图书在版编目（CIP）数据

大红儒商之大输赢 / 陈嵩生著. -- 北京 : 作家出版社，2017. 7

ISBN 978-7-5063-9583-0

Ⅰ. ①大…　Ⅱ. ①陈…　Ⅲ. ①长篇小说 - 中国 - 当代
Ⅳ. ①I247. 5

中国版本图书馆CIP数据核字（2017）第171026号

大红儒商之大输赢

作　　者：陈嵩生
责任编辑：翟婧婧
封面题字：陈嵩生
装帧设计：百丰艺术
出版发行：作家出版社
社　　址：北京农展馆南里10号　　**邮　　编：**100125
电话传真：86-10-65930756（出版发行部）
86-10-65004079（总编室）
86-10-65015116（邮购部）
E-mail:zuojia@zuojia.net.cn
http://www.haozuojia.com（作家在线）
印　　刷：中煤（北京）印务有限公司
成品尺寸：170×240
字　　数：272千
印　　张：20.5　　**插　　页：**6
版　　次：2017年7月第1版
印　　次：2017年7月第1次印刷
ISBN 978-7-5063-9583-0
定　　价：42.00元

作家版图书，版权所有，侵权必究。
作家版图书，印装错误可随时退换。